二十年目睹之怪现状

ERSHI NIAN MUDU ZHI GUAI XIANZHUANG

〔清〕吴趼人 ◎ 著

光明日报出版社

图书在版编目（CIP）数据

二十年目睹之怪现状 /（清）吴趼人著. -- 北京：光明
日报出版社, 2014.5（2024.3 重印）

（光明岛）

ISBN 978-7-5112-6287-5

Ⅰ.①二… Ⅱ.①吴… Ⅲ.①章回小说—中国—清代
Ⅳ.① I242.4

中国版本图书馆 CIP 数据核字（2014）第 069641 号

二十年目睹之怪现状
ERSHI NIAN MUDU ZHI GUAI XIANZHUANG

著　者：〔清〕吴趼人

责任编辑：靳鹤琼　　　　　　　责任校对：王腾达
封面设计：博文斯创　　　　　　责任印制：曹　净

出版发行：光明日报出版社
地　址：北京市西城区永安路 106 号，100050
电　话：010-67022197（咨询），67078870（发行），67019571（邮购）
传　真：010-67078227，67078255
网　址：http://book.gmw.cn
E - mail：lijuan@gmw.cn
法律顾问：北京德恒律师事务所龚柳方律师

印　刷：北京一鑫印务有限责任公司
装　订：北京一鑫印务有限责任公司
本书如有破损、缺页、装订错误，请与本社联系调换，电话：010-67019571

开　本：150mm×220mm　　　　　印　张：12
字　数：200 千字
版　次：2014 年 5 月第 1 版
印　次：2024 年 3 月第 4 次印刷
书　号：ISBN 978-7-5112-6287-5

定　价：29.80 元

目　录

楔 子

上海地方,为商贾麇集之区。中外杂处,人烟稠密,轮舶往来,百货输转。加以苏、扬各地之烟花,亦都图上海富商大贾之多,一时买棹而来,环聚于四马路一带,高张艳帜,炫异争奇。那上等的,自有那一班王孙公子去问津;那下等的,也有那些逐臭之夫,垂涎着要尝鼎一脔。于是乎把六十年前的一片芦苇滩头,变做了中国第一个热闹的所在。

唉!繁华到极,便容易沦于虚浮。久而久之,凡在上海来来往往的人,开口便讲应酬,闭口也讲应酬。人生世上,这"应酬"两个字,本来是免不了的,争奈这些人所讲的应酬,与平常的应酬不同,所讲的不是嫖经,便是赌局,花天酒地,闹个不休,车水马龙,日无暇暑。还有那些本是手头空乏的,虽是空着心儿,也要充作大老官模样,去逐队嬉游,好像除了征逐之外,别无正事似的。所以那"空心大老官",居然成为上海的土产物。这还是小事。还有许多骗局、拐局、赌局,一切稀奇古怪,梦想不到的事,一切都在上海出现。于是乎又把六十年前民风淳朴的地方,变了个轻浮险诈的逋逃薮。

这些闲话,也不必提。内中单表一个少年人物。这少年,也未详其为何省何府人氏,亦不详其姓名。到了上海,居住了十余年。从前也跟着一班浮荡子弟,逐队嬉游。过了十余年之后,少年渐渐变做中年了,阅历也多了,并且他在那嬉游队中,很很的遇过几次阴险奸恶的谋害,几乎把性命都送断了,他方才悟到上海不是好地方,嬉游不是正事业。一朝改了前非,回避从前那些交游,惟恐不迭,一心要离了上海,别寻安身之处;只是一时没有机会,只得闭门韬晦。自家起了一个别号,叫做"死里逃生",以志自家的悼痛。

一日,这死里逃生在家里坐得闷了,想往外散步消遣。又恐怕在热闹地方,遇见那征逐朋友,思量不如往城里去逛逛,倒还清净些。遂信步走到邑庙豫园,游玩一番,然后出城。

正走到瓮城时,忽见一个汉子,衣衫褴褛,气宇轩昂,站在那里,手中拿着一本册子,册子上插着一枝标,围了多少人在旁边观看。那汉子虽是昂然拿着册子站着,却是不发一言。死里逃生分开众人,走上一步,向汉子问道:"这本书是卖的么?可容借我一看?"那汉子道:"这书要卖也可以,要不卖也可以。"死里逃生道："此话怎讲?"汉子道："要卖便要卖一万两银子!"死里逃生道："不卖呢?"那汉子道："遇了知音的，就一文不要，双手奉送与他!"死里逃生听了，觉得诧异，说道："究竟是甚么书，可容一看?"那汉子道："这书比那《太上感应篇》《文昌阴骘文》《观音菩萨救苦经》，还好得多呢!"说着，递书过来。死里逃生接来看时，只见书面上粘着一个窄窄的签条儿，上面写着"二十年目睹之怪现状"。翻开第一页看时，却是一个手抄的本子，篇首署着"九死一生笔记"六个字。不觉心中动了一动，想道："我的别号，已是过于奇怪，不过有所感触，借此自表;不料还有人用这个名字。我与他可谓不谋而合了。"想罢，看了几条，又胡乱翻过两页看看，不觉心中有所感动，颜色变了一变。那汉子看见，便拱手道："先生看了必有所领会，一定是个知音。这本书是我一个知己朋友做的。他如今有事到别处去了，临行时亲手将这本书托我，叫我代觅一个知音的人，付托与他，请他传扬出去。我看先生看了两页，脸上便现了感动的颜色，一定是我这敝友的知音。我就把这本书奉送，请先生设法代他传扬出去，比着世上那印送善书的功德还大呢。"说罢，深深一揖，扬长而去。一时围看的人，都一哄而散了。

死里逃生深为诧异，惘惘的袖了这本册子，回到家中。打开了，从头至尾细细看去，只见里面所叙的事，千奇百怪，看得又惊又怕。看得他身上冷一阵、热一阵，冷时便浑身发抖，热时便汗流浃背，不住的面红耳赤，意往神驰，身上不知怎样才好。掩了册子，慢慢的想其中滋味：从前我只道上海的地方不好，据此看来，竟是天地虽宽，几无容足之地了!但不知道九死一生是何等样人，可惜未曾向那汉子问了明白，也好去结识结识他，同他做个朋友，朝夕谈谈，还不知要长多少见识呢!

思前想后，不觉又感触起来，不知此茫茫大地，何处方可容身，一阵的心如死灰，便生了个谢绝人世的念头。只是这本册子，受了那汉子之托，要代他传播，当要想个法子，不负所托才好。纵使我自己办不到，也要转托别人，方是个道理。眼见得上海所交的一班朋友，是没有可靠的了;自家要代他付印，却又无力。想来想去，忽然想着横滨《新小说》，销流极广，何不将这册子寄去新小说社，请他另辟一门，附刊上去，岂不是代他传播了么?想定了主意，就将这本册子的记载，改做了小说体裁，剖作若干回，加了些评语，写一封信，另外将册子封好，写着"寄日本横滨市山下町百六十番新小说社"。走到虹口蓬路日本邮便局，买了邮税票粘上，交代明白，翻身就走。一直走到深山穷谷之中，绝无人烟之地，与木石居，与鹿豕游去了。

守常经不使疏逾戚　睹怪状几疑贼是官

　　新小说社记者，接到了死里逃生的手书，及九死一生的笔记，展开看了一遍，不忍埋没了他，就将他逐期刊布出来。阅者须知，自此以后之文，便是九死一生的手笔，与及死里逃生的批评了。

　　我是好好的一个人，生平并未遭过大风波、大险阻，又没有人出十万两银子的赏格来捉我，何以将自己好好的姓名来隐了，另外叫个甚么九死一生呢？只因我出来应世的二十年中，回头想来，所遇见的只有三种东西：第一种是蛇虫鼠蚁；第二种是豺狼虎豹；第三种是魑魅魍魉。二十年之久，在此中过来，未曾被第一种所蚀，未曾被第二种所啖，未曾被第三种所攫。居然被我都避了过去，还不算是九死一生么！所以我这个名字，也是我自家的纪念。

　　记得我十五岁那年，我父亲从杭州商号里寄信回来，说是身上有病，叫我到杭州去。我母亲见我年纪小，不肯放心叫我出门。我的心中，是急的了不得。迨后又连接了三封信，说病重了，我就在我母亲跟前，再四央求，一定要到杭州去看看父亲。我母亲也是记挂着，然而究竟放心不下。忽然想起一个人来，这个人姓尤，表字云岫，本是我父亲在家时最知己的朋友，我父亲很帮过他忙的，想着托他伴我出门，一定是千稳万当。于是叫我亲身去拜访云岫，请他到家，当面商量。承他盛情，一口应允了。收拾好行李，别过了母亲，上了轮船，先到上海。那时还没有内河小火轮呢，就趁了航船，足足走了三天，方到杭州。两人一路问到我父亲的店里，那知我父亲已经先一个时辰咽了气了。一场痛苦，自不必言。

　　那时店中有一位当手，姓张，表字鼎臣。他待我哭过一场，然后拉我到一间房内，问我道："你父亲已是没了，你胸中有甚么主意呢？"我说："世伯，我是小孩子，没有主意的。况且遭了这场大事，方寸已乱了，如何还有主意呢！"张道："同你来的那位尤公，是世好么？"我说："是，我父亲同他是相好。"张道："如今你父亲是没了，这件后事，我一个人担负不起，总要有个人商量方好。你年纪又轻，那姓尤的，我恐怕他靠不住。"我说："世伯何以知道他靠不住呢？"张道："我虽不懂得风鉴，却是阅历多了，有点看得出来。你想还有甚么人可靠的呢？"我说："有一位家伯，他在南京候补，可以打个电报请他来一趟。"张摇头道："不妙，不妙！你父亲在时最怕他。他来了就

3

啰唆的了不得。虽是你们骨肉至亲,我却不敢与他共事。"

我心中此时暗暗打主意:"这张鼎臣虽是父亲的相好,究竟我从前未曾见过他,未知他平日为人如何。想来伯父总是自己人,岂有办大事不请自家人,反靠外人之理?"想罢,便道:"请世伯一定打个电报给家伯罢。"张道:"既如此,我就照办就是了。然而有一句话,不能不对你说明白:你父亲临终时,交代我说,如果你赶不来,抑或你母亲不放心,不叫你来,便叫我将后事料理停当,搬他回去,并不曾提到你伯父呢。"我说:"此时只怕是我父亲病中偶然忘了,故未说起,也未可知。"张叹了一口气,便起身出来了。

到了晚间,我在灵床旁边守着。夜深人静的时候,那尤云岫走来,悄悄问道:"今日张鼎臣同你说些甚么?"我说:"并未说甚么。他问我讨主意,我说没有主意。"尤顿足道:"你叫他同我商量呀!他是个素不相识的人,你父亲没了,又没有见着面,说着一句半句话儿,知道他靠得住不呢!好歹我来监督着他。以后他再问你,你必要叫他同我商量。"说着,去了。

过了两日,大殓过后,我在父亲房内,找出一个小小皮箱。打开看时,里面有百十来块洋钱,想来这是自家零用,不在店帐内的。母亲在家寒苦,何不先将这笔钱,先寄回去母亲使用呢?而且家中也要设灵挂孝,在在都是要用钱的。想罢,便出来与云岫商量。云岫道:"正该如此。这里信局不便,你交给我,等我同你带到上海,托人带回去罢,上海来往人多呢。"我问道:"应该寄多少呢?"尤道:"自然是愈多愈好呀。"我入房点了一点,统共一百三十二元,便拿出来交给他。他即日就动身到上海,与我寄银子去了。可是这一去,他便在上海耽搁住,再也不回杭州。

又过了十多天,我的伯父来了,哭了一场。我上前见过。他便叫带来的底下人,取出烟具吸鸦片烟。张鼎臣又拉我到他房里问道:"你父亲是没了。这一家店,想来也不能再开了。若把一切货物盘顶与别人,连收回各种帐目,除去此次开销,大约还有万金之谱。可要告诉你伯父吗?"我说:"自然要告诉的,难道好瞒伯父吗?"张又叹口气,走了出来,同我伯父说些闲话。

那时,我因为刻讣帖的人来了,就同那刻字人说话。我伯父看见了,便立起来问道:"这讣帖底稿,是那个起的呢?"我说道:"就是侄儿起的。"我的伯父拿起一看,对着张鼎臣说道:"这才是吾家千里驹呢!这讣闻居然是大大方方的,期、功、缌麻,一点也没有弄错。"鼎臣看着我,笑了一笑,并不回言。伯父又指着讣帖当中一句问我道:"你父亲今年四十五岁,自然应该作'享寿四十五岁',为甚你却写做'春秋四十五岁'呢?"我说道:"四十五岁,只怕不便写作'享寿'。有人用的是'享年'两个字,侄儿想去,年是说不着享的。若说那'得年''存年',这又是长辈出面的口气。侄儿从前看见古时的墓志碑铭,多有用'春秋'两个字的,所以借来用用,倒觉得笼统些,又大方。"伯父回过脸来,对鼎臣道:"这小小年纪,难得他这等留心呢。"说着,又躺下去吃烟。

鼎臣便说起盘店的话。我伯父把烟枪一丢,说道:"着,着!搬出些现银来,交给我代他带回去,好歹在家乡也可以创个事业呀。"商量停当,次日张鼎臣便将这话传将出来,就有人来问。一面张罗开吊。

过了一个多月,事情都停妥了,便扶了灵柩,先到上海。只有张鼎臣因为盘店的事未曾结算清楚,还留在杭州,约定在上海等他。

我们到了上海,住在长发栈,寻着了云岫。等了几天,鼎臣来了,把帐目、银钱都交代出来,总共有八千两银子,还有十条十两重的赤金。我一总接过来,交与伯父。伯父收过了,谢了鼎臣一百两银子。过了两天,鼎臣去了。临去时,执着我的手,嘱咐我回去好好的守制读礼,一切事情,不可轻易信人。我唯唯的应了。

此时,我急着要回去。争奈伯父说在上海有事,今天有人请吃酒,明天有人请看戏,连云岫也同在一处,足足耽搁了四个月。到了年底,方才扶着灵柩,趁了轮船回家乡去,即时择日安葬。过了残冬,新年初四五日,我伯父便动身回南京去了。

我母子二人,在家中过了半年。原来我母亲将银子一齐都交给伯父带到上海,存放在妥当钱庄里生息去了。我一向未知,到了此时,我母亲方才告诉我,叫我写信去支取利息。写了好几封信,却只没有回音。我又问起托云岫寄回来的钱,原来一文也未曾接到。此事怪我不好,回来时未曾先问个明白,如今过了半年,方才说起,大是误事。急急走去寻着云岫,问他原故。他涨红了脸说道:"那时我一到上海,就交给信局寄来的,不信,还有信局收条为凭呢。"说罢,就在帐箱里、护书里乱翻一阵,却翻不出来。又对我说道:"怎么你去年回来时不查一查呢?只怕是你母亲收到了,用完了,忘记了罢。"我道:"家母年纪又不很大,那里会善忘到这么着。"云岫道:"那么我不晓得了。这件事幸而碰着我,如果碰到别人,还要骂你撒赖呢!"我想想这件事本来没有凭据,不便多说,只得回来告诉了母亲,把这事搁起。

我母亲道:"别的事情,且不必说,只是此刻没有钱用。你父亲剩下的五千银子,都叫你伯父带到上海去了,屡次写信去取利钱,却连回信也没有。我想你已经出过一回门,今年又长了一岁了,好歹你亲自到南京走一遭,取了存折,支了利钱寄回来。你在外面,也觑个机会,谋个事,终不能一辈子在家里坐着吃呀。"

我听了母亲的话，便凑了些盘缠，附了轮船，先到了上海。入栈歇了一天，拟坐了长江轮船，往南京去。这个轮船，叫做"元和"。当下晚上一点钟开行，次日到了江阴，夜来又过了镇江。

一路上在舱外看江景山景，看的倦了。在镇江开行之后，我见天阴月黑，没有甚么好看，便回到房里去睡觉。到了明日，船到南京，我便上岸去，访寻我伯父。寻到公馆，说是出差去了。我要把行李拿进去，门上的底下人不肯，说是要回过太太方可，说着里面去了。半晌出来说道："太太说，侄少爷来到，本该要好好的招呼，因为老爷今日出门，系奉差下乡查办案件，约两三天才得回来，太太又向来没有见过少爷的面，请少爷先到客栈住下，等老爷回来时，再请少爷来罢。"我听了一番话，不觉呆了半天。没奈何，只得搬到客栈里去住下，等我伯父回来再说。只这一等，有分教：家庭违骨肉，车笠遇天涯。要知后事如何，且待下文再记。

走穷途忽遇良朋　谈仕路初闻怪状

却说我搬到客栈里住了两天，然后到伯父公馆里打听，说还没有回来。我只得耐心再等。一连打听了几次，却只不见回来。我要请见伯母，他又不肯见。此时我已经住了十多天，带来的盘缠，本来没有多少，此时看看要用完了，心焦的了不得。这一天我又去打听了，失望回来，在路上一面走，一面盘算着："倘是过几天还不回来，我这里莫说回家的盘缠没有，就是客栈的房饭钱，也还不晓得在那里呢！"

正在那里纳闷，忽听得一个人提着我的名字叫我。我不觉纳罕道："我初到此地，并不曾认得一个人，这是那一个呢？"抬头看时，却是一个十分面熟的人，只想不出他的姓名，不觉呆了一呆。那人道："你怎么跑到这里来？连我都不认得了么？你读的书怎样了？"我听了这几句话，方才猛然想起，这个人是我同窗的学友，姓吴，名景曾，表字继之。他比我长了十年。我同他同窗的时候，我只有八九岁，他是个大学生。同了四五年窗，一向读书，多承他提点我。前几年他中了进士，榜下用了知县，掣签掣了江宁。我一向未曾想着南京有这么一个朋友，此时见了他，犹如婴儿见了慈母一般。上前见个礼，便要拉他到客栈里去。继之道："我的公馆就在前面，到我那里去罢。"说着，拉了我同去。

果然不过一箭之地，就到了他的公馆。于是同到书房坐下。我就把去年至今的事情，一一的告诉了他。说到我伯父出差去了，伯母不肯见我，所以住在客栈的话，继之愕然道："那一位是你令伯？是甚么班呢？"我告诉了他官名，道："是个同知班。"继之道："哦……是他！他的号是叫子仁的，是么？"我说："是。"继之道："我也有点认得他，同过两回席。一向只知是一位同乡，却不知道就是令伯。他前几天不错是出差去了，然而我好像听见说是回来了呀。还有一层，你的令伯母，为甚又不见你呢？"我说："这个，连我也不晓得是甚么意思。或者因为向来未曾见过，也未可知。"继之道："这又奇了！你们自己一家人，为甚没有见过？"我道："家伯是在北京长大的，在北京成的家。家伯虽是回过几次家乡，却都没有带家眷。我又是今番头一次到南京来，所以没有见过。"继之道："哦！是了。怪不得我说他是同乡，他的家乡话却说得不像的很呢，这也难怪。然而你年纪太轻，一个人住在客栈里，不是个事，搬到我这里来罢。我同你从小儿就在一起的，不要客气，我也不许你客气。你把房门钥匙交给了我罢，搬行李去。"

　　我本来正愁这房饭钱无着，听了这话，自是欢喜，谦让了两句，便将钥匙递给他。继之道："有欠过房饭钱么？"我说："栈里是五天一算的，上前天才算结了，到今天不过欠得三天。"继之便叫了家人进来，叫他去搬行李。给了一元洋银，叫他算还三天的钱。又问了我住第几号房，那家人去了。

　　我一想，既然住在此处，总要见过他的内眷，方得便当。一想罢，便道："承大哥过爱，下榻在此，理当要请见大嫂才是。"继之也不客气，就领了我到上房去，请出他夫人李氏来相见。继之告诉了来历。这李氏人甚和蔼，一见了我便道："你同你大哥同亲兄弟一般，须知住在这里，便是一家人，早晚要茶要水，只管叫人，不要客气。"

　　此时我也没有甚么话好回答，只答了两个"是"字。坐了一会，仍到书房里去。家人已取了行李来，继之就叫在书房里设一张榻床，开了被褥。又问了些家乡近事。从这天起，我就住在继之公馆里，有说有笑，免了那孤身作客的苦况了。

　　到了第二天，继之一早就上衙门去。到了向午时候，方才回来，一同吃饭。饭罢，我又要去打听伯父回来没有，继之道："你且慢忙着，只要在藩台衙门里一问就知道的。我今日本来要打算同你打听，因在官厅上面，谈一桩野鸡道台的新闻，谈了半天，就忘记了。明日我同你打听来罢。"

　　我听了这话，就止住了，因问起野鸡道台的话。继之道："说来话长呢。你先要懂得'野鸡'两个字，才可以讲得。"我道："就因为不懂，才请教呀。"继之道："有一种流娼，上海人叫做野鸡。"我诧异道："这么说，是流娼做了道台了?"继之笑道:"不是,不是,你听我说。有一个绍兴人,姓名也不必去提他了,总而言之,是一个绍兴的土老儿就是。这土老儿在家里住得厌烦了,到上海去谋事。恰好他有个亲眷,在上海南市那边,开了个大钱庄,看见他老实,就用了他做个跑街。"我不懂得跑街是个甚么职役,先要问明。继之道:"跑街是到外面收帐的意思。有时到外面打听行情,送送单子,也是他的事。这土老儿做了一年多,倒还安分。一天,不知听了甚么人说起'打野鸡'的好处……"我听了,又不明白,道:"甚么打野鸡?可是打那流娼么?"继之道:"去嫖流娼,就叫打野鸡。这土老儿听得心动,那一天带了几块洋钱,走到了四马路野鸡最多的地方,叫做甚么会香里。在一家门首,看见一个'黄鱼'……"我听了,又是一呆,道:"甚么叫做黄鱼?"继之道:"这是我说错南京的土谈了。这里南京人,叫大脚妓女做黄鱼。"

我笑道:"又是野鸡,又是黄鱼,倒是两件好吃的东西。"继之道:"你且慢说笑着,还有好笑的呢。当下土老儿同他兜搭起来,这黄鱼就招呼了进去。问起名字,原来这个黄鱼叫做桂花,说的一口北京话。这土老儿化了几块洋钱,就住了一夜。到了次日早晨要走,桂花送到门口,叫他晚上来。这个本来是妓女应酬嫖客的口头禅,并不是一定要叫他来的。谁知他土头土脑的,信是一句实话,到了晚上,果然走去,无聊无赖的坐了一会就走了。临走的时候,桂花又随口说道:'明天来。'他到了明天,果然又去了,又装了一个'干湿'。"

我正在听得高兴,忽然听见"装干湿"三个字,又是不懂。继之道:"化一块洋钱去坐坐,妓家拿出一碟子水果、一碟子瓜子来敬客,这就叫做装干湿。当下土老儿坐了一会,又要走了,桂花又约他明天来。他到了明天,果然又去了。桂花留他住下,他就化了两块洋钱,又住了一夜。到天明起来,桂花问他要一个金戒指。他连说:'有有有,可是要过两三天呢。'过了三天,果然拿一个金戒指去。当下桂花盘问他在上海做甚么生意,他也不隐瞒,一一的照直说了。问他一月有多少工钱,他说:'六块洋钱。'桂花道:'这么说,我的一个戒指,要去了你半年工钱呀!'他说:'不要紧,我同帐房先生商量,先借了年底下的花红银子来兑的。'问他一年分多少花红,他说:'说不定的,生意好的年分,可以分六七十元;生意不好,也有二三十元。'桂花沉吟了半响道:'这么说,你一年不过一百多元的进帐?'他说:'做生意人,不过如此。'桂花道:'你为甚么不做官呢?'土老儿笑道:'那做官的,是要有官运的呀!我们乡下人,那里有那种好运气!'桂花道:'你有老婆没有?'土老儿叹道:'老婆是有一个的,可惜我的命硬,前两年把他克死了。又没有一男半女,真是可怜!'桂花道:'真的么?'土老儿道:'自然是真的,我骗你作甚!'桂花道:'我劝你还是去做官。'土老儿道:'我只望东家加我点工钱,已经是大运气了,那里还敢望做官! 况且,做官是要拿钱去捐的,听见说捐一个小老爷,还要好几百银子呢!'桂花道:'要做官,顶小也要捐个道台。那小老爷,做他作甚么!'土老儿吐舌道:'道台! 那还不晓得是个甚么行情呢!'桂花道:'我要你依我一件事,包有个道台给你做。'土老儿道:'莫说这种笑话,不要折煞我。若说依你的事,你且说出来,依得的无有不依。'桂花道:'只要你娶了我做填房,不许再娶别人。'土老儿笑道:'好便好,只是我娶你不起呀! 不知道你要多少身价呢?'桂花道:'呸! 我是自己的身子,没有甚么人管。我要嫁谁就嫁谁,还说甚么身价呀! 你当是买丫头么?'土老儿道:'这么说,你要嫁我,我就发个咒不娶别人。'桂花道:'认真的么?'土老儿道:'自然是认真的,我们乡下人从来不会撒谎。'桂花立刻叫人把门外的招牌除去了,把大门关上,从此改做住家人家。又交代用人,从此叫那土老儿做老爷,叫自己做太太。

"两个人商量了一夜。到了次日,桂花叫土老儿去钱庄里辞了职役。土老儿果然依了他的话。但回头一想,恐怕这件事不妥当,到后来要再谋这么一件事就难了,于是打了一个主意,去见东家,先撒一个谎说:'家里有要紧事,要请个假回去一趟,顶多两三个月就来的。'东家准了。这是他的意思,万一不妥当,还想后来好回去仍就这件事。于是取了铺盖,直跑到会香里,同桂花住了几天。桂花带了土老儿到京城里去,居然同他捐了一个二品顶戴的道台,还捐了一枝花翎,办了引见,指省江苏。

"在京的时候,土老儿终日没事,只在家里闷坐。桂花却在外面坐了车子,跑来跑去,土老儿也不敢问他做甚么事。等了多少日子,方才出京,走到苏州去禀到。桂花却拿出一封某王爷的信,叫他交与抚台。抚台见他土形土状的,又有某王爷的信,叫好好的照应他。这抚台是个极圆通的人,虽然疑心他,却不肯去盘问他。因对他说道:'苏州差事甚少,不如江宁那边多。老兄不如到江宁那边去,分苏分宁是一样的。兄弟这里只管留心着,有甚差事出了,再来关照罢。'

"土老儿辞了出来,将这话告诉了桂花。桂花道:'那么咱们就到南京去,好在我都有预备的。'于是乎两个人又来到南京。见制台,也递了一封某王爷的信。制台年纪大了,见属员是糊里糊涂的,不大理会,只想既然是有了阔阔的八行书,过两天就好好的想个法子安置他就是了。不料他去见藩台,照样递上一封某王的书——这里藩台是旗人,同某王有点姻亲,所以他求了这信来——藩台见了人,接了信,看看他不像样子,莫说别的,叫他开个履历,也开不出来;就是行动、拜跪、拱揖,没有一样不是碍眼的,就回

9

明了制台，且慢着给他差事。自己打个电报到京里去问，却没有回电。到如今半个多月了，前两天才来了一封墨信，回得详详细细的。原来，这桂花是某王府里奶妈的一个女儿，从小在王府里面充当丫头。母女两个，手上积了不少的钱，要想把女儿嫁一个阔阔的阔老，只因他在那阔地方走动惯了，眼眶子看得大了，当丫头的不过配一个奴才小子，实在不愿意。然而在京里的阔老，那个肯娶一个丫头？因此母女两个商量，定了这个计策，叫女儿到南边来拣一个女婿，代他捐上功名，求两封信出来谋差事。不料拣了这么一个土货！虽是他外母代他连恳求带朦混的求出信来，他却不争气，误尽了事！前日藩台接了这信，便回过制台，叫他自己请假回去，免得奏参，保全他的功名。这桂花虽是一场没趣，却也弄出一个诰封夫人的二品命妇了。只这便是野鸡道台的历史了，你说奇不奇呢？"

我听了一席话，心中暗想："原来天下有这等奇事，我一向坐在家里，那里得知！"只听继之又道："这个不过是桂花拣错了人，闹到这般结果。那桂花是个当丫头的，又当过婊子的，他还想着做命妇，已经好笑了。还有一个情愿拿命妇去做婊子的，岂不更是好笑么？"

我听了，更觉得诧异，急问是怎样情节。继之道："这是前两年的事了。前两年制台得了个心神仿佛的病。年轻时候，本来是好色的，到如今偌大年纪，他那十七八岁的姨太太，还有六七房，那通房的丫头，还不在内呢。他这好色的名出了，就有人想拿这个巴结他。他病了的时候，有一个年轻的候补道，自己陈说懂得医道，制台就叫他诊脉。他诊了半晌，说：'大帅这个病，卑职不能医，不敢胡乱开方；卑职内人怕可以医得。'制台道：'原来尊夫人懂得医理，明日就请来看看罢。'到了明日，他的那位夫人，打扮得花枝招展的来了。诊了脉，说是：'这个病不必吃药，只用按摩之法，就可以痊愈。'制台问那里有懂得按摩的人。妇人低声道：'妾颇懂得。'制台就叫他按摩。他又说他的按摩与别人不同，要屏绝闲人，炷起一炉好香，还要念甚么咒语，然后按摩。所以除了病人与及治病的人，不许有第三个人在旁。制台信了他的话，把左右使女及姨太太们都叫了出去。有两位姨太太动了疑心，走出来在板壁缝里偷看，忽看出不好看的事情来，大喝一声，走将进去，拿起门闩就打。一时惊动了众多姨太，也有拿门闩的，也有拿木棒的，一拥上前围住乱打。这一位夫人吓得走投无路，跪在地下，抱住制台叫救命。制台喝住众人，叫送他出去。这位夫人出得房门时，众人还跟在后面赶着打。一直打到二门，还叫粗使仆妇，打到辕门外面去。可怜他花枝招展的来，披头散发的去。这事一时传遍了南京城。你说可笑不可笑呢？"

我道："那么说，这位候补道，想来也没有脸再住在这里了？"继之道：

"哼！你说他没有脸住这里么？他还得意得很呢！"我诧异道："这还有甚么得意之处呢？"继之不慌不忙的说出他那得意之处来。正是：不怕头巾染绿，须知顶戴将红。

要知继之说出甚么话来，且待下文再记。

吴继之正言规好友　苟观察致敬送嘉宾

却说我追问继之："那一个候补道，他的夫人受了这场大辱，还有甚么得意？"继之道："得意呢！不到十来天工夫，他便接连着奉了两个札子，委了筹防局的提调与及山货局的会办了。去年还同他开上一个保举。他本来只是个盐运司衔，这一个保举，他就得了个二品顶戴了。你说不是得意了吗？"

我听了此话，不觉呆了一呆道："那么说，那一位总督大帅，竟是被那一位夫人……"我说到此处，以下还没有说出来，继之便抢着说道："那个且不必说，我也不知道。不过他这位夫人被辱的事，已经传遍了南京，我不妨说给你听听。至于内中暧昧情节，谁曾亲眼见来，何必去寻根问底！不是我说句老话，你年纪轻轻的，出来处世，这些暧昧话，总不宜上嘴。我不是迷信了那因果报应的话，说甚么谈人闺阃，要下拔舌地狱，不过谈着这些事，叫人家听了，要说你轻薄。兄弟，你说是不是呢？"我听了继之一番议论，自悔失言，不觉涨红了脸。

过了一天，继之上衙门回来，一见了我的面，就气忿忿的说道："奇怪，奇怪！"我看见他面色改常，突然说出这么一句话，连一些头路也摸不着，呆了脸对着他。只见他又率然问道："你来了多少天了？"我说道："我到了十多天了。"继之道："你到过令伯公馆几次了？"我说："这个可不大记得了，大约总有七八次。"继之又道："你住在甚么客栈，对公馆里的人说过么？"我说："也说过的，并且住在第几号房，也交代明白。"继之道："公馆里的人，始终对你怎么说？"我说："始终都说出差去了，没有回来。"继之道："没有别的话？"我说："没有。"继之气的直挺挺的坐在交椅上。半天，又叹了好几口气，说道："你到的那几天，不错，是他出差去了，但不过到六合县去会审一件案，前后三天就回来了。在十天以前，他又求了藩台给他一个到通州勘荒的差使，当天奉了札子，当天就禀辞去了。你说奇怪不奇怪？"我听了此话，也不觉呆了，半天没有说话。继之又道："不是我说句以疏间亲

11

的话,令伯这种行径,不定是有意回避你的了。"

此时我也无言可答,只坐在那里出神。继之又道:"虽是这么说,你也不必着急。我今天见了藩台,他说此地大关的差使,前任委员已经满了期了,打算要叫我接办,大约一两天就可以下札子。我那里左右要请朋友,你就可以拣一个合式的事情,代我办办。我们是同窗至好,我自然要好好的招呼你。至于你令伯的话,只好慢慢再说。好在他终久是要回来的,总不能一辈子不见面。"我说道:"家伯到通州去的话,可是大哥打听来的,还是别人传说的呢?"继之道:"这是我在藩署号房打听来的,千真万真,断不是谣言。你且坐坐,我还要出去拜一个客呢。"说着,出门去了。

我想起继之的话,十分疑心。伯父同我骨肉至亲,那里有这等事!不如我再到伯父公馆里去打听打听,或者已经回来,也未可知。想罢了,出了门,一直到我伯父公馆里去。到门房里打听,那个底下人说:"老爷还没有回来。前天有信来,说是公事难办得很,恐怕还有几天耽搁。"我有心问他,说道:"老爷还是到六合去,还是到通州去的呢?"那底下人脸上红了一红,顿住了口,一会儿方才说道:"是到通州去的。"我说:"到底是几时动身的呢?"他说道:"就是少爷来的那天动身的。"我说:"一直没有回来过?"他说:"没有。"我问了一番话,满腹狐疑的回到吴公馆里去。

继之已经回来了,见了我便问:"到那里去过?"我只得直说一遍。继之叹道:"你再去也无用。这回他去勘荒,是可久可暂的。你且安心住下,等过一两个月再说。我问你一句话,你到了这里来,寄过家信没有?"我说:"到了上海时,曾寄过一封。到了这里,却未曾寄过。"继之道:"这就是你的错了!怎么十多天工夫,不寄一封信回去?可知尊堂伯母在那里盼呢。"我说:"这个我也知道。因为要想见了家伯,取了钱庄上的利钱,一齐寄去,不料等到今日,仍旧等不着。"继之低头想了一想道:"你只管一面写信,我借五十两银子给你寄回去。你信上也不必提明是借的,也不必提到未见着令伯,只糊里糊涂的说先寄回五十两银子,随后再寄罢了;不然,令堂伯母又多一层着急。"

我听了这话,连忙道谢。继之道:"这个用不着谢。你只管写信,我这里明日打发家人回去接我家母来,就可以同你带去。接办大关的札子,已经发了下来,大约半个月内,我就要到差。我想屈你做一个书启,因为别的事你未曾办过,你且将就些。我还在帐房一席上,挂上你一个名字。那帐房虽是藩台荐的,然而你是我自家亲信人,挂上了一个名字,他总得要分给你一点好处。还有你书启名下应得的薪水,大约出息还不很坏。这五十两银子,你慢慢的还我就是了。"

当下我听了此言,自是欢喜感激。便去写好了一封家信,照着继之交代的话,含含糊糊写了,并不提起一切。到了明日,继之打发家人动身,就带了去。此时我心中安慰了好些,只不知我伯父到底是甚么主意,因写了一封信,封好了口,带在身上,走到我伯父公馆里去,交代他门房,叫他附在家信里面寄去。叮嘱再三,然后回来。

　　又过了七八天,继之对我道:"我将近要到差了。这里去大关很远,天天来去是不便当的。要住在关上,这里又没有个人照应。书启的事不多,你可仍旧住在我公馆里,带着照应照应内外一切,三五天到关上去一次。如果有紧要事,我再打发人请你。好在书启的事,不必一定到关上去办的。或者有时我回来住几天,你就到关上去代我照应。好不好呢?"我道:"这是大哥过信我、体贴我,我感激还说不尽,那里还有不好的呢!"当下商量定了。

　　又过了几天,继之到差去了。我也跟到关上去看看,吃过了午饭,方才回来。从此之后,三五天往来一遍,倒也十分清闲。不过天天料理几封往来书信。有些虚套应酬的信,我也不必告诉继之,随便同他发了回信,继之倒也没甚说话。从此我两个人,更是相得。

　　一日早上,我要到关上去,出了门口,要到前面雇一匹马。走过一家门口,听见里面一叠连声叫送客,呀的一声,开了大门。我不觉立定了脚,抬头往门里一看。只见有四五个家人打扮的,在那里垂手站班。里面走出一个客来,生得粗眉大目;身上穿了一件灰色大布的长衫,罩上一件天青羽毛的对襟马褂;头上戴着一顶二十年前的老式大帽,帽上装着一颗碎碎顶子;脚上蹬着一双黑布面的双梁快靴,大踏步走出来。后头送出来的主人,却是穿的枣红宁绸箭衣,天青缎子外褂,褂上还缀着二品的锦鸡补服,挂着一副像真像假的蜜蜡朝珠;头上戴着京式大帽,红顶子花翎;脚下穿的是一双最新式的内城京靴,直送那客到大门以外。那客人回头点了点头,便徜徉而去,也没个轿子,也没匹马儿。再看那主人时,却放下了马蹄袖,拱起双手,一直拱到眉毛上面,弯着腰,嘴里不住的说"请……请……请",直到那客人走的转了个弯看不见了,方才进去,呀的一声,大门关了。我再留心看那门口时,却挂着一个红底黑字的牌儿,像是个店家招牌;再看看那牌上的字,却写的是"钦命二品顶戴,赏戴花翎,江苏即补道,长白苟公馆"二十个宋体字,不觉心中暗暗纳罕。走到前面,雇定了马匹,骑到关上去,见过继之。

　　这天没有甚么事,大家坐着闲谈一会。开出午饭来,便有几个同事都过来同着吃饭。这吃饭中间,我忽然想起方才所见的一桩事体,便对继之说道:"我今天看见了一位礼贤下士的大人先生,在今世只怕是要算绝少的了!"继之还没有开口,就有一位同事抢着问道:"怎么样的礼贤下士?快告诉我,等我也去见见他。"我就将方才所见的说了一遍。继之对我看了一眼,笑了一笑,说道:"你总是这么大惊小怪似的。"继之这一句话说的,倒把我闷住了。正是:礼贤下士谦恭客,犹有旁观指摘人。要知继之为了甚事笑我,且待下回再记。

珠宝店巨金骗去　州县官实价开来

　　且说我当下说那位苟观察礼贤下士,却被继之笑了我一笑,又说我少见多怪,不觉闷住了。因问道:"莫非内中还有甚么缘故么?"继之道:"昨日扬州府贾太守有封信来,荐了一个朋友,我这里实在安插不下了,你代我写封回信,送到帐房里,好连程仪一齐送给他去。"我答应了,又问道:"方才说的那苟观察,既不是礼贤下士……"我这句话还没有说完,继之便道:"你今天是骑马来的,还是骑驴来的?"我听了这句话,知道他此时有不便说出的道理,不好再问,顺口答道:"骑马来的。"以后便将别话岔开了。一时吃过了饭,我就在继之的公事桌上,写了一封回书,交给帐房,辞了继之出来,仍到城里去。

　　路上想着寄我伯父的信,已经有好几天了,不免去探问探问,就顺路走至我伯父公馆。先打听回来了没有,说是还没有回来。我正要问我的信寄去了没有,忽然抬头看见我那封信,还是端端正正的插在一个壁架子上,心中不觉暗暗动怒。只不便同他理论,于是也不多言,就走了回来。细想这底下人,何以这么胆大,应该寄的信,也不拿上去回我伯母,莫非继之说的话当真不错,伯父有心避过了我么?又想道:"就是伯父有心避我,这底下人也不该搁起我的信。难道我伯父交代过,不可代我通信的么?"想来想去,总想不出个道理。

　　正在胡思乱想的时候,忽然一个丫头走来,说是太太请我。我便走到上房去,见了继之夫人,问有甚事。继之夫人拿出一双翡翠镯子来道:"这是人家要出脱的,讨价三百两银子,不知值得不值得,请你拿到祥珍去估估价。"当下我答应了,取过镯子出来——原来这家祥珍,是一家珠宝店,南京城里算是数一数二的大店家。继之与他相熟的,我也曾跟着继之,到过他家两三次,店里面的人也相熟了——当时走到他家,便请他掌柜的估价,估得三百两银子不贵。

　　未免闲谈一会。只见他店中一个个的伙计,你埋怨我,我埋怨你;那掌柜的虽是陪我坐着,却也是无精打采的。我看见这种情形,起身要走。掌柜道:"阁下没事,且慢走一步,我告诉阁下一件事,看可有法子想么?"我听了此话,便依然坐下,问是甚事。掌柜道:"我家店里遇了骗子……"我道:"怎么个骗法呢?"掌柜道:"话长呢。我家店里后面一进,有六七间房子,空着没有用。前几个月,就贴了一张招租的帖子。不多几天,就有人来租了,说是要做公馆。那个人姓刘,在门口便贴了个'刘公馆'的条子,带了家眷来住下。天天坐着轿子到外面拜客,在我店里走来走去,自然就熟了。晚上没有事,他也常出来谈天。有一天,他说有几件东西,本来是心爱的,此刻手中不便,打算拿来变价,问我们店里要不要。要是最好;不然,就放在店里寄卖也好。我们大众伙计,就问他是甚么东西。他就拿出来看,是一尊玉佛,却有一尺五六寸高;还有一对白玉花瓶;一枝玉镶翡翠如意;一个班指。这几件东西,照我们看去,顶多不过值得三千银子,他却说要卖二万,倘卖了时,给我们一个九五回用。我们明知是卖不掉的,好在是寄卖东西,不犯本钱的,又不很占地方,就拿来店面上作个摆设也好,就答应了他。摆了三个多月,虽然有人问过,但是听见了价钱,都吓的吐出舌头来,从没有一个敢还价的。有一天,来了一个人,买了几件鼻烟壶、手镯之类,又买了一挂朝珠,还的价钱,实在内行;批点东西的毛病,说那东西的出处,着实是个行家。过得两天,又来看东西。如此鬼混了几天。忽然一天,同了两个人来,要看那玉佛、花瓶、如意。我们取出来给他看。他看了,说是通南京城里,找不出这东西来。赞赏了半天,便问价钱。我们一个伙计,见他这么中意,就有心同他打趣,要他三万银子。他说道:'东西虽好,那里值到这个价钱,顶多不过一个折半价罢了。'阁下,你想三万折半,不是有了一万五千了吗?我们看见他这等说,以为可以有点望头了,就连那班指拿出来给他看,说明白是人家寄卖的。他看了那班指,也十分中意。又说道:'就是连这班指,也值不到那些。'我们请他还价。他说道:'我已说过折半的了,就是一万五千银子罢。'我们一个伙计说:'你说的万五,是那几件的价,怎么添了这个班指,还是万五呢?'他笑了笑道:'也罢,那么说,就是一万六罢。'讲了半天,我们减下来减到了二万六,他添到了一万七,未曾成交,也就走了。他走了之后,我们还把那东西再三细看,实在看不出好处,不知他怎么出得这么大的价钱。自家不敢相信,还请了同行的看货老手来看,也说不过值得三四千银子。然而看他前两回来买东西,所说的话,没有一句不内行,这回出这重价,未必肯上当。想来想去,总是莫名其妙。到了明天，他又带了一个人来看过，又加了一千的价，统共是一万八，还没有成交。以后便天天来，说是买来送京里甚么中堂寿礼的。来一次加一点价，后来加到了二万四。我们想连那姓刘的所许九五回用，已稳赚了五千银子了，这天就定了交易。那人却拿出一张五百两的票纸来，说是一时没有现银，先拿这五百两作定，等十天来拿。又说到了十天期，如果他不带了银子来拿，这五百两定银，他情愿不追还；但十天之内，叫我们千万不要卖了，如果卖了，就是赔他二十四万都不答应。我们都应允了。他又说交易太大，恐怕口说无凭，要立个凭据。我们也依他，照着所说的话，立了凭据，他就去了。等了五六天不见来。到了第八天的晚上，忽然半夜里有人来打门。我们开了门问时，却见一个人仓仓皇皇问道：'这里是刘公馆么？'我们答应他是的。他便走了进来，我们指引他进去。不多一会，忽然听见里面的人号啕大哭起来。吓得连忙去打听，说是刘老爷接了家报，老太太过了。我们还不甚在意。到了次日一早，那姓刘的出来算还房钱，说即日要带了家眷，奔丧回籍，当夜就要下船，向我们要还那几件东西。我们想明天就是交易的日期，劝他等一天，他一定不肯。再四相留，他执意不从，说是我们做生意人不懂规矩，得了父母的讣音，是要星夜奔丧的，照例昨夜得了信，就要动身，只为收拾行李没法，已经耽搁了一天了。我们见他这么说，东西是已经卖了，不能还他的，好在只隔得一天，不如兑了银子给他罢。于是扣下了一千两回用，兑了一万九千银子给他。他果然即日动身，带着家眷走了。至于那个来买东西的呢，莫说第十天，如今一个多月了，影子也不看见。前天东家来店查帐，晓得这件事，责成我们各同事分赔。阁下，你想那姓刘的，不是故意做成这个圈套来行骗么？可有个甚么法子思想？"

我听了一席话，低头想了一想，却是没有法子。那掌柜道："我想那姓刘的，说甚么丁忧，都是假话。这个人一定还在这里。只是有甚法子，可以找着他？"我说道："找着他也是无用。他是有东西卖给你的，不过你自家上当，买贵了些，难道有甚么凭据，说他是骗么？"那掌柜听了我的话，也想了一想，又说道："不然，找着那个来买的人也好。"我道："这个更没有用。他同你立了凭据，说十天不来，情愿凭你罚去定银。他如今不要那定银了，你能拿他怎样？"那掌柜听了我的话，只是叹气。我坐了一会，也就走了。

回去交代明白了手镯，看了一回书，细想方才祥珍掌柜所说的那桩事，真是无奇不有。这等骗术，任是甚么聪明人，都要入彀。何况那做生意人，只知谋利，那里还念着有个害字在后头呢！又想起今日看见那苟公馆送客的一节事，究竟是甚么意思，继之又不肯说出来，内中一定有个甚么情节，巴不能够马上明白了才好。

正在这么想着，继之忽地里回到公馆里来。方才坐定，忽报有客拜会。继之叫请，一面换上衣冠，出去会客。我自在书房里，不去理会。

歇了许久，继之才送过客回了进来，一面脱卸衣冠，一面说道："天下事真是愈出愈奇了！老弟，你这回到南京来，将所有阅历的事，都同他笔记起来，将来还可以成一部书呢。"

我问："又是甚么事？"继之道："向午时候，你走了，就有人送了一封信来。拆开一看，却是一位制台衙门里的幕府朋友送来的。信上问我几时在家，要来拜访。我因为他是制台的幕友，不便怠慢他，因对来人说：'我本来今日要回家，就请下午到舍去谈谈。'打发来人去了，我就忙着回来。坐还未定，他就来了。我出去会他时，他却没头没脑的说是请我点戏。"

我听到这里，不觉笑起来，说道："果然奇怪，这老远的路约会了，却做这等无谓的事。"继之道："那里话来！当时我也是这个意思，因问他道：'莫非是那一位同寅的喜事寿日，大家要送戏？若是如此，我总认一个份子，戏是不必点的。'他听了我的话，也好笑起来，说不是点这个戏。我问他到底是甚戏。他在怀里掏出一个折子来递给我。我打开一看，上面开着江苏全省的县名，每一个县名底下，分注了些数目字，有注一万的，有注二三万的，也有注七八千的。我看了，虽然有些明白，然而我不便就说是晓得了，因问他是甚意思。他此时炕也不坐了，拉我下来，走到旁边贴摆着的两把交椅上，两人分坐了，他附着了我耳边，说道：'这是得缺的一条捷径。若是要想那一个缺，只要照开着的数目，送到里面去，包你不到十天，就可以挂牌。这是补实的价钱；若是署事，还可以便宜些。'"

我说："大哥怎样回报他呢？"继之道："这种人，那里好得罪他！只好同他含混了一会，推说此刻初接大关这差，没有钱，等过些时候，再商量罢。他还同我胡缠不了，好容易才把他敷衍走了。"

我说："果然奇怪！但是我闻得卖缺虽是官场的惯技，然而总是藩台衙门里做的，此刻怎么闹到总督衙门里去呢？"继之道："这有甚么道理！只要势力大的人，就可以做得。只是开了价钱，具了手折，到处兜揽，未免太不像样了！"我说道："他这是招徕生意之一道呢。但不知可有'货真价实，童叟无欺'的字样没有？"说的继之也笑了。

大家说笑一番。我又想起寄信与伯父一事，因告诉了继之。继之叹道："令伯既是那么着，只怕寄信去也无益。你如果一定要寄信，只管写了交给我，包你寄到。"我听了，不觉大喜。正是：意马心猿萦梦寐，河鱼天雁托音书。要知继之有甚法子可以寄得信去，且待下回再记。

彻底寻根表明骗子　穷形极相画出旗人

却说我听得继之说,可以代我寄信与伯父,不觉大喜。就问:"怎么寄法?又没有住址的。"继之道:"只要用个马封,面上标着'通州各属沿途探投勘荒委员',没有个递不到的。再不然,递到通州知州衙门,托他转交,也可以使得。"我听了大喜道:"既是那么着,我索性写他两封,分两处寄去,总有一封可到的。"

当下继之因天晚了,便不出城,就在书房里同我谈天。我说起今日到祥珍估镯子价,被那掌柜拉着我,诉说被骗的一节。继之叹道:"人心险诈,行骗乃是常事。这件事情,我早就知道了。你今日听了那掌柜的话,只知道外面这些情节,还不知内里的事情;就是那掌柜自家,也还在那里做梦,不知是那一个骗他的呢。"我惊道:"那么说,大哥是知道那个骗子的了,为甚不去告诉了他,等他或者控告,或者自己去追究,岂不是件好事?"继之道:"这里面有两层:一层是我同他虽然认得,但不过是因为常买东西,彼此相熟了,通过姓名,并没有一些交情,我何苦代他管这闲事;二层就是告诉了他这个人,也是不能追究的。你道这骗子是谁?"继之说到这里,伸手在桌子上一拍道:"就是这祥珍珠宝店的东家!"

我听了这话,吃了一大吓,顿时呆了。歇了半晌,问道:"他自家骗自家,何苦呢?"继之道:"这个人本来是个骗子出身,姓包,名道守。人家因为他骗术精明,把他的名字读别了,叫他做'包到手'。后来他骗的发了财了,开了这家店。去年年下的时候,他到上海去,买了一张吕宋彩票回来,被他店里的掌柜、伙计们见了,要分他半张。他也答应了,当即裁下半张来。这半张是五条,那掌柜的要了三条;余下两条,是各小伙计们公派了。当下银票交割清楚。过得几天,电报到了,居然叫他中了头彩,自然是大家欢喜。到上海去取了六万块洋钱回来,他占了三万,掌柜的三条是一万八,其余万二,是众伙计分了。当下这包到手,便要那掌柜合些股份在店里,那掌柜不肯。他又叫那些小伙计合股,谁知那些伙计们,一个个都是要搂着洋钱睡觉,看着洋钱吃饭的,没有一个答应。因此他怀了恨了,下了这个毒手。此刻放着那玉佛、花瓶那些东西,还值得三千两;那姓刘的取去了一万九千两,一万九除了三千,还有一万六,他咬定了要店里众人分着赔呢。"

我道:"这个圈套,难为他怎么想得这般周密,叫人家一点儿也看不出来。"继之道:"其实也有一点破绽,不过未曾出事的时候,谁也疑心不到就是了。他店里的后进房子,本是他自己家眷住着的,中了彩票之后,他才搬了出去。多了几个钱,要住舒展些的房子,本来也是人情。但腾出了这后进房子,就应该收拾起来,招呼些外路客帮,或者在那里看贵重货物,这也是题中应有之义呀,为甚么就要租给别人呢?"我说道:"做生意人本来是处处打算盘的,租出几个房钱,岂不是好?并且谁料到他约定一个骗子进来呢?我想那姓刘的要走的时候,把东西还了他也罢了。"继之道:"唔!这还了得!还了他东西,到了明天,那下了定的人,就备齐了银子来交易,没有东西给他,不知怎样索诈呢!何况又是出了笔据给他的。这种骗术,直是妖魔鬼怪都逃不出他的网罗呢。"

说到这里,已经是吃晚饭的时候了。吃过晚饭,继之到上房里去,我便写了两封信。恰好封好了,继之也出来了,当下我就将信交给他。他接过了,说明天就加封寄去。

我两个人又闲谈起来。我一心只牵记着那苟观察送客的事,又问起来。继之道:"你这个人好笨!今日吃中饭的时候你问我,我叫你写贾太守的信,这明明是叫你不要问了,你还不会意,要问第二句。其实我那时候未尝不好说,不过那些同桌吃饭的人,虽说是同事,然而都是甚么藩台唎、首府唎、督署幕友唎……这班人荐的,知道他们是甚么路数!这件事虽是人人晓得的,然而我犯不着传出去,说我讲制台的丑话。我同你呢,又不知是甚么缘法,很要好的,随便同你谈句天,也是处处要想……教导呢,我是不敢说,不过处处都想提点你,好等你知道些世情。我到底比你痴长几年,出门比你又早。"

我道:"这是我日夕感激的。"继之道:"若说感激,你感激不了许多呢。你记得么?你读的'四书',一大半是我教的。小时候要看闲书,又不敢叫先生晓得,有不懂的地方,都是来问我。我还记得你读《孟子·动心章》:'不得于言,勿求于心;不得于心,勿求于气'那几句,读了一天不得上口,急的要哭出来了,还是我逐句代你讲解了,你才记得呢。我又不是先生,没有受你的束脩,这便怎样呢?"

此时我想起小时候读书,多半是继之教我的。虽说是从先生,然而那先生只知每日教两遍书,记不得只会打,那里有甚么好教法。若不是继之,我至今还是字不通呢。此刻他又是这等招呼我,处处提点我。这等人,我今生今世要觅第二个,只怕是难的了!想到这里,心里感激得不知怎样才好,几乎流下泪来。因说道:"这,非但我一个人感激,就是先君、家母,也是感激的了不得的!"

此时我把苟观察的事，早已忘了，一心只感激继之，说话之中，声音也咽住了。继之看见忙道："兄弟且莫说这些话。你听苟观察的故事罢。那苟观察单名一个才字，人家都叫他狗才……"我听到这里，不禁噗嗤一声，笑将出来。继之接着道："那苟才前两年上了一个条陈给制台，是讲理财的政法。这个条陈与藩台很有碍的，叫藩台知道了，很过不去，因在制台跟前，很很的说了他些坏话，就此黑了。后来那藩台升任了，换了此刻这位藩台，因为他上过那个条陈，也不肯招呼他。因此接连两三年没有差使，穷的吃尽当光了。"

我说道："这句话，只怕大哥说错了。我今天日里看见他送客的时候，莫说穿的是崭新衣服，底下人也四五个，那里至于吃尽当光。吃尽当光，只怕不能够这么样了。"继之笑道："兄弟，你处世日子浅，那里知道得许多！那旗人是最会摆架子的，任是穷到怎么样，还是要摆着穷架子。有一个笑话，还是我用的底下人告诉我的，我告诉了这个笑话给你听，你就知道了。这底下人我此刻还用着呢，就是那个高升。这高升是京城里的人，我那年进京会试的时候，就用了他。他有一天对我说一件事。说是从前未投着主人的时候，天天早起，到茶馆里去泡一碗茶，坐过半天。京城里小茶馆泡茶，只要两文京钱，合着外省的四文；要是自己带了茶叶去呢，只要一文京钱就够了。有一天，高升到了茶馆里，看见一个旗人进来泡茶，却是自己带的茶叶，打开了纸包，把茶叶尽情放在碗里。那堂上的人道：'茶叶怕少了罢？'那旗人哼了一声道：'你那里懂得！我这个是大西洋红毛法兰西来的上好龙井茶，只要这么三四片就够了；要是多泡了几片，要闹到成年不想喝茶呢。'堂上的人，只好同他泡上了。高升听了，以为奇怪，走过去看看，他那茶碗中间，飘着三四片茶叶，就是平常吃的香片茶。那一碗泡茶的水，莫说没有红色，连黄也不曾黄一黄，竟是一碗白泠泠的白开水。高升心中已是暗暗好笑，后来又看见他在腰里掏出两个京钱来，买了一个烧饼，在那里撕着吃，细细咀嚼，像很有味的光景，吃了一个多时辰，方才吃完。忽然又伸出一个指头儿，蘸些唾沫，在桌上写字，蘸一口，写一笔。高升心中很以为奇，暗想：这个人何以用功到如此，在茶馆里还背临古帖呢。细细留心去看他写甚么字。原来他那里是写字，只因他吃烧饼时，虽然吃的十分小心，那饼上的芝麻，总不免有些掉在桌上。他要拿舌头舐了，拿手扫来吃了，恐怕叫人家看见不好看，失了架子，所以在那里假装着写字蘸来吃。看他写了半天字，桌上的芝麻一颗也没有了。他又忽然在那里出神，像想甚么似的；想了一会，忽然又像醒悟过来似的，把桌子很很的一拍，又蘸了唾沫去写字。你道为甚么呢？原来他吃烧饼的时候，有两颗芝麻掉在桌子缝里，任凭他怎样蘸唾沫写字,总写他不到嘴里,所以他故意做成忘记的样子,又故意做成忽然醒悟的样子,把桌子拍一拍,那芝麻自然震了出来,他再做成写字的样子,自然就到了嘴了。"

我听了这话,不觉笑了,说道:"这个只怕是有心形容他罢,那里有这等事!"继之道:"形容不形容,我可不知道,只是还有下文呢。他饼吃完了,字也写完了,又坐了半天,还不肯去。天已向午了,忽然一个小孩子走进来,对着他道:'爸爸快回去罢,妈要起来了。'那旗人道:'妈要起来就起来,要我回去做甚么?'那孩子道:'爸爸穿了妈的裤子出来,妈在那里急着没有裤子穿呢。'那旗人喝道:'胡说!妈的裤子,不在皮箱子里吗?'说着,丢了一个眼色,要使那孩子快去的光景。那孩子不会意,还在那里说道:'爸爸只怕忘了,皮箱子早就卖了,那条裤子,是前天当了买米的。妈还叫我说,屋里的米只剩了一把,喂鸡儿也喂不饱的了,叫爸爸快去买半升米来,才够做中饭呢。'那旗人大喝一声道:'滚你的罢!这里又没有谁给我借钱,要你来装这些穷话做甚么!'那孩子吓的垂下了手,答应了几个'是'字,倒退了几步,方才出去。那旗人还自言自语道:'可恨那些人,天天来给我借钱,我那里有许多钱应酬他,只得装着穷,说两句这话。这些孩子们听惯了,不管有人没人,开口就说穷话。其实在这茶馆里,那里用得着呢。老实说,咱们吃的是皇上家的粮,那里就穷到这个份儿呢。'说着,立起来要走。那堂上的人,向他要钱。他笑道:'我叫这孩子气昏了,开水钱也忘了开发。'说罢,伸手在腰里乱掏,掏了半天,连半根钱毛也掏不出来。嘴里说:'欠着你的,明日还你罢。'那个堂上不肯。争奈他身边认真的半文都没有,任凭你扭着他,他只说明日送来,等一会送来;又说那堂上的人不生眼睛,'你大爷可是欠人家钱的么?'那堂上说:'我只要你一个钱开水钱,不管你甚么大爷二爷。你还了一文钱,就认你是好汉;还不出一文钱,任凭你是大爷二爷,也得要留下个东西来做抵押。你要知道,我不能为了一文钱,到你府上去收帐。'那旗人急了,只得在身边掏出一块手帕来抵押。那堂上抖开来一看,是一块方方的蓝洋布,上头醭醭的了不得,看上去大约有半年没有下水洗过的了,因冷笑道:'也罢,你不来取,好歹可以留着擦桌子。'那旗人方得脱身去了。你说这不是旗人摆架子的凭据么?"

我听了这一番言语,笑说道:"大哥,你不要只管形容旗人了,告诉了我狗才那桩事罢。"继之不慌不忙说将出来,正是:尽多怪状供谈笑,尚有奇闻说出来。要知继之说出甚么情节来,且待下回再记。

代谋差营兵受殊礼　吃倒账钱佥大遭殃

当下继之对我说道："你不要性急。因为我说那狗才穷的吃尽当光了，你以为我言过其实，我不能不将他们那旗人的历史对你讲明，你好知道我不是言过其实，你好知道他们各人要摆各人的架子。那个吃烧饼的旗人，穷到那么个样子，还要摆那么个架子，说那么个大话，你想这个做道台的，那家人咧、衣服咧，可肯不摆出来么？那衣服自然是难为他弄来的。你知道他的家人吗？有客来时便是家人；没有客的时候，他们还同着桌儿吃饭呢。"

我问道："这又是甚么缘故？"继之道："这有甚么缘故？都是他那些甚么外甥咧、表侄咧，闻得他做了官，便都投奔他去做官亲。谁知他穷下来，就拿着他们做底下人摆架子。我还听见说，有几家穷候补的旗人，他上房里的老妈子、丫头，还是他的丈母娘、小姨子呢。你明白了这个来历，我再告诉你这位总督大人的脾气，你就都明白了。这位大帅，是军功出身，从前办军务的时候，都是仗着几十个亲兵的功劳，跟着他出生入死。如今天下太平了，那些亲兵，叫他保的总兵的总兵，副将的副将，却一般的放着官不去做，还跟着他做戈什哈。你道为甚么呢？只因这位大帅，念着他们是共过患难的人，待他们极厚，真是算得言听计从的了，所以他们死命的跟着，好仗着这个势子，在外头弄钱。他们的出息，比做官还好呢。还有一层，这位大帅因为办过军务，与士卒同过甘苦，所以除了这班戈什哈之外，无论何等兵丁的说话，都信是真的。他的意思，以为那些兵丁都是乡下人，不会撒谎的。他又是个喜动不喜静的人，到了晚上，他往往悄地里出来巡查，去偷听那些兵丁的说话，无论那兵丁说的是甚么话，他总信是真的。久而久之，他这个脾气，叫人家摸着了，就借了这班兵丁做个谋差事的门路。譬如我要谋差使，只要认识了几个兵丁，嘱托他到晚上，觑着他老人家出来偷听时，故意两三个人谈论，说吴某人怎样好、怎样好，办事情怎么能干，此刻却是怎样穷，假作叹息一番，不出三天，他就是给我差使的了。你想求到他说话，怎么好不恭敬他？你说那苟观察礼贤下士，要就是为的这个。那个戴白顶子的，不知又是那里的什长之类的了。"我听了这一番话，方才恍然大悟。

继之说话时，早来了一个底下人，见继之话说的高兴，闪在旁边站着。

等说完了话，才走近一步，回道："方才钟大人来拜会，小的已经挡过驾了。"继之问道："坐轿子来的，还是跑路来的?"底下人道："是衣帽坐轿子来的。"继之哼了一声道："功名也要丢快了，还要出来晾他的红顶子！你挡驾怎么说的?"底下人道："小的见晚上时候，恐怕老爷穿衣帽麻烦，所以没有上来回，只说老爷在关上没有回来。"继之道："明日到关上去，知照门房，是他来了，只给我挡驾。"那底下人答应了两个"是"字，退了出去。

我因问道："这又是甚么故事，可好告诉我听听?"继之笑道："你见了我，总要我说甚么故事，你可知我的嘴也说干了。你要是这么着，我以后不敢见你了。"我也笑道："大哥，你不告诉我也可以，可是我要说你是个势利人了。"继之道："你不要给我胡说！我怎么是个势利人?"我笑道："你才说他的功名要丢快了，要丢功名的人，你就不肯会他了，可不是势利吗?"

继之道："这么说，我倒不能不告诉你了。这个人姓钟，叫做钟雷溪。"我抢着说道："怎么不'钟灵气'，要'钟戾气'呢?"继之道："你又要我说故事，又要来打岔，我不说了。"吓得我央求不迭。继之道："他是个四川人。十年头里，在上海开了一家土栈，通了两家钱庄，每家不过通融二三千银子光景。到了年下，他却结清帐目，一丝不欠。钱庄上的人眼光最小，只要年下不欠他的钱，他就以为是好主顾了。到了第二年，另外又有别家钱庄来兜搭。这一年只怕通了三四家钱庄，然而也不过五六千的往来。这年他把门面也改大了，举动也阔绰了。到了年下，非但结清欠帐，还些少有点存放在里面。一时钱庄帮里都传遍了，说他这家土栈，是发财得很呢。过了年，来兜搭的钱庄，越发多了。他却一概不要，说是我今年生意大了，三五千往来不济事，最少也要一二万才好商量。那些钱庄是相信他发财的了，都答应了他。有答应一万的，有答应二万的，统共通了十六七家。他老先生到了半年当中，把肯通融的几家，一齐如数提了来，总共有二十多万，到了明天，他却'少陪'也不说一声，就这么走了。土栈里面，丢下了百十来个空箱，伙计们也走的影儿都没有。钱庄上的人吃一大惊，连忙到会审公堂去控告，又出了赏格，上了新闻纸告白，想去捉他，这却是大海捞针似的，那里捉得他着。你晓得他到那里去了? 他带了银子，一直进京，平白地就捐上一个大花样的道员，加上一个二品顶戴，引见指省，来到这里候补。你想市侩要入官场，那里懂得许多！从来捐道员的，那一个捐过大花样? 这道员外补的，不知几年才碰得上一个。这个连我也不很明白，听说合十八省的道缺，只有一个半缺呢。"

我说道："这又奇了，怎么有这半个缺起来?"继之道："大约这个缺是一回内放，一回外补的，所以要算半个。你想这么说法，那道员的大花样有甚用处？谁还去捐他？并且近来那些道员，多半是从小班子出身，连捐带保，迭起来的。若照这样平地捐起来，上头看了履历，就明知是个富家子弟，那里还有差事给他！所以那钟雷溪到了省好几年了，并未得过差使，只靠着骗拐来的钱使用。上海那些钱庄人家，虽然在公堂上存了案，却寻不出他这个人来，也是没法。到此刻，已经八九年了。直到去年，方才打听得他改了名字，捐了功名，在这里候补。这十几家钱庄，在上海会议定了，要向他索还旧债。公举了一个人，专到这里，同他要帐。谁知他这时候摆出了大人的架子来，这讨帐的朋友要去寻他，他总给他一个不见。去早了，说没有起来；去迟了，不是说上衙门去了，便说拜客去了。到晚上去寻他时，又说赴宴去了。累得这位讨帐的朋友，在客栈里耽搁了大半年，并未见着他一面。没有法想，只得回到上海，又在会审公堂控告。会审官因为他告的是个道台，又且事隔多年，便批驳了不准。又到上海道处上控。上海道批了出来，大致说是控告职官，本道没有这种权力去移提到案；如果实在系被骗，可到南京去告云云。那些钱庄帮得了这个批，犹如唤起他的睡梦一般，便大家商量，选派了两个能干事的人，写好了禀帖，到南京去控告。谁知道衙门里面的事，难办得很呢。况且告的又是二十多万的倒帐，不消说的，原告是个富翁了，如何肯轻易同他递进去。闹的这两个干事的人，一点事也不曾干上，白白跑了一趟，就那么着回去了。到得上海，又约齐了各庄家，汇了一万多银子来，里里外外，上上下下，都打点到了，然后把呈子递了上去。这位大帅却也好，并不批示，只交代藩台问他的话，问他有这回事没有，要是有这回事，早些料理清楚；不然，这里批出去，就不好看了。藩台依言问他，他却赖得个一干二净。藩台回了制军，制军就把这件事搁起了。这位钟雷溪得了此信，便天天去结交督署的巡捕、戈什哈，求一个消息灵通。此时那两个钱庄干事的人，等了好久，只等得一个泥牛入海，永无消息，只得写信到上海去通知。过了几天，上海又派了一个人来，又带来多少使费，并带着一封信。你道这封是甚么信呢？原来上海各钱庄，多是绍兴人开的，给各衙门的刑名师爷是同乡。这回他们不知在那里请出一位给这督署刑名相识的人，写了这封信，央求他照应。各钱庄也联名写了一张公启，把钟雷溪从前在上海如何开土栈，如何通往来，如何设骗局，如何倒帐卷逃，并将两年多的往来帐目，抄了一张清单，一齐开了个白折子，连这信封在一起，打发人来投递。这人来了，就到督署去求见那位刑名师爷，又递了一纸催呈。那刑名师爷光景是对大帅说明白了。前日上院时，单单传了他进去，叫他好好的出去料理，不然，这个'拐骗巨资'，我批了出去，就要奏参的。吓的他昨日去求藩台设法。这位藩台本来是不大理会他的，此时越发疑他是个骗子，一味同他搭讪着。他光景知道我同藩台还说得话来，所以特地来拜会我，无非是要求我对藩台去代他求情。你想，我肯同他办这些事么？所以不要会他。兄弟，你如何说我势利呢？"

我笑道："不是我这么一激，那里听得着这段新闻呢！但是大哥不同他办，总有别人同他办的，不知这件事到底是个甚么样结果呢？"继之道："官场中的事，千变万化，那里说得定呢！时候不早了，我们睡罢。明日大早，我还要到关上去呢。"说罢，自到上房去了。

一夜无话。到了次日早起，继之果然早饭也没有吃，就到关上去了。我独自一个人吃过了早饭，闲着没事，踱出客堂里去望望。只见一个底下人，收拾好了几根水烟筒，正要拿进去，看见了我，便垂手站住了。我抬头一看，正是继之昨日说的高升，因笑着问他道："你家老爷，昨日告诉我一个旗人在茶馆里吃烧饼的笑话，说是你说的，是么？"高升低头想道："是甚么笑话呀？"我说道："到了后来，又是甚么他的孩子来说，妈没有裤子穿的呢。"高升道："哦！是这个。这是小的亲眼看见的实事，并不是笑话。小的生长在京城，见的旗人最多，大约都是喜欢摆空架子的。昨天晚上，还有个笑话呢。"

我连忙问是甚么笑话。高升道："就是那边苟公馆的事。昨天那苟大人，不知为了甚事要会客，因为自己没有大衣服，到衣庄里租了一套袍褂来穿了一会。谁知他送客之后，走到上房里，他那个五岁的小少爷，手里拿着一个油麻团，往他身上一搂，把那崭新的衣服，闹上了两块油迹。不去动他倒也罢了，他们不知那个说是滑石粉可以起油的，就糁上些滑石粉，拿熨斗一熨，倒弄上了两块白印子来了。他们恐怕人家看出来，等到将近上灯未曾上灯的时候，方才送还人家，以为可以混得过去。谁知被人家看了出来，到公馆里要赔。他家的家人们，不由分说，把来人撺出大门，紧紧闭上。那个人就在门口乱嚷，惹得来往的人，都站定了围着看。小的那时候，恰好买东西走过，看见那人正抖着那外褂儿，叫人家看呢。"

我听了这一席话，方才明白吃尽当光的人，还能够衣冠楚楚的缘故。正这么想着，又看见一个家人，拿一封信进来递给我，说是要收条的。我接来顺手拆开，抽出来一看，还没看见信上的字，先见一张一千两银子的庄票，盖在上面。正是：方才悟彻玄中理，又见飞来意外财。要知这一千两银子的票是谁送来的，且待下回再记。

隔纸窗偷觑骗子形　接家书暗落思亲泪

却说当下我看见那一千两的票子,不禁满心疑惑。再看那信面时,署着"钟缄"两个字。然后检开票子,看那来信,上面歪歪斜斜的,写着两三行字。写的是:

> 屡访未晤,为怅!仆事,谅均洞鉴。乞在方伯处,代圆转一二。附呈千金,作为打点之费。尊处再当措谢。今午到关奉谒,乞少候。云泥两隐。

我看了这信,知道是钟雷溪的事,然而不便出一千两的收条给他,因拿了这封信,走到书房里,顺手取过一张信纸来,写了"收到来信一件,此照,吴公馆收条"十三个字,给那来人带去。

歇了一点多钟,那来人又将收条送回来,说是:"既然吴老爷不在家,可将那封信发回,待我们再送到关上去。"当下高升传了这话进来。我想这封信已经拆开了,怎么好还他,因叫高升出去交代说:"这里已经专人把信送到关上去了,不会误事的,收条仍旧拿了去罢。"

交代过了,我心下暗想:"这钟雷溪好不冒昧,面还未见着,人家也没有答应他代办这事,他便轻轻的送出这千金重礼来。不知他平日与继之有甚么交情,我不可耽搁了他的正事,且把这票子连信送给继之,凭他自己作主。"要想打发家人送去,恐怕还有甚么话,不如自己走一遭,好在这条路近来走惯了,也不觉着很远。

想定了主意,便带了那封信,出门雇了一匹马,加上一鞭,直奔大关而来。见了继之,继之道:"你又赶来做甚么?"我说道:"恭喜发财呢!"说罢,取出那封信,连票子一并递给继之。继之看了道:"这是甚么话!兄弟,你有给他回信没有?"我说:"因为不好写回信,所以才亲自送来,讨个主意。"遂将上项事说了一遍。继之听了,也没有话说。

歇了一会,只见家人来回话,说道:"钟大人来拜会,小的挡驾也挡不及。他先下了轿,说有要紧话同老爷说。小的回说,老爷还没有出来,他说可以等一等。小的只得引到花厅里坐下,来回老爷的话。"继之道:"招呼烟茶去。交代今日午饭开到这书房里来。开饭时,请钟大人到帐房里便饭。知照帐房师爷,只说我没有来。"那家人答应着,退了出去。我问道:"大哥还不会他么?"继之道:"就是会他,也得要好好的等一会儿。不然,他来了,我也到了,那里有这等巧事,岂不要犯他的疑心!"于是我两个人又谈些别事。继之又检出几封信来交给我,叫我写回信。

过了一会,开上饭来,我两人对坐吃过了。继之方才洗了脸,换上衣服,出去会那钟雷溪。我便跟了出去,闪在屏风后面去看他。只见继之见了雷溪,先说失迎的话,然后让坐。坐定了,雷溪问道:"今天早起,有一封信送到公馆里去的,不知收到了没有?"继之道:"送来了,收到了。但是……"继之这句话并未说完,雷溪道:"不知签押房可空着?我们可到里面谈谈。"继之道:"甚好,甚好。"说着,一同站起来,让前让后的往里边去。我连忙闪开,绕到书房后面的一条夹衖里——这夹衖里有一个窗户,就是签押房的窗户——我又站到那里去张望。好奇怪呀!你道为甚么?原来我在窗缝上一张,见他两个人,正在那里对跪着行礼呢。

我又侧着耳朵去听他,只听见雷溪道:"兄弟这件事,实在是冤枉,不知那里来的对头,同我顽这个把戏。其实从前舍弟在上海开过一家土行,临了时亏了本,欠了庄上万把银子是有的,那里有这么多,又拉到兄弟身上。"继之道:"这个很可以递个亲供,分辩明白,事情的是非黑白,是有一定的,那里好凭空捏造。"雷溪道:"可不是吗!然而总得要一个人,在制军那里说句把话。所以奉求老哥,代兄弟在方伯跟前,伸诉伸诉。求方伯好歹代我说句好话,这事就容易办了。"继之道:"这件事,大人很可以自己去说,卑职怕说不上去。"雷溪道:"老哥万不可这么称呼。我们一向相好,不然,兄弟送一份帖子过来,我们换了帖就是兄弟,何必客气!"继之道:"这个万不敢当!卑职……"雷溪抢着说道:"又来了!纵使我仰攀不上换个帖儿,也不可这么称呼。"继之道:"藩台那里,若是自己去求个把差使,许还说得上;然而卑职……"雷溪又抢着道:"嗳!老哥,你这是何苦奚落我呢!"继之道:"这是名分应该这样。"雷溪道:"我们今天谈知己话,名分两个字,且搁过一边。"继之道:"这是断不敢放恣的!"雷溪道:"这又何必呢!我们且谈正话罢。"继之道:"就是自己求差使,卑职也不曾自己去求过,向来都是承他的情,想起来就下个札子,何况给别人说话,怎么好冒冒昧昧的去碰钉子?"雷溪道:"当面不好说,或者托托旁人,衙门里的老夫子,老哥总有相好的,请他们从中周旋周旋。方才送来的一千两银子,就请先拿去打点打点。老哥这边,另外再酬谢。"继之道:"里面的老夫子,卑职一个也不认得。这件事,实在不能尽力,只好方命的了。这一千银子的票子,请大人带回去,另外想法子罢,不要误了事。"雷溪道:"藩台同老哥的交情,是大家都晓得的。老哥肯当面去说,我看一定说得上去。"继之道:"这个卑职一定不敢去碰这钉子! 论名分,他是上司;论交情,他是同先君相好,又是父执。万一他摆出老长辈的面目来，教训几句，那就无味得很了。"雷溪道："这个断不至此，不过老哥不肯赏脸罢了。但是兄弟想来，除了老哥，没有第二个肯做的，所以才冒昧奉求。"继之道："人多着呢，不要说同藩台相好的，就同制军相好的人也不少。"雷溪道："人呢，不错是多着；但是谁有这等热心，肯鉴我的冤枉！这件事，兄弟情愿拿出一万、八千来料理，只要求老哥肯同我经手。"继之道："这个……"说到这里，便不说了。歇了一歇，又道："这票子还是请大人收回去，另外想法子。卑职这里能尽力的，没有不尽力。只是这件事，力与心违，也是没法。"雷溪道："老哥一定不肯赏脸，兄弟也无可奈何，只好听凭制军的发落了。"说罢，就告辞。

我听完了一番话，知道他走了，方才绕出来，仍旧到书房里去。继之已经送客回进来了，一面脱衣服，一面对我说道："你这个人好没正经！怎么就躲在窗户外头，听人家说话？"我道："这里面看得见么？怎么知道是我？"继之道："面目虽是看不见，一个黑影子是看见的，除了你还有谁！"我问道："你们为甚么在花厅上不行礼，却跑到书房里行礼起来呢？"继之道："我那里知道他！他跨进了门阃儿，就爬在地下磕头。"

我道："大哥这般回绝了他，他的功名只怕还不保呢。"继之道："如果办得好，只作为欠债办法，不过还了钱就没事了。但是原告呈子上，是告他棍骗呢。这件事看着罢了。"我道："他不说是他兄弟的事么？还说只有万把银子呢。"继之道："可不是吗。这种饰词，不知要哄那个。他还说这件事肯拿出一万、八千来斡旋。我当时就想驳他，后来想犯不着，所以顿住了口。"我道："怎么驳他呢？"继之道："他说是他兄弟的事，不过万把银子，这会又肯拿出一万、八千来斡旋这件事。有了一万或八千，我想万把银子的老债，差不多也可以将就了结的了，又何必另外斡旋呢？"

正在说话间，忽家人来报说："老太太到了，在船上还没有起岸。"继之忙叫备轿子，亲自去接。又叫我先回公馆里去知照，我就先回去了。到了下午，继之陪着他老太太来了。继之夫人迎出去，我也上前见礼——这位老太太，是我从小见过的——当下见过礼之后，那老太太道："几年不看见，你也长得这么高大了！你今年几岁呀？"我说："十六岁了。"老太太道："你大哥往常总说你聪明得很，将来不可限量的，因此我也时常记挂着你。自从你大哥进京之后，你总没有到我家去。你进了学没有呀？"我说："没有，我的工夫还够不上呢。况且这件事，我看得很淡，这也是各人的脾气。"老太太道："你虽然看得淡，可知你母亲并不看得淡呢。这回你带了信回去，我才知道你老太爷过了。怎么那时候不给我们一个讣闻？这会我回信也给你带来了。回来行李到了，我检出来给你。"我谢过了，仍到书房里去，写了几封继之的应酬信。

吃过晚饭，只见一个丫头，提着一个包裹，拿着一封信交给我。我接来看时，正是我母亲的回信。不知怎么着，拿着这封信，还没有拆开看，那眼泪不知从那里来的，扑簌簌的落个不了。展开看时，不过说银子已经收到，在外要小心保重身体的话。又寄了几件衣服来，打开包裹看时，一件件的都是我慈母手中线。不觉又加上一层感触。这一夜，继之陪着他老太太，并不曾到书房里来。我独自一人，越觉得烦闷。睡在床上，翻来覆去，只睡不着。想到继之此时在里面叙天伦之乐，自己越发难过。坐起来要写封家信，又没有得着我伯父的实信，这回总不能再含含混混的了，因此又搁下了笔。

顺手取过一叠新闻纸来，这是上海寄来的。上海此时，只有两种新闻纸：一种是《申报》，一种是《字林沪报》。在南京要看，是要隔几天才寄得到的。此时正是法兰西在安南开仗的时候。我取过来，先理顺了日子，再看了几段军报，总没有甚么确实消息。只因报上各条新闻，总脱不了"传闻""或谓""据说""确否容再探录"等字样，就是看了他，也犹如听了一句谣言一般。看到后幅，却刊上许多词章。这词章之中，艳体诗又占了一大半。再看那署的款，却都是连篇累牍，犹如徽号一般的别号，而且还要连表字、姓名一齐写上去，竟有二十多个字一个名字的。再看那词章，却又没有甚么惊人之句，而且艳体诗当中，还有许多轻薄句子。如《咏绣鞋》有句云："者番看得浑真切，胡蝶当头茉莉边"；又《书所见》云："料来不少芸香气，可惜狂生在上风"之类，不知他怎么都选在报纸上面。据我看来，这等要算是诲淫之作呢。

因看了他，触动了诗兴，要作一两首思亲诗。又想就这么作思亲诗，未免率直，断不能有好句。古人作诗，本来有个比体，我何妨借件别事，也作个比体诗呢。因想此时国家用兵，出戍的人必多，出戍人多了，戍妇自然也多，因作了三章《戍妇词》道：

喔喔篱外鸡，悠悠河畔砧，鸡声惊妾梦，砧声碎妾心。妾心欲碎未尽碎，可怜落尽思君泪！妾心碎尽妾悲伤，游子天涯道阻长。道阻长，君不归，年年依旧寄征衣！

嗷嗷天际雁，劳汝寄征衣；征衣待御寒，莫向他方飞。天涯见郎面，休言妾伤悲；郎君如相问，愿言尚如郎在时。非妾故自讳，郎知妾悲郎忧思；郎君忧思易成病，妾心伤悲妾本性。

圆月圆如镜，镜中留妾容；圆月照妾亦照君，君容应亦留镜中。两人相隔一万里，差幸有影时相逢。乌得妾身化妾影，月中与郎谈曲衷？

29

可怜圆月有时缺,君影妄影一齐没!

作完了,自家看了一遍,觉得身子有些困倦,便上床去睡,此时天色已经将近黎明了。正在朦胧睡去,忽然耳边听得有人道:"好睡呀!"正是:草堂春睡何曾足,帐外偏来扰梦人。要知说我好睡的人是谁,且待下回再记。

诗翁画客狼狈为奸　　怨女痴男鸳鸯并命

却说我听见有人唤我,睁眼看时,却是继之立在床前。我连忙起来。继之道:"好睡,好睡! 我出去的时候,看你一遍,见你没有醒,我不来惊动你;此刻我上院回来了,你还不起来么? 想是昨夜作诗辛苦了。"

我一面起来,一面答应道:"作诗倒不辛苦,只是一夜不曾合眼,直到天要快亮了,方才睡着的。"披上衣服,走到书桌旁边一看,只见我昨夜作的诗,被继之密密的加上许多圈,又在后面批上"缠绵悱恻,哀艳绝伦"八个字。因说道:"大哥,怎么不同你改改,却又加上这许多圈? 这种胡诌乱道的,有甚么好处呢?"继之道:"我同你有甚么客气。该是好的,自然是好的,你叫我改那一个字呢? 我自从入了仕途,许久不作诗了。你有兴致,我们多早晚多约两个人,唱和唱和也好。"我道:"正是,作诗是要有兴致的。我也许久不作了,昨晚因看见报上的诗,触动起诗兴来,偶然作了这两首。我还想誊出来,也寄到报馆里去,刻在报上呢。"继之道:"这又何必。你看那报上可有认真的好诗么? 那一班斗方名士,结识了两个报馆主笔,天天弄些诗去登报,要借此博个诗翁的名色,自己便狂得个杜甫不死、李白复生的气概。也有些人,常常在报上看见了他的诗,自然记得他的名字;后来偶然遇见,通起姓名来,人自然说句久仰的话,越发惯起他的狂焰逼人,自以为名震天下了。最可笑的,还有一班市侩,不过略识之无,因为艳羡那些斗方名士,要跟着他学,出了钱叫人代作了来,也送去登报。于是乎就有那些穷名士,定了价钱,一角洋钱一首绝诗,两角洋钱一首律诗的。那市侩知道甚么好歹,便常常去请教。你想将诗送到报馆里去,岂不是甘与这班人为伍么? 虽然没甚要紧,然而又何必呢。"

我笑道:"我看大哥待人是极忠厚的,怎么说起话来,总是这么刻薄? 何苦形容他们到这份儿呢!"继之道:"我何尝知道这么个底细,是前年进京时,路过上海,遇见一个报馆主笔,姓胡,叫做胡绘声,是他告诉我的,谅来不是假话。"我笑道:"他名字叫做绘声,声也会绘,自然善于形容人家的了。

我总不信送诗去登报的人,个个都是这样。"继之道:"自然不能一网打尽。内中总有几个不这样的,然而总是少数的了。还有好笑的呢,你看那报上不是有许多题画诗么？这作题画诗的人,后幅告白上面,总有他的书画仿单,其实他并不会画。有人请教他时,他便请人家代笔画了,自己题上两句诗,写上一个款,便算是他画的了。"我说道:"这个于他有甚好处呢？"继之道:"他的仿单,非常之贵,画一把扇子,不是两元,也是一元。他叫别人画,只拿两三角洋钱出去。这不是'尚亦有利哉'么？这是诗家的画。还有那画家的诗呢。有两个只字不通的人,他却会画,并且画的还好。倘使他安安分分的画了出来,写了个老老实实的上下款,未尝不过得去。他却偏要学人家题诗,请别人作了,他来抄在画上。这也罢了。那个稿子,他又誊在册子上,以备将来不时之需。这也还罢了。谁知他后来积的诗稿也多了,不用再求别人了,随便画好一张,就随便抄上一首,他还要写着'录旧作补白'呢。谁知都被他弄颠倒了,画了梅花,却抄了题桃花诗;画了美人,却抄了题钟馗诗。"

　　我听到这里,不觉笑的肚肠也要断了,连连摆手说道:"大哥,你不要说罢。这个是你打我我也不信。天下那里有这种不通的人呢!"继之道:"你不信么？我念一首诗给你听,你猜是甚么诗？这首诗我还牢牢记着呢。"因念道:

　　"隔帘秋色静中看,欲出篱边怯薄寒;

　　　隐士风流思妇泪,将来收拾到毫端。

你猜,这首诗是题甚么的?"我道:"这首诗不见得好。"继之道:"你且不要管他好不好,你猜是题甚么的?"我道:"上头两句泛得很。底下两句,似是题菊花、海棠合画的。"继之忽地里叫一声:"来!"外面就来了个家人。继之对他道:"叫丫头把我那个湘妃竹柄子的团扇拿来。"不一会,拿了出来。继之递给我看。我接过看时,一面还没有写字;一面是画的几根淡墨水的竹子,竹树底下站着一个美人,美人手里拿着把扇子,上头还用淡花青烘出一个月亮来。画笔是不错的,旁边却连真带草的写着继之方才念的那首诗。我这才信了继之的话。继之道:"你看那方图书,还要有趣呢。"我再看时,见有一个一寸多见方的压脚图书打在上面,已经不好看了;再看那文字时,却是"画宗吴道子,诗学李青莲"十个篆字,不觉大笑起来,问道:"大哥,你这把扇,那里来的?"继之道:"我慕了他的画名,特地托人到上海去,出了一块洋钱润笔来求的呀。此刻你可信了我的话了,可不是我说话刻薄,形容人家了。"

　　说话之间,已经开出饭来。我不觉惊异道:"呀!甚么时候了？我们只谈得几句天,怎么就开饭了?"继之道:"时候是不早了,你今天起来得迟了些。"我赶忙洗脸漱口,一同吃饭。饭罢,继之到关上去了。

大凡记事的文章,有事便话长,无事便话短。不知不觉,又过了七八天。我伯父的回信到了。信上说是知道我来了,不胜之喜,刻下要到上海一转,无甚大耽搁,几天就可回来。

我得了此信,也甚欢喜,就带了这封信,去到关上,给继之说知。入到书房时,先有一个同事在那里谈天。这个人是督扦的司事,姓文,表字述农,上海人氏。当下我先给继之说知来信的话,索性连信也给他看了。继之看罢,指着述农说道:"这位也是诗翁,你们很可以谈谈。"于是我同述农重新叙话起来。

述农又让我到他房里去坐,两人谈的入殼。我又提起前几天继之说的斗方名士那番话。述农道:"这是实有其事。上海地方,无奇不有,倘能在那里多盘桓些日子,新闻还多着呢。"我道:"正是。可惜我在上海往返了三次,两次是有事,匆匆便行;一次为的是丁忧,还在热丧里面,不便出来逛逛。这回我过上海时,偶然看见一件奇事,如今触发着了,我才记起来。那天我因为出来寄家信,顺路走到一家茶馆去看看,只见那吃茶的人,男女混杂,笑谑并作的,是甚么意思呢?"述农道:"这些女子,叫做野鸡的人,就是流娼的意思。也有良家女子,也有上茶馆的,这是洋场上的风气。有时也施个禁令,然而不久就开禁的了。"我道:"如此说,内地是没有这风气的了?"述农道:"内地何尝没有。从前上海城里,也是一般的女子们上茶馆的,上酒楼的,后来叫这位总巡禁绝了。"我道:"这倒是整顿风俗的德政。不知这位总巡是谁?"述农道:"外面看着是德政,其实骨子里他在那里行他那贼去关门的私政呢。"我道:"这又是一句奇话。私政便私政了,又是甚么贼去关门的私政呢?倒要请教请教。"

述农道:"这位总巡,专门仗着官势,行他的私政。从前做上海西门巡防局委员的时候,他的一个小老婆,受了他的委屈,吃生鸦片烟死了。他恨的了不得,就把他该管地段的烟馆,一齐禁绝了。外面看着,不是又是德政么?谁知他内里有这么个情节。至于他禁妇女吃茶一节的话,更是丑的了不得。他自己本来是一个南货店里学生意出身,不知怎么样,叫他走到官场里去。你想这等人家,有甚么规矩?所以他虽然做了总巡,他那一位小姐,已经上二十岁的人了,还没有出嫁,却天天跑到城隍庙里茶馆里吃茶。那位总巡也不禁止他。忽然一天,这位小姐不见了。偏偏这天家人们都说小姐并不曾出大门,就在屋里查察起来。谁知他公馆的房子,是紧靠在城脚底下,晒台又紧贴着城头,那小姐是在晒台上搭了跳板,走过城头上去的。恼得那位总巡立时出了一道告示，勒令沿城脚的居民将晒台拆去，只说恐防宵小；又出告示，禁止妇女吃茶。这不是贼去关门的私政么？"

我道："他的小姐走到那里去的呢？"述农道："奇怪着呢！就是他小姐逃走的那一天，同时逃走了一个轿班。"我道："这是事有凑巧罢了，那里就会跟着轿班走呢？"述农道："所以天下事，往往有出人意外的。那位总巡因为出了这件事，势不得不追究，又不便传播出去，特地请出他的大舅子来商量。因为那个轿班是嘉定县人，他大舅子就到嘉定去访问，果然叫他访着了。那位小姐居然是跟他走的。他大舅子就连夜赶回上海，告诉了底细。他就写了封信，托嘉定县办这件事，只说那轿班拐了丫头逃走。嘉定县得了他的信，就把那轿班捉将官里去。他大舅子便硬将那小姐捉了回来。谁知他小姐回来之后，寻死觅活的，闹个不了，足足三天没有吃饭，看着是要绝粒的了。依了那总巡的意思，凭他死了也罢了。但是他那位太太，爱女情切，暗暗的叫他大舅再到嘉定去，请嘉定县尊不要把那轿班办的重了，最好是就放了出来。他大舅只得又走一趟。走了两天，回来说，那轿班一些刑法也不曾受着，只因他投在一家乡绅人家做轿班，嘉定乡绅是权力很大的，地方官都是仰承鼻息的，所以不到一天，还没问过，就叫他主人拿片子要了去了。那位太太就暗暗的安慰他女儿。过了些时，又给他些银子，送他回嘉定去。谁知到得嘉定，又闹出一场笑话来。"

正说到这里，忽听得外面一阵乱嚷，跑进来了两个人，就打断了话头。正是：一夕清谈方入彀，何处闲非来扰人？要知外面嚷的是甚事，跑进来的是甚人，且待下回再记。

老伯母强作周旋话　恶洋奴欺凌同族人

原来外面扦子手查着了一船私货，争着来报。当下述农就出去察验，耽搁了好半天。我等久了，恐怕天晚入城不便，就先走了。从此一连六七天没有事。

这一天，我正在写好了几封信，打算要到关上去，忽然门上的人，送进来一张条子。即接过来一看，却是我伯父给我的，说已经回来了，叫我到公馆里去。我连忙袖了那几封信，一径到我伯父公馆里相见。我伯父先说道："你来了几时了，可巧我不在家，这公馆里的人，却又一个都不认得你。幸而听见说你遇见了吴继之，招呼着你。你住在那里，可便当么？如果不很便当，不如搬到我公馆里罢。"我说道："住在那里很便当。继之自己不用说了，就是他的老太太，他的夫人，也很好的，待侄儿就像自己人一般。"伯父道："到底打搅人家不便。继之今年只怕还不曾满三十岁，他的夫人自然是年轻的，你常见么？你虽然还是个小孩子，然而说小也不小了，这嫌疑上面，不能不避呢。我看你还是搬到我这里罢。"我说道："现在继之得了大关差使，不常回家，托侄儿在公馆里照应，一时似乎不便搬出来。"我这句话还没有说完，伯父就笑道："怎么他把一个家，托了个小孩子？"我接着道："侄儿本来年轻，不懂得甚么，不过代他看家罢了，好在他三天五天总回来一次的。现在他书启的事，还叫侄儿办呢。"伯父好像吃惊的样子道："你怎么就同他办么？你办得来么？"我说道："这不过写几封信罢了，也没有甚么办不来。"伯父道："还有给上司的禀帖呢，夹单咧、双红咧，只怕不容易罢。"我道："这不过是骈四俪六，裁剪的工夫，只要字面工整富丽，那怕不接气也不要紧的，这更容易了。"伯父道："小孩子们有多大本事，就要这么说嘴！你在家可认真用功的读过几年书？"我道："书是从七岁上学，一直读的，不过就是去年耽搁下几个月，今年也因为要出门，才解学的。"伯父道："那么你不回去好好的读书，将来巴个上进，却出来混甚么？"我道："这也是各人的脾气，侄儿从小就不望这一条路走，不知怎么的，这一路的聪明也没有。先生出了题目，要作八股，侄儿先就头大了。偶然学着对个策，做篇论，那还觉得活泼些。或者作个词章，也可以陶写陶写自己的性情。"

伯父正要说话，只见一个丫头出来说道："太太请侄少爷进去见见。"伯父就领了我到上房里去。我便拜见伯母。伯母道："侄少爷前回到了，可巧你伯父出差去了。本来很应该请到这里来住的，因为我们虽然是至亲，却从来没有见过。这里南京是有名的'南京拐子'，稀奇古怪的光棍撞骗，多得很呢。我又是个女流，知道是冒名来的不是，所以不敢招接。此刻听说有个姓吴的朋友招呼你，这也很好。你此刻身子好么？你出门的时刻，你母亲好么？自从你祖老太爷过身之后，你母亲就跟着你老人家运灵柩回家乡去，从此我们妯娌就没有见过了。那时候，还没有你呢。此刻算算，差不多有二十年了。你此刻打算多早晚回去呢？"

我还没有回答，伯父先说道："此刻吴继之请了他做书启，一时只怕不见得回去呢。"伯母道："那很好了，我们也可以常见见。出门的人，见个同乡也是好的，不要说自己人了——不知可有多少束脩？"我说道："还没有知道呢。虽然办了个把月，因为……"这里我本来要说，因为借了继之银子寄回去，恐怕他先要将束脩扣还的话，忽然一想，这句话且不要提起的好，因改口道："因为没有甚用钱的去处，所以侄儿未曾支过。"伯父道："你此刻

34

有事么?"我道:"到关上去有点事。"伯父道:"那么你先去罢。明日早起再来,我有话给你说。"我听说,就辞了出来,骑马到关上去。

走到关上时,谁知签押房锁了,我就到述农房里去坐。问起述农,才知道继之回公馆去了。我道:"继翁向来出去是不锁门的,何以今日忽然上了锁呢?"述农道:"听见说昨日丢了甚么东西呢。问他是甚么东西,他却不肯说。"说着,取过一迭报纸来,检出一张《沪报》给我看。原来前几天我作的那三首《戒妇词》,已经登上去了。我便问道:"这一定是阁下寄去的,何必呢!"述农笑道:"又何必不寄去呢!这等佳作,让大家看看也好。今天没有事,我们拟个题目,再作两首,好么?"我道:"这会可没有这个兴致,而且也不敢在班门弄斧,还是闲谈谈罢。那天谈那位总巡的小姐,还没有说完,到底后来怎样呢?"述农笑道:"你只管欢喜听这些故事。你好好的请我一请,我便多说些给你听。"说着,用手在肚子上拍了一拍道:"我这里面,故事多着呢。"我道:"几时拿了薪水,自然要请请你。此刻请你先把那未完的卷来完了才好,不然,我肚子里怪闷的。"述农道:"呀!是呀。昨天就发过薪水了,你的还没有拿么?"说着,就叫底下人到帐房去取。去了一会,回来说道:"吴老爷拿进城去了。"述农又笑道:"今天吃你的不成功,只好等下次的了。"我道:"明后天出城,一定请你,只求你先把那件事说完了。"述农道:"我那天说到甚么地方,也忘记了,你得要提我一提。"我道:"你说到甚么那总巡的太太,叫人到嘉定去寻那个轿班呢,又说出了甚么事了。"述农道:"哦!是了。寻到嘉定去,谁知那轿班却做了和尚了。好容易才说得他肯还俗,仍旧回到上海,养了几个月的头发,那位太太也不由得总巡做主,硬把这位小姐许配了他。又拿他自家的私蓄银,托他的舅爷,同他女婿捐了个把总。还逼着那总巡,叫他同女婿谋差事。那总巡只怕是一位惧内的,奉了阃令,不敢有违,就同他谋了个看城门的差事。此刻只怕还当着这个差呢。看着是看城门的一件小事,那'东洋照会'的出息,也不少呢。这件事,我就此说完了,要我再添些出来,可添不得了。"

我道:"说是说完了,只是甚么'东洋照会',我可不懂,还要请教。"述农又笑道:"我不合随口带说了这么一句话,又惹起你的麻烦。这'东洋照会',是上海的一句土谈。晚上关了城门之后,照例是有公事的人要出进,必须有了照会,或者有了对牌,才可以开门。上海却不是这样,只要有了一角小洋钱,就可以开得。却又隔着两扇门,不便彰明较著的大声说是送钱来,所以嘴里还是说照会。等看门的人走到门里时,就把一角小洋钱,在门缝里递进去,马上就开了。因为上海通行的是日本小洋钱,所以就叫他做'东洋照会'。"

我听了这才明白。因又问道："你说故事多得很，何不再讲些听听呢？"述农道："你又来了。这没头没脑的，叫我从那里说起？这个除非是偶然提到了，才想得着呀。"我说道："你只在上海城里城外的事想去，或者官场上面，或者外国人上面，总有想得着的。"述农道："一时之间，委实想不起来。以后我想起了，用纸笔记来，等你来了就说罢。"我道："我总不信一件也想不起，不过你有意吝教罢了。"

述农被我缠不过，只得低下头去想。一会道："大海捞针似的，那里想得起来！"我道："我想那轿班忽然做了把总，一定是有笑话的。"述农拍手道："有的！ 可不是这个把总，另外一个把总。我就说了这个来搪塞罢。有一个把总，在吴淞甚么营里面，当一个甚么小小的差事，一个月也不过几两银子。一天，不知为了甚么事，得罪了一个哨官。这哨官是个守备。这守备因为那把总得罪了他，他就在营官面前说了他一大套坏话。营官信了一面之词，就把那把总的差事撤了。那把总没了差事，流离浪荡的没处投奔。后来到了上海，恰好巡捕房招巡捕，他便去投充巡捕，果然选上了，每月也有十元八元的工食，倒也同在营里差不多。有一天，冤家路窄，这一位守备，不知为了甚么事，到上海来了，在马路上大声叫东洋车，被他看见了。真是仇人相见，分外眼明。正要想法子寻他的事，恰好他在那里大声叫车，便走上去，用手中的木棍，在他身上很很的打了两下，大喝道：'你知道租界的规矩么？ 在这里大呼小叫，你只怕要吃外国官司呢！'守备回头一看，见是仇人，也耐不住道：'甚么规矩不规矩，你也得要好好的关照，怎么就动手打人？'巡捕道：'你再说，请你到巡捕房去！'守备道：'我又不曾犯法，就到巡捕房里，怕甚么？'巡捕听说，就上前一把辫子，拖了要去。那守备未免挣扎了几下。那巡捕就趁势把自己号衣撕破了一块，一路上拖着他走。又把他的长衫，褫了下来，摔在路旁。到得巡捕房时，只说他在当马路小便，我去禁止，他就打起我来，把号衣也撕破了。那守备要开口分辩，被一个外国人过来，没头没脑的打了两个巴掌。你想外国人又不是包龙图，况且又不懂中国话，自然就中了他的'肤受之愬'了。不由分说，就把这守备关起来。恰好第二天是礼拜，第三天接着又是中国皇帝的万寿，会审公堂照例停审，可怜他白白的在巡捕房里面关了几天。好容易盼到那天要解公堂了，他满望公堂上面，到底有个中国官，可以说得明白，就好一五一十的申诉了。谁知上得公堂时，只见那把总升了巡捕的上堂说了一遍，仍然说是被他撕破号衣。堂上的中国官，也不问一句话，便判了打一百板，押十四天。他还要伸说时，已经有两个差人过来，不由分说，拉了下去，送到班房里面。他心中还想道：'原来说打一百板是不打的，这也罢了。'谁知到了下午三点钟时候，说是坐晚堂了，两个差人来，拖了就走。到得堂上，不由分说的，劈劈拍拍打了一百板，打得鲜血淋漓。就有一个巡捕上来，拖了下去，上了手铐，押送到巡捕房里，足足的监禁了十四天。又带到公堂，过了一堂，方才放了。你说，巡捕的气焰，可怕不可怕呢？"

我说道："外国人不懂话，受了他那'肤受之愬'，且不必说。那公堂上的问官，他是个中国人，也应该问个明白，何以也这样一问也不问，就判断了呢？"述农道："这里面有两层道理：一层是上海租界的官司，除非认真的一件大事，方才有两面审问的；其余打架细故，非但不问被告，并且连原告也不问，只凭着包探、巡捕的话就算了。他的意思，还以为那包探、巡捕是办公的人，一定公正的呢，那里知道就有这把总升巡捕的那一桩前情后节呢。第二层，这会审公堂的华官，虽然担着个会审的名目，其实犹如木偶一般。见了外国人就害怕的了不得，生怕得罪了外国人，外国人告诉了上司，撤了差，磕碎了饭碗。所以平日问案，外国人说甚么就是甚么。这巡捕是外国人用的，他平日见了，也要带三分惧怕。何况这回，巡捕做了原告，自然不问青红皂白，要惩办被告了。"

我正要再往下追问时，继之打发人送条子来，叫我进城，说有要事商量。我只得别过述农，进城而去。正是：适闻海上称奇事，又历城中傀儡场。未知进城后有甚么要事，且待下回再说。

整归装游子走长途　抵家门慈亲喜无恙

当下别过述农，骑马进城。不巧继之出门拜客去了，到上灯时候方才回来，给了我一封银子，道："这里是五十两：内中二十两是我送你的束脩；账房里的盈余本来是要到节下算的，我恐怕你又要寄家用，又要添补些甚么东西，二十两不够，所以同他们先取了三十两来，到了节下再算清账就是了。"我请继之把前回借的钱先扣了去。继之不肯，我只得收过了。

一日，我忽收到母亲病危的电报，忙打点行李向继之辞行。继之恐我费用不够，写了一封信让我带着，说需要用钱的时候，可把信交给一位代他经营租米的同族家叔伯衡，要用多少就向他取多少。

我匆匆别了继之，登上轮船走了三天，方才到家。入得门时，却见母亲和三房的婶娘好好坐在家里，没有一点病容，不觉大喜。一问，母亲竟不知电报的事。母亲对婶娘说："婶婶，这可又是他们作怪了。"原来，上个月祠堂被雷打了一个屋角，说要修理。我大叔公要族中众人分派，派到我名下要出一百两银子，我母亲不答应，说修理这点点屋角，不过几十吊钱的事，怎么要派起我们一百两来。从此之后，就天天闹个不休。母亲推说等我回来再讲，一面写信叫我不要回来，谁知我没接到信，反而接到了电报，想来是他们打去骗我回来的。

晚间，母亲给我看了伯父运灵柩回来时带回的账本，张鼎臣所写的那部分很是清楚，伯父写的却含糊不清，直用去了一千八百两。我又问母亲那些金子，母亲却并不知金子的事。我听了，心中犹如照了一面大镜子一般，心想家中族人又是这样，不如和母亲搬到南京去。最后议定把家中房子和田产变卖了，带着母亲、婶娘和姊姊一起回南京。我担心田产和房子被族人占了去，便把它们过户到继之名下，托伯衡打理，他定期把租米钱和房租钱寄给我。

一日，同族的一班叔兄弟侄都来了我家，我便把叔祖，号叫做借轩的，单独请到书房里，打点了二十元钱，请他今日议定修理祠堂的事。叔公满口答应，出去后当着众人商议，说估定要五十吊钱，大家分派。我先写了五元，众人写完后还短了两元七角半，我照数添上了。

事情都处理妥帖后，我便带着母亲、婶娘和姊姊登船出发了，又写信托继之帮忙租一处房子。行了三日，到了上海，母亲、婶娘和姊姊自是喜欢，都忙着起来梳洗，我便收拾起零碎东西来。收拾完毕，我们方才上岸，叫了一辆马车，往谦益栈里去，暂时安歇。

次日一早，我方才起来梳洗，忽听得隔壁房内一阵大吵。我就走出去看，只见两个老头子在那里吵嘴，一个是北京口音，一个是四川口音。那北京口音的攒着那四川口音的辫子，大喝道："你应该还我钱么？"四川口音的道："应该，应该！"北京口音的道："你敢欠我丝毫么？"四川口音的道："不敢欠，不敢欠！回来就送来。"北京口音的一撒手，那四川口音的就溜之乎也的去了。

当下我在房门外面看着，只见他那屋里罗列着许多书，便知道是个贩书客人。顺脚跶了进去，选了两部京版的书，问了价钱，便同他请教起来。说来也巧，这个人却是我的一位姻伯，姓王，名显仁，表字伯述。这位王伯述，本来是世代书香的人家。他自己出身是一个主事，补缺之后，升了员外郎，又升了郎中，放了山西大同府。为人十分精明强干。

当下彼此谈起，知是亲戚，自是欢喜。伯述又自己说自从开了缺之后，便改行贩书。我又问起方才那四川口音的老头子。伯述道："他叫做李玉轩，是江西的一个实缺知县，也同我一般的开了缺了。"我道："他欠了姻伯书价么?"伯述道:"可不是么!他狂的抚台也怕了他,不料今天遇了我。"我道:"怎么抚台也怕他呢?"伯述道:"他在江西上藩台衙门,却带了鸦片烟具,在官厅上面开起灯来。被藩台知道了,就很不愿意,打发底下人去对他说:'老爷要过瘾,请回去过了瘾再来,在官厅上吃烟不象样。'他听了这话,便一直跑到花厅上去,对着藩台大骂,犹如疯狗一般。亏得旁边几个候补道把藩台劝住,把他放走了。他到了上海来,做了几首歪诗登到报上,有两个人便恭维得他是甚么姜白石、李青莲,所以他越发狂了。这种人若是抉出他的心肝来,简直是一个无耻小人!偶然作了一两句歪诗,或起了个文稿,叫那些督抚贵人点了点头,他就得意的了不得。那督抚贵人何尝不恼他,只因为或者自己曾经赏识过他的,或者同僚中有人赏识过他的,一时同他认起真来,被人说是不能容物,所以才惯出这种东西来!"说罢,呵呵大笑。

正说话时,他有客来,我便辞了去。从此没事时,就到伯述那里谈天,倒也增长了许多见识。过得两天,接到一封南京来的电报,原来是伯母没了,我伯父打来的,叫我即刻去。遂议定了明天动身,晚饭后又去看伯述,告诉了他明天要走的话,谈了一会别去。

一路无话。到了南京,只得就近先上了客栈,安顿好众人,我便到伯父公馆里去,见过伯父,拜过伯母。伯父便道:"你母亲也来了?"我答道:"是。"又问道:"不知伯母是几时过的?"伯父道:"明天就是头七了。你先去接了母亲来,我和他商量事情。"我答应了出来,到继之处去。继之不在家,我便进去见了他的老太太和他的夫人。他两位知道我母亲和婶娘、姊姊都到了,不胜之喜,说继之已经代我找到了房子,就在他家隔壁。老太太道:"我硬同你们做主,在书房的天井里开了一个便门通过去,我们就变成一家了。此刻还收拾着呢!"

叙毕,我去接了母亲等过来,暂住在继之家。一时到了,大家行礼厮见。我便要请母亲到伯父家去。老太太道:"你这孩子好没意思!你母亲老远的来了,也不曾好好的歇一歇,你就死活要拉到那边去!须知到得那边去,触动了妯娌之情,未免伤心要哭;再者,我这里好容易来了个远客,你就不容我谈谈,就来抢了去么?"我便问母亲怎样。母亲道:"既然这里老太太欢喜留下,你就自己去罢;只说我路上辛苦病了,有话对你说,也是一样的。我明天再过去罢。"

我便径到伯父那里去,只说母亲病了。伯父道:"病了,须不曾死了!你老子死的时候,为甚么又巴巴的打电报叫我,还带着你运柩回去?此刻我有了事了,你们就摆架子了!"一席话说的我不敢答应。歇了一歇,伯父又道："你伯母临终的时候,说过要叫你兼祧;我不过要告诉你母亲一声,尽了我的道理,难道还怕他不肯。你兼祧了过来,将来我身后的东西都是你的。你赶着去告诉了你母亲,明日来回我的话。"我听一句,答应一句,始终没说话。

回到继之公馆,老太太道："我已经打发人赶出城去叫继之了。今日是我的东,给你们一家接风。我才给你老太太说过,你肯做我的干儿子,我也叫继之拜你老太太做干娘。"当时大家说说笑笑,十分热闹。上灯时候,继之赶回来了,逐一见礼。老太太拉着我姊姊的手,指着我道："这是他的姊姊,便是你的妹妹,快来见了。以后不要回避,我才快活!"继之笑着,见过礼道："母亲这么欢喜,何不把这位妹妹拜在膝下做个干女儿呢?"老太太听说,欢喜的搂着我姊姊道："姑太太,你肯么?"姊姊道："老太太既然这么欢喜,怎么又这等叫起女儿来呢?"老太太道："是,是,我老糊涂了。"

饭罢,我和继之同到书房里去,说了会话。母亲打发春兰出来叫我,我就辞了继之走进去,只见已经另外腾出一间大空房,支了四个床铺,被褥都已开好。老太太和继之夫人都不在里面,只有我们一家人。问起来,方知老太太和继之夫人已经睡了。当下母亲便问我今天见了伯父,他说甚么来。我只略略说了兼祧的话,其余一字不提。母亲便和姊姊商量。姊姊道："这个只得答应了他。"母亲对我说道："你听见了,明日你商量去。"我答应了。

次日,我便到伯父那里去,告知已同母亲说过,就依伯父的办法就是了。因为今天是头七,我便到灵前行过了礼,推说有事,就走了回来,进去见了母亲,告知一切。母亲正要到伯父那里去,我便和姊姊说了会话,将近吃饭的时候,母亲回来了。过得一天,那边房子收拾好了,我便搬了过去。

过了几天,伯父那边定了开吊出殡的日子,又请了母亲去照应。到了日子,我便去招呼了两天。继之这边,又要写多少的拜年信,家里又忙着要过年,因此忙了些时。老太太又提起干娘、干儿子的事情,于是办这件事又忙了两天,已是过了元宵,我便到关上去。

一日我进城去,回到家时却不见了母亲,问起方知是到伯父家去了。说了一回话,姊姊忽然看了看表,道："到时候了,叫他们打轿子罢。"我问甚事,姊姊道："我直对你说罢:伯娘是到那边算帐去的,我死活劝不住,因约了到了这个时候不回来我便去,倘使有甚争执,也好解劝解劝。"等了一会,母亲和姊姊回来了。只见母亲面带怒容,我正要上前相问,姊姊对我使了个眼色,我便不开口,想了一会,仍退到继之这边。

办礼物携资走上海　控影射遣伙出京师

　　自此之后，一连几个月，没有甚事。忽然一天在辕门抄上，看见我伯父请假赴苏。我想自从母亲去过一次之后，我虽然去过几次，大家都是极冷淡的，所以我也不很常去了。昨天请了假，不知几时动身，未免去看看。走到公馆门前看时，只见高高的贴着一张招租条子，里面阒其无人，暗想："动身走了，似乎也应该知照一声，怎么悄悄的就走了。"回家去对母亲说知，母亲也没甚话说。

　　又过了几天，继之从关上回来，晚上约我到书房里去，说道："这两天我想烦你走一次上海，你可肯去？"我道："这又何难。但不知办甚么事？"继之道："下月十九是藩台老太太生日，请你到上海去办一份寿礼。"我道："到下月十九，还有一个多月光景，何必这么亟亟？"继之道："这里头有个原故。去年你来的时候，代我汇了五千银子来，你道我当真要用么？我这里多少还有万把银子，我是要立一个小小基业，以为退步，因为此地的钱不够，所以才叫你汇那一笔来。今年正月里，就在上海开了一间字号，专办客货，统共是二万银子下本。此刻过了端节，前几天他们寄来一笔帐，我想我不能分身，所以请你去对一对帐。这字号里面，你也是个东家，所以我不烦别人，要烦你去。再者，这份寿礼，也与众不同。我这里已经办的差不多了，只差一个如意。这里各人送的，也有翡翠的，也有羊脂的，甚至于黄杨、竹根、紫檀、瓷器、水晶、珊瑚、玛瑙……无论整的、镶的，都有了；我想要办一个出乎这几种之外的，价钱又不能十分大，所以要你早去几天，好慢慢搜寻起来。还要办一个小轮船……"我道："这办来作甚？大哥又不常出门。"继之笑道："那里是这个！我要办的是一尺来长的顽意儿。因为藩署花园里有一个池子，从前藩台买过一个，老太太欢喜的了不得，天天叫家人放着顽。今年春上，不知怎样翻了，沉了下去。好容易捞起来，已经坏了，被他们七搅八搅，越是闹得个不可收拾。所以要买一个送他。"我道："这个东西从来没有买过，不知要多少价钱呢？"继之道："大约百把块钱是要的。你收拾收拾，一两天里头走一趟去罢。"我答应了。又谈些别话，就各去安歇。

　　次日，我把这话告诉了母亲，母亲自是欢喜。此时五月里天气，带的衣服不多，行李极少。继之又拿了银子过来，问我几时动身。我道："来得及今日也可以走得。"继之道："先要叫人去打听了的好，不然老远的白跑一趟。"当即叫人打听了，果然今日来不及，要明日一早。又说这几天江水溜得很，恐怕下水船到得早，最好是今日先到洋篷上去住着。于是我定了主意，这天吃过晚饭，别过众人，就赶出城，到洋篷里歇下。果然，次日天才破亮，下水船到了，用舢舨渡到轮船上。

次日早起，便到了上海，叫了小车推着行李，到字号里去。继之先已有信来知照过，于是同众伙友相见。那当事的叫做管德泉，连忙指了一个房门，安歇行李。我便把继之要买如意及小火轮的话说了。德泉道："小火轮只怕还有觅处，那如意他这个不要，那个不要，又不曾指定一个名色，怎么办法呢？明日待我去找两个珠宝捎客来问问罢。那小火轮呢，只怕发昌还有。"当下我就在字号里歇住。

到了下午，德泉来约了我同到虹口发昌里去。那边有一个小东家叫方佚庐，从小就专考究机器，所以一切制造等事，都极精明。他那铺子，除了门面专卖铜铁机件之外，后面还有厂房，用了多少工匠，自己制造各样机器。德泉同他相识。当下彼此见过，问起小火轮一事。佚庐便道："有是有一个，只是多年没有动了，不知可还要得。"说罢，便叫伙计在架子上拿了下来，扫去了灰土，拿过来看，加上了水，又点了火酒，机件依然活动，只是旧的太不像了。我道："可有新的么？"佚庐道："新的没有。其实铜铁东西没有新旧，只要拆开来擦过，又是新的了。"我道："定做一个新的，可要几天？"佚庐道："此刻厂里忙得很，这些小件东西，来不及做了。"我问他这个旧的价钱，他要一百元。我便道："再商量罢。"

同德泉别去，回到字号里。早有伙计们代招呼了一个珠宝捎客来，叫做辛若江，说起要买如意，要别致的，所有翡翠、白玉、水晶、珊瑚、玛瑙，一概不要。若江道："打算出多少价呢？"我道："见了东西再讲罢。"说着，他辞去了。

是日天气甚热。吃过晚饭，德泉同了我到四马路升平楼，泡茶乘凉，带着谈天。可奈茶客太多，人声嘈杂。我便道："这里一天到晚，都是这许多人么？"德泉道："上半天人少，早起更是一个人没有呢。"我道："早起他不卖茶么？"德泉道："不过没有人来吃茶罢了。你要吃茶，他如何不卖！"坐了一会，便回去安歇。

次日早起，更是炎热。我想起昨夜到的升平楼，甚觉凉快，何不去坐一会儿呢。早上各伙计都有事，德泉也要照应一切，我便不去惊动他们，一个人逛到四马路，只见许多铺家都还没有开门。走到升平楼看时，门是开了。上楼一看，谁知他那些杌子，都反过来，放在桌子上。问他泡茶时，堂倌还在那里揉眼睛,答道:"水还没有开呢。"我只得惘惘而出。取出表看时,已是八点钟了。在马路逛荡着,走了好一会,再回到升平楼,只见地方刚才收拾好,还有一个堂倌在那里扫地。我不管他,就靠阑干坐了。又歇了许久,方才泡上茶来。我便凭阑下视,慢慢的清风徐来,颇觉凉快。

忽见马路上一大群人,远远的自东而西,走将过来,正不知因何事故。及至走近楼下时,仔细一看,原来是几个巡捕押着一起犯人走过,后面团了许多闲人跟着观看。那犯人当中,有七八个蓬头垢面的,那都不必管他;只有两个好生奇怪。两个手里都拿着一顶薰皮小帽,一个穿的是京酱色宁绸狐毛袍子,天青缎天马出风马褂,一个是二蓝宁绸羔皮袍子,白灰色宁绸羔皮马褂,脚上一式的穿了棉鞋。我看了老大吃了一惊。这个时候,人家赤膊摇扇还是热,他两个怎么闹出一身大毛来?这才是千古奇谈呢!看他走得汗流满面的,真是何苦!然而此中必定有个道理,不过我不知道罢了。

再坐一会,已是十点钟时候,遂惠了茶帐回去。早有那辛若江在那里等着,拿了一枝如意来看,原是水晶的,不过水晶里面,藏着一个虫儿,可巧做在如意头上。我看了不对,便还他去了。

德泉问我到那里去来,我告诉了他。又说起那个穿皮衣服的,煞是奇怪可笑。德泉道:"这个不足为奇。这里巡捕房的规矩,犯了事捉进去时穿甚么,放出来时仍要他穿上出来。这个只怕是在冬天犯事的。"旁边一个管帐的金子安插嘴道:"不错。去年冬月里那一起打房间的,内中有两个不是判了押半年么?恰是这个时候该放,想必是他们了。"我问甚么叫做"打房间"。德泉道:"到妓馆里,把妓女的房里东西打毁了,叫打房间。这里妓馆里的新闻多呢。那逞强的便去打房间,那下流的便去偷东西。"我道:"我今日看见那个人穿的很体面的,难道在妓院里闹点小事,巡捕还去拿他么?"德泉道:"莫说是穿的体面,就是认真体面人,他也一样要拿呢。前几年有一个笑话。一个姓朱的,是个江苏同知,在上海当差多年的了。一个姓袁的知县,从前还做过上海县丞的。两个人同到棋盘街么二妓院里去顽。那姓朱的是官派十足的人,偏偏那么二妓院的规矩,凡是客人,不分老小,一律叫少爷的。妓院的丫头,叫了他一声朱少爷,姓朱的劈面就是一个巴掌打过去道:'我明明是老爷,你为甚么叫我少爷!'那丫头哭了,登时就两里大闹起来。妓馆的人,便暗暗的出去叫巡捕。姓袁的知机,乘人乱时,溜了出去,一口气跑回城里花园衖公馆里去了。那姓朱的还在那里'羔子王八蛋'的乱骂。一时巡捕来了,不由分晓,拉到了巡捕房里去,关了一夜。到明天解公堂。他和公堂问官是认得的。到了堂上,他便抢上一步,对着问官拱拱手,弯弯腰道:'久违了。'那问官吃了一惊,站起来也弯弯腰道:

'久违了。呀！这是朱大老爷,到这里甚么事?'那捉他的巡捕见问官和他认得,便一溜烟走了。妓馆的人,本来照例要跟来做原告的,到了此时,也吓的抱头鼠窜而去。堂上陪审的洋官,见是华官的朋友,也就不问了。姓朱的才徜徉而去。当时有人编出了一个小说的回目是:'朱司马被困棋盘街,袁大令逃回花园衖。'"

我道:"那偷东西的便怎么办法呢?"德泉道:"那是一案一案不同的。"我道:"偷的还是贼呢,还是嫖客呢?"德泉道:"偷东西自是个贼,然而他总是扮了嫖客去的多。若是撬窗挖壁的,那又不奇了。"子安插嘴道:"那偷水烟袋的,真是一段新闻。这个人的履历,非但是新闻,直头可以按着他编一部小说,或者编一出戏来。"我忙问甚么新闻。德泉道:"这个说起来话长。此刻事情多着呢,说得连连断断的无味,莫若等到晚上,我们说着当谈天罢。"于是各干正事去了。

下午时候,那辛若江又带了两个人来,手里都捧着如意匣子,却又都是些不堪的东西,鬼混了半天才去。

我乘暇时,便向德泉要了帐册来。对了几篇,不觉晚了。晚饭过后,大家散坐乘凉,复又提起妓馆偷烟袋的事情来。德泉道:"其实就是那么一个人,到妓馆里偷了一支银水烟袋,妓馆报了巡捕房,被包探查着了,捉了去。后来,却被一个报馆里的主笔保了出来,并没有重办,就是这么回事。若要知道他前后的细情,却要问子安。"子安道:"若要细说起来,只怕谈到天亮也谈不完呢,可不要厌烦?"我道:"那怕今夜谈不完,还有明夜,怕甚么呢。"

子安道:"这个人姓沈,名瑞,此刻的号是经武。"我道:"第一句通名先奇。难道他以前不号经武么?"子安道:"以前号辑五,是四川人,从小就在一家当铺里学生意。这当铺的东家是姓山的,号叫仲彭。这仲彭的家眷,就住在当铺左近。因为这沈经武年纪小,时时叫到内宅去使唤,他就和一个丫头鬼混上了。后来他升了个小伙计,居然也一样的成家生子,却心中只忘不了那个丫头。有一天,事情闹穿了,仲彭便把经武撵了,拿丫头嫁了。谁知他嫁到人家去,闹了个天翻地覆,后来竟当着众人,把衣服脱光了。人家说他是个疯子,退了回来。这沈经武便设法拐了出来,带了家眷,逃到了湖北,住在武昌,居然是一妻一妾,学起齐人来。他的神通可也真大,又被他结识了一个现任通判,拿钱出来,叫他开了个当铺。不上两年,就倒了。他还怕那通判同他理论,却去先发制人,对那通判说:'本钱没了,要添本。若不添本,就要倒了。'通判说:'我无本可添,只得由他倒了。'他说:'既如此,倒了下来要打官司,不免要供出你的东家来。你是现任地方官,做了生意要担处分的。'那通判急了,和他商量,他却乘机要借三千两银子讼费,然后关了当铺门。他把那三千银子,一齐交给那拐来的丫头。等到人家告了,他就在江夏县监里挺押起来。那丫头拿了他的三千银子,却往上海一跑。他的老婆,便天天代他往监里送饭。足足的挺了三年,实在逼他不出来,只得取保把他放了。他被放之后,撇下了一个老婆、两个儿子,也跑到上海来了。亏他的本事,被他把那丫头找着了,然而那三千银子,却一个也不存了。于是两个人又过起日子来,在胡家宅租了一间小小的门面,买了些茶叶,搀上些紫苏、防风之类,贴起一张纸,写的是'出卖药茶'。两个人终日在店面坐着,每天只怕也有百十来个钱的生意。谁知那位山仲彭,年纪大了,一切家事都不管,忽然高兴,却从四川跑到上海来逛一趟。这位仲彭,虽是个当铺东家,却也是个风流名士,一到上海,便结识了几个报馆主笔。有一天,在街上闲逛,从他门首经过,见他二人双双坐着,不觉吃了一惊,就踱了进去。他二人也是吃惊不小,只道捉拐子、逃婢的来了,所以一见了仲彭,就连忙双双跪下,叩头如捣蒜一般。仲彭是年高之人,那禁得他两个这种乞怜的模样,长叹一声道:'这是你们的孽缘,我也不来追究了!'二人方才放了心。仲彭问起经武的老婆,经武便诡说他死了。那丫头又千般巴结,引得仲彭欢喜,便认做了女儿。那丫头本来粗粗的识得几个字,仲彭自从认了他做女儿之后,不知怎样,就和一个报馆主笔胡绘声说起。绘声本是个风雅人物,听说仲彭有个识字的女儿,就要见见。仲彭带去见了,又叫他拜绘声做先生。这就是他后来做贼得保的来由了。从此之后,那经武便搬到大马路去,是个一楼一底房子,胡乱弄了几种丸药,挂上一个京都同仁堂的招牌,又在报上登了京都同仁堂的告白。谁知这告白一登,却被京里的真正同仁堂看见了,以为这是假冒招牌,即刻打发人到上海来告他。"正是:影射须知干例禁,衙门准备会官司。未知他这场官司胜负如何,且待下回再记。

送出洋强盗读西书　卖轮船局员造私货

"京都大栅栏的同仁堂,本来是几百年的老铺,从来没有人敢影射他招牌的。此时看见报上的告白,明明说是京都同仁堂,分设上海大马路,这分明是影射招牌,遂专打发了一个能干的伙计,带了使费出京,到上海来,和他会官司。

"这伙计既到上海之后，心想不要把他冒冒失失的一告，他其中怕别有因由，而且明人不作暗事，我就明告诉了他要告，他也没奈我何，我何不先去见见这个人呢。想罢，就找到他那同仁堂里去。他一见了之后，问起知道是真正同仁堂来的，早已猜到了几分。又连用说话去套那伙计。那伙计是北边人，直爽脾气，便直告诉了他。他听了要告，倒连忙堆下笑来，和那伙计拉交情。又说：'我也是个伙计，当日曾经劝过东家，说宝号的招牌是冒不得的。他一定不信，今日果然宝号出来告了。好在吃官司不关伙计的事。'又拉了许多不相干的话，和那伙计缠着谈天。把他耽搁到吃晚饭时候，便留着吃饭。又另外叫了几样菜，打了酒，把那伙计灌得烂醉如泥，便扶他到床上睡下。"

　　子安说到这里，两手一拍道："你们试猜，他这是甚么主意？那时候，他铺子里只有门外一个横招牌，还是写在纸上，糊在板上的。其余竖招牌，一个没有。他把人家灌醉之后，便连夜把那招牌取下来，连涂带改的，把当中一个'仁'字，另外改了一个别的字。等到明日，那伙计醒了，向他道歉。他又同人家谈了一会，方才送他出门。等那伙计出了门时，回身向他点头，他才说道：'阁下这回到上海来打官司，必要认清楚了招牌方才可告。'那伙计听说，抬头一看，只见不是同仁堂了，不禁气的目定口呆。可笑他火热般出京，准备打官司，只因贪了两杯，便闹得冰清水冷的回去。从此他便自以为足智多谋，了无忌惮起来。上海是个花天酒地的地方，跟着人家出来逛逛，也是有的。他不知怎样逛的穷了，没处想法子，却走到妓馆里打茶围，把人家的一支银水烟袋偷了。人家报了巡捕房，派了包探一查，把他查着了，捉到巡捕房，解到公堂惩办。那丫头急了，走到胡绘声那里，长跪不起的哀求。胡绘声却不过情面，便连夜写一封信到新衙门里，保了出来。他因为辑五两个字的号，已在公堂存了窃案，所以才改了个经武，混到此刻，听说生意还过得去呢。这个人的花样也真多，倘使常在上海，不知还要闹多少新闻呢。"德泉道："看着罢，好得我们总在上海。"我笑道："单为看他留在上海，也无谓了。"大家笑了一笑，方才分散安歇。

　　自此，每日无事便对帐。或早上，或晚上，也到外头逛一回。这天晚上，忽然想起王伯述来，不知可还在上海，遂走到谦益栈去望望。只见他原住的房门锁了，因到帐房去打听。乙庚说："他今年开河头班船就走了，说是进京去的，直到此时，没有来过。"

　　我便辞了出来。正走出大门，迎头遇见了伯父。伯父道："你到上海作甚么？"我道："代继之买东西。那天看了辕门抄，知道伯父到苏州，赶着到公馆里去送行，谁知伯父已动身了。"伯父道："我到了此地，有事耽搁住了，还不曾去得。你且到我房里去一趟。"我就跟着进来。到了房里,伯父道:"你到这里找谁?"我道:"去年住在这里,遇见了王伯述姻伯。今晚没事,来看他,谁知早就动身了。"伯父道:"我们虽是亲戚,然而这个人尖酸刻薄,你可少亲近他。你想,放着现成的官不做,却跑来贩书,成了个甚么样了!"我道:"这是抚台要撤他的任,他才告病的。"伯父道:"撤任也是他自取的,谁叫他批评上司!我问你,我们家里有一个小名叫土儿的,你记得这个人么?"我道:"记得。年纪小,却同伯父一辈的,我们都叫他小七叔。"伯父道:"是那一房的?"我道:"是老十房的,到了侄儿这一辈,刚刚出服。我父亲出门的那一年,伯父回家乡去,还逗他顽呢。"伯父道:"他不知怎么,也跑到上海来了,在某洋行里。那洋行的买办是我认得的,告诉了我。我没有去看他。我不过这么告诉你一声罢了,不必去找他。家里出来的人,是惹不得的。"正说话时,只见一个人,拿进一张条子来,却是把字写在红纸背面的。伯父看了,便对那人道:"知道了。"又对我道:"你先去罢,我也有事要出去。"

我便回到字号里,只见德泉也才回来。我问道:"今天有半天没见呢,有甚么贵事?"德泉叹口气道:"送我一个舍亲到公司船上,跑了一次吴淞。"我道:"出洋么?"德泉道:"正是,出洋读书呢。"我道:"出洋读书是一件好事,又何必叹气呢?"德泉道:"小孩子不长进,真是没法。这送他出洋读书,也是无可奈何的。"我道:"这也奇了!这有甚么无可奈何的事?既是小孩子不长进,也就不必送他去读书了。"德泉道:"这件事说出来,真是出人意外。舍亲是在上海做买办的,多了几个钱,多讨了几房姬妾,生的儿子有七八个。从小都是骄纵的,所以没有一个好好的学得成人。单是这一个最坏,才上了十三四岁,便学的吃喝嫖赌,无所不为了。在家里还时时闯祸。他老子恼了,把他锁起来。锁了几个月,他的娘代他讨情放了。他得放之后,就一去不回。他老子倒也罢了,说只当没有生这个孽障。有一夜,无端被强盗明火执仗的抢了进来。一个个都是涂了面的,抢了好几千银子的东西,临走还放了一把火,亏得救得快,没有烧着。事后开了失单,报了官,不久就捉住了两个强盗,当堂供出那为首的来。你道是谁?就是他这个儿子!他老子知道了,气得一个要死。自己当官销了案,把他找了回去,要亲手杀他,被多少人劝住了,又把他锁起来。然而终久不是可以长监不放的,于是想出法子来,送他出洋去。"我道:"这种人,只怕就是出洋,也学不好的了。"德泉道:"谁还承望他学好,只当把他撵走了罢。"

子安道:"方才我有个敝友,从贵州回来的,我谈起买如意的事,他说有一支很别致的,只怕大江南北的玉器店,找不出一个来,除非是人家家藏的,可以有一两个。"我问是甚么的。子安道:"东西已经送来了,不妨拿来大家看看,猜是甚么东西。"于是取出一个纸匣来,打开一看,这东西颜色很红,内中有几条冰裂纹,不是珊瑚,也不是玛瑙,拿起来一照,却是透明的。这东西好像常常看见,却一时说不出他的名来。子安笑道:"这是雄精雕的。"这才大家明白了。

我问价钱。子安道:"便宜得很!只怕东家嫌他太贱了。"我道:"只要东西人家没有的,这倒不妨。"子安道:"要不是透明的,只要几吊钱。他这是透明的,来价是三十吊钱光景。不过贵州那边钱贵,一吊钱差不多一两银子,就合到三十两银子了。"我道:"你的贵友还要赚呢。"子安道:"我们买,他不要赚;倘是看对了,就照价给他就是了。"我道:"这可不好。人家老远带来的,多少总要叫他赚点,就同我们做生意一般,那里有照本买的道理!"子安道:"不妨,他不是做生意的,况且他说是原价三十吊,焉知他不是二十吊呢?"我道:"此刻灯底,怕颜色看不真,等明天看了再说罢。"于是大家安歇。

次日再看那如意,颜色甚好,就买定了。另外去配紫檀玻璃匣子。只是那小轮船,一时没处买。德泉道:"且等后天礼拜,我有个朋友说有这个东西,要送来看,或者也可以同那如意一般,捞一个便宜货。"我问是那里的朋友。德泉道:"是一个制造局画图的学生。他自己画了图,便到机器厂里,叫那些工匠代他做起来的。"我道:"工匠们都有正经公事的,怎么肯代他做这顽意东西?"德泉道:"他并不是一口气做成功的。今天做一件,明天做一件,都做了来,他自己装配上的。"

这天我就到某洋行去,见那远房叔叔。谈起了家里一切事情,方知道自我动身之后,非但没有修理祠堂,并把祠内的东西,都拿出去卖。起先还是偷着做,后来竟是张明较著的了。我不觉叹了口气道:"倒是我们出门的,眼底里干净!"叔叔道:"可不是么!我母亲因为你去年回去,办点事很有点见地,说是到底出门历练的好,姑娘们一个人,出了一次门,就把志气练出来了。恰好这里买办,我们沾点亲,写信问了他,得他允了就来,也是回避那班人的意思。此刻不过在这里闲住着,只当学生意,看将来罢了。"我道:"可有钱用么?"叔叔道:"才到了几天,还不曾知道。"谈了一会,方才别去。我心中暗想,我伯父是甚么意思,家里的人,一概不招接,真是莫明其用心之所在。还要叫我不要理他,这才奇怪呢!

过了两天,果然有个人拿了个小轮船来。这个人叫赵小云,就是那画图学生。看他那小轮船时,却是油漆的崭新,是长江船的式子。船里的机器,都被上面装的房舱、望台等件盖住。这房舱、望台,又都是活动的,可以拿起来,就是这船的一个盖就是了,做得十分灵巧。又点火试过,机器也极灵动。德泉问他价钱。小云道:"外头做起来,只怕不便宜,我这个只要一百两。"德泉笑道:"这不过一个顽意罢了,谁拿成百银子去买他!"小云道:"这也难说。你肯出多少呢?"德泉道:"我不过偶然高兴,要买一个顽顽。要是二三十块钱,我就买了他,多可出不起,也犯不着。"我见德泉这般说,便知道他不曾说是我买的,索性走开了,等他去说。等了一会,那赵小云走了。我问德泉说的怎么。德泉道:"他减定了一百元,我没有还他实价,由他摆在这里罢。他说去去就来。"我道:"发昌那个旧的不堪,并且机器一切都露在外面的,也还要一百元呢。"德泉道:"这个不同。人家的是下了本钱做的,他这个是拿了皇上家的钱,吃了皇上家的饭,教会了他本事,他却用了皇上家的工料,做了这个私货来换钱,不应该杀他点价么!"

我道:"照这样做起私货来,还了得!"德泉道:"岂但这个!去年外国新到了一种纸卷烟的机器,小巧得很,要卖两块钱一个。他们局里的人,买了一个回去,后来局里做出来的,总有二三千个呢,拿着到处去送人。却也做得好,同外国来的一样,不过就是壳子上不曾镀镍。我问甚么叫镀镍。德泉道:"据说镍是中国没有的,外国名字叫 Nickel,中国译化学书的时候,便译成一个'镍'字。所有小自鸣钟、洋灯等件,都是镀上这个东西。中国人不知,一切都说他是镀银的,那里有许多银子去镀呢!其实我看云南白铜,就是这个东西。不然,广东琼州埗峒的铜,一定是的。"我道:"铜只怕没有那么亮。"德泉笑道:"那是镀了之后擦亮的。你看元宝,又何尝是亮的呢。"我道:"做了三千个私货,照市价算,就是六千洋钱,还了得么!"德泉道:"岂只这个!有一回局里的总办,想了一件东西,照插銮驾的架子样缩小了,做一个铜架子插笔。不到几时,合局一百多委员、司事的公事桌上,没有一个没有这个东西的。已经一百多了,还有他们家里呢,还有做了送人的呢。后来斗到外面铜匠店,仿着样子也做出来了,要买四五百钱一个呢。其余切菜刀、劈柴刀、杓子……总而言之,是铜铁东西,是局里人用的,没有一件不是私货。其实一个人做一把刀,一个杓子,是有限得很。然而积少成多,这笔账就难算了,何况更是历年如此呢。私货之外,还有一个偷……"

说到这里,只见赵小云又匆匆走来道:"你到底出甚么价钱呀?"德泉道:"你到底再减多少呢?"小云道:"罢,罢!八十元罢。"德泉道:"不必多说了,你要肯卖时,拿四十元去。"小云道:"我已经减了个对成,你还要折半,好很呀!"德泉道:"其实多了我买不起。"小云道:"其实讲交情呢,应该送给你,只是我今天等着用。这样罢,你给我六十元,这二十元算我借的,将来还你。"德泉道："借是借,买价是买价,不能混的。你要拿五十元去罢,恰好有一张现成的票子。"说罢,到里间拿了一张庄票给他。小云道："何苦又要我走一趟钱庄,你就给我洋钱罢。"德泉叫子安点洋钱给他,他又嫌重,换了钞票才去。临走对德泉道："今日晚上请你吃酒,去么?"德泉道："那里?"小云道："不是沈月卿,便是黄银宝。"说着,一径去了。德泉道："你看,卖了钱,又这样化法。"

我道："你方才说那偷的,又是甚么?"德泉道："只要是用得着的,无一不偷。他那外场面做得实在好看。大门外面,设了个稽查处,不准拿一点东西出去呢。谁知局里有一种烧不透的煤,还可以再烧小炉子的,照例是当煤渣子不要了的,所以准局里人拿到家里去烧,这名目叫做'二煤',他们整箩的抬出去。试问那煤箩里要藏多少东西!"我道："照这样说起来,还不把一个制造局偷完了么!"说话时,我又把那轮船揭开细看。德泉道："今日礼拜,我们写个条子,请仵庐来,估估这个价,到底值得了多少。"我道："好极,好极!"于是写了条子去请,一会到了。

破资财穷形极相　感知己沥胆披肝

我接了继之电信,便即日动身。到了南京,便走马进城,问继之有甚要事。恰好继之在家里,他且不说做甚么,问了些各处生意情形,我一一据实回答。我问起蔡侣笙。继之道："上月藩台和我说,要想请一位清客,要能诗,能酒,能写,能画的,杂艺愈多愈好,又要能谈天,又要品行端方,托我找这样一个人。你想叫我往那里去找,只有侣笙,他琴棋书画,件件可以来得,不过就是脾气古板些,就把他荐去了,倒甚是相得。大关的差事,前天也交卸了。"我道："述农呢?"继之道："述农馆地还连下去。"我道："这回叫我回来,有甚么事?"继之道："你且见了老伯母,我们再细谈。"我便出了书房,先去见了吴老太太及继之夫人,方才过来见了母亲、婶娘、姊姊,谈了些家常话。

我见母亲房里,摆着一枝三镶白玉如意,便问是那里来的。母亲道："上月我的生日,蔡侣笙送来的,还有一个董其昌手卷。"我仔细看了那如意一遍,不觉大惊道："这个东西,怎么好受他的!虽然我荐他一个馆地,只怕他就把这馆地一年的薪水还买不来!这个如何使得!"母亲道："便是,我也说是小生日,不惊动人,不肯受。他再三的送来,只得收下。原是预备你来家,再当面还他的。"我道:"他又怎么知道母亲生日呢?"姊姊道:"怕不是大哥谈起的。他非但生日那天送这个礼,就是平常日子送吃的,送用的,零碎东西,也不知送了多少。"我道:"这个使不得!偏是我从荐了他的馆地之后,就没有看见过他。"姊姊道:"难道一回都没见过?"我道:"委实一回都没见过。他是住在关上的。他初到时,来过一次,那时我到芜湖去了。嗣后我就东走西走,偶尔回来,也住不上十天八天。我不到关上,他也无从知道,赶他知道了,我又动身了,所以从来遇不着——还有那手卷呢?"姊姊在抽屉里取出来给我看,是一个三丈多长的绫本。我看了,便到继之那边,和继之说。继之道:"他感激你得很呢,时时念着你。这两样东西,我也曾见来。若讲现买起来呢,也不知要值到多少钱。他说这是他家藏的东西,在上海穷极的时候,拿去押给人家了。两样东西,他只押得四十元。他得了馆地之后,就赎了回来,拿来送你。"我道:"是他先代之物,我更不能受,明日待我当面还了他。此刻他在藩署里,近便得得,我也想看看他去。"

继之道:"你自从丢下了书本以来,还能作八股么?"我笑道:"我就是未丢书本之前,也不见得能作八股。"继之道:"说虽是如此说,你究竟是在那里作的。我记得你十三岁考书院,便常常的起在五名前。以后两年我出了门,可不知道了。"我道:"此刻凭空还问这个做甚么呢?"继之道:"只管胡乱谈谈,有何不可?"我道:"我想这个不是胡乱谈的,或者另外有甚么道理。"继之笑着,指着一个大纸包道:"你看这个是甚?"我拆开来一看,却是钟山书院的课卷。我道:"只怕又是藩台委看的?"继之道:"正是。这是生卷。童卷是侣笙在那里看。藩台委了我,我打算要烦劳了你。"我道:"帮着看是可以的,不过我不能定甲乙。"继之道:"你只管定了甲乙,顺着迭起来,不要写上,等我看过再写就是了。"我道:"这倒使得。但不知几时要?这里又是多少卷?要取几名?"继之道:"这里共是八百多卷,大约取一百五十卷左右。佳卷若多,就多取几卷也使得。你几时可以看完,就几时要。但是越快越好,藩台交下来好几天了,我专等着你。你在这里看,还是拿过去看?"我道:"但只看看,不过天把就看完了。但是还要加批加圈,只怕要三天。我还是拿过去看的好。那边静点,这边恐怕有人来。"继之道:"那么你拿过去看罢。"我笑道:"看了使不得,休要怪我。"继之道:"不怪你就是。"

当下又谈了一会,继之叫家人把卷子送到我房里去,我便过来。看见姊姊正在那里画画,我道:"画甚么?"姊姊道:"九月十九,是干娘五十整寿。我画一堂海满寿屏,共是八幅。"我道:"呀!这个我还不曾记得。我们送甚么呢?"姊姊道:"这里有一堂屏了。还有一个多月呢,慢慢办起来,甚么不好送!"我道:"这份礼,是很难送的。送厚了,继之不肯收;送薄了,过不去。怎么好呢?"想了一想道:"有了一样了。我前月在杭州,收了一尊柴窑的弥勒佛,只化得四吊钱,的真是古货,只可惜放在上海。回来写个信,叫德泉寄了来。"

姊姊道:"你又来了,柴窑的东西,怎么只卖得四吊钱?"我道:"不然我也不知,因为这东西买得便宜,我也有点疑心,特为打听了来。原来这一家人家,本来是杭州的富户。祖上在扬州做盐商的,后来折了本,倒了下来,便回杭州。生意虽然倒了,却也还有几万银子家资。后来的子孙,一代不如一代。起初是卖田,后来是卖房产,卖桌椅东西,卖衣服首饰,闹的家人仆妇也用不起了。一天在堆存杂物的楼上,看见有一大堆红漆竹筒子,也不知是几个。这是扬州戴春林的茶油筒子,知道还是祖上从扬州带回来的茶油,此刻差不多上百年了,想来油也干了,留下他无用,不如卖了。打定了主意,就叫收买旧货的人来,讲定了十来个钱一个,当堂点过,却是九十九个都卖了。过得几天,又在角子上寻出一个,想道:'这个东西原是一百个,那天怎样寻他不出来。'摇了一摇,没有声响,想是油都干了。想这油透了的竹子,劈细了生火倒好,于是拿出来劈了。原来里面并不是油,却是用木屑藏着一条十两重的足赤金条子。不觉又惊又喜,又悔又恨:惊的是许久不见这样东西,如今无意中又见着了;喜的是有了这个,又可以换钱化了;悔的是那九十九个,不应该卖了;恨的是那天见了这筒子,怎么一定当他是茶油,不劈开来先看看再卖。只得先把这金子去换了银来。有银在手,又忘怀了,吃喝嫖赌,不上两个月又没了。他自想眼睁睁看着九百九十两金子,没福享用,吊把钱把他卖了,还要这些东西作甚么,不如都把他卖了完事。因此索性在自己门口,摆了个摊子,把那眼前用不着的家私什物,都拿出来,只要有人还价就卖。那天我走过他门口,看见这尊佛,问他要多少钱。他并不要价,只问我肯出多少。我说个四吊,原不过说着顽,谁知他当真卖了。"

姊姊道:"不要撒谎,天下那里有这种呆人!"我道:"惟其呆,所以才能败家。他不呆,也不至于如此了。这些破落户,千奇百怪的形状,也说不尽许多。记得我小时候上学,一天放晚学回家,同着一个大学生走,遇了一个人,手里提着一把酒壶。那大学生叫我去揭开他那酒壶盖,看是甚么酒。我顽皮,果然蹑足潜踪在他后头。把壶盖一揭,你道壶里是些甚么?原来不是酒,不是茶,也不是水,不是湿的,是干的,却是一壶米!"说的姊姊噗嗤的一声笑了,道:"这是怎么讲?"我道:"那个人当时就大骂起来,要打我,吓得我摔了壶盖,飞跑回家去。明日我问那大学生,才知道这个人是就近的一个破落户，穷的逐顿买米；又恐怕人讥笑，所以拿一把酒壶来盛米。有人遇了他，他还说顿顿要吃酒呢。就是前年我回去料理祠堂的一回，有一天在路上遇见子英伯父，抱着一包衣服，在一家当铺门首东张西望。我知道他要当东西，不好去撞破他，远远的躲着偷看。那当门是开在一个转角子上，他看见没人，才要进去，谁知角子上转出一个地保来，看见了他，抢行两步，请了个安，羞得他脸上青一片、红一片，嘴里喃喃呐呐的不知说些甚么，就走了，只怕要拿到别家去当了。"

姊姊道："大约越是破落户，越要摆架子，也是有的。"我道："非但摆架子，还要贪小便宜呢。我不知听谁说的，一个破落户，拾了一个斗死了的鹌鹑，拿回家去，开了膛，拔了毛，要炸来吃，又嫌费事，家里又没有那些油。因拿了鹌鹑，假意去买油炸脸，故意把鹌鹑掉在油锅里面，还做成大惊小怪的样子。那油锅是沸沸腾腾的，不一会就熟了。人家同他捞起来，他非但不谢一声，还要埋怨说：'我本来要做五香的，这一炸可炸坏了，五香的吃不成了！'姊姊笑道："你少要胡说罢，我这里赶着要画呢。"

我也想起了那尊弥勒佛，便回到房里，写了一封寄德泉的信，叫人寄去。一面取过课本来看，看得不好的，便放在一边；好的，便另放一处。看至天晚，已看了一半。暗想，原来这件事甚容易的。晚饭后，又潜心去看，不知不觉，把好不好都全分别出来了。天色也微明了，连忙到床上去睡下。

一觉醒来，已是十点钟。母亲道："为甚睡到这个时候？"我道："天亮才睡的呢。"母亲道："晚上做甚么来？"我道："代继之看卷子。"母亲便不言语了。我便过来，和继之说了些闲话。

饭后，再拿那看过好的，又细加淘汰，逐篇加批加圈点。又看了一天，晚上又看了一夜，取了一百六十卷，定了甲乙，一顺迭起。天色已经大明了。我便不再睡，等继之起来了，便拿去交给他，道："还有许多落卷，叫人去取了来罢。"继之翻开看了两卷，大喜道："妙，妙！怎么这些批语的字，都摹仿着我的字迹，连我自己粗看去，也看不出来。"我道："不过偶尔学着写，正是婢学夫人，那里及得到大哥什一！"继之道："辛苦得很！今夜请你吃酒酬劳。"我道："这算甚么劳呢。我此刻先要出去一次。"继之问到那里。我道："去看蔡侣笙。"继之道："正是。他和我说过，你一到了就知照他。我因为你要看卷子，所以不曾去知照得。你去看看他也好。"

我便出来，带了片子，走到藩台衙门，到门房递了，说明要见蔡师爷。门上拿了进去，一会出来，说是蔡师爷出去了，不敢当，挡驾。我想来得不凑巧，只得怏怏而回，对继之说侣笙不在家的话。继之道："他在关上一年，是足迹不出户外的，此刻怎么老早就出去了呢？"话还未说完，只见王富来回说："蔡师爷来了。"

我连忙迎到客堂上去，只见侣笙穿了衣冠，带了底下人，还有一个小厮挑了两个食盒。侣笙出落得精神焕发，洗绝了从前那落拓模样，眉宇间还带几分威严气象。见了我，便抢前行礼，吓的我连忙回拜。起来让坐。侣笙道："今日带了赆见，特地叩谒老伯母，望乞代为通禀一声。"我道："家母不敢当，阁下太客气了！"侣笙道："前月老伯母华诞，本当就来叩祝，因阁下公出，未曾在侍，不敢造次。今日特具衣冠叩谒，千万勿辞！"

我见他诚挚，只得进来，告知母亲。母亲道："你回了他就是了。"我道："我何尝不回！他诚挚得很，特为具了衣冠，不如就见他一见罢。"姊姊道："人家既然一片诚心，伯娘何必推托，只索见他一见罢了。"母亲答应了。婶娘、姊姊都回避过。我出来领了侣笙进去。侣笙叫小厮挑了食盒，一同进去，端端正正的行了礼。我在旁陪着，又回谢过了。侣笙叫小厮端上食盒道："区区几色敝省的土仪，权当赆见，请老伯母赏收。"母亲道："一向多承厚赐，还不曾道谢，怎好又要费心！"我道："侣笙太客气了！我们彼此以心交，何必如此烦琐？"侣笙道："改日内子还要过来给老伯母请安。"母亲道："我还没有去拜望，怎敢枉驾！"我道："嫂夫人几时接来的？"侣笙道："上月才来的。没有过来请安，荒唐得很。"我道："甚么话！嫂夫人深明大义，一向景仰的。我们书房里坐罢。"侣笙便告辞母亲，同到书房里来。

我忙让宽衣。侣笙一面与继之相见。我说道："侣笙何必这样客气，还具起衣冠来？"侣笙道："我们原可以脱略，要拜见老伯母，怎敢亵渎！"我道："上月家母寿日，承赐厚礼，概不敢当，明日当即璧还。"侣笙道："这是甚么话！我今日披肝沥胆的说一句话。我在穷途之中，多承援手，荐我馆谷，自当感激。然而我从前也就过几次馆，也有人荐的，就是现在这个馆，是继翁荐的，虽是一般的感激，然而总没有这种激切。须知我这个是知己之感，不是恩遇之感。当我落拓的时候，也不知受尽多少人欺侮。我摆了那个摊，有些居然自命是读书人的，也三三两两常来戏辱。所谓人穷志短，我那里敢和他较量，只索避了。所以头一次阁下过访时，我待要理不理的，连忙收了摊要走，也是被人戏辱的多了，吓怕了，所以才如此。"

我道："这班人就很没道理。人家摆个摊，碍他甚么，要来戏侮人家呢？"侣笙道："说来有个原故。因为我上一年做了个蒙馆，虹口这一班蒙师，以为又多了一个，未免要分他们的润，就很不愿意了。次年我因来学者少，不敢再干，才出来测字。他们已经是你一嘴我一嘴的，说是只配测字的，如何妄想坐起馆来。我因为坐在摊上闲着，常带两本书去看看。有一天，我看的是《经世文篇》，被一个刻薄鬼看见了，就同我哄传起来。说是测字先生看《经世文篇》，看来他还想做官，还想大用呢。从此就三三两两，时来挖苦。你想，我在这种境地上处着，忽然天外飞来一个绝不相识、绝不相知之人，赏识我于风尘之中，叫我焉得不感！"说到这里，流下泪来。"所以我当老伯母华诞之日，送上两件薄礼，并不是表我的心。正要阁下留着，做个纪念。倘使一定要还我，便是不许我感这知己了。"说着，便起身道："方伯那里还有事等着，先要告辞了。"我同继之不便强留，送他出去。

我回来对继之说道："在我是以为闲闲一件事，却累他送了礼物，还赔了眼泪，倒叫我难为情起来。"继之道："这也足见他的肫挚。且不必谈他，我们谈我们的正事罢。"我问谈甚么正事。继之指着我看定的课卷，说出一件事来。正是：只为金篦能刮眼，更将玉尺付君身。未知继之说出甚么事来，且待下回再记。

露关节同考装疯　入文闱童生射猎

当下继之对我说道："我日来得了个闱差，怕是分房，要请一个朋友到里面帮忙去，所以打电报请你回来。我又恐怕你荒疏了，所以把这课卷试你一试。谁知你的眼睛，竟是很高的。此刻我决意带你进去。"我道："只要记得那八股的范围格局，那文章的魄力之厚薄，气机之畅塞，词藻之枯腴，笔仗之灵钝，古文时文，总是一样的。我时文虽荒了，然而当日也曾入过他那范围的，怎会就忘了，况而我古文还不肯丢荒的。但是怎能够同着进去？这个顽意儿，却没有干过。"继之道："这个只好要奉屈的了，那天只能扮作家人模样混进去。"我道："大约是房官，都带人进去的了？"继之道："岂但房官，是内帘的都带人进去的。常有到了里面，派定了，又更动起来的。我曾记得有过一回，一个已经分定了房的，凭空又撤了，换了一个收掌。"我道："这又为甚么？"继之道："他一得了这差使，便在外头通关节，收门生，谁知临时闹穿了，所以弄出这个笑话。"

我道："这科场的防范，总算严密的了，然而内中的毛病，我看总不能免。"继之道："岂但不能免，并且千奇百怪的毛病，层出不穷。有偷题目出去的，有传递文章进号的，有换卷的。"我道："传递先不要说他，换卷是怎样换法呢？"继之道："通了外收掌，初十交卷出场，这卷先不要解，在外面请人再作一篇，誊好了，等进二场时交给他换了。广东有了闱姓一项，便又有压卷及私拆弥封的毛病。广东曾经闹过一回，一场失了十三本卷子的。你道这十三个人是那里的晦气！然而这种毛病，都不与房官相干。房官只有一个关节是毛病。"我道："这个顽意儿我没干过，不知关节怎么通法？"继之道："不过预先约定了几个字，用在破题上，我见了便荐罢了。"我道："这么说，中不中还不能必呢。"继之道："这个自然。他要中，去通主考的关节。"

我道："还有一层难处，比如这一本不落在他房里呢？"继之道："各房官都是声气相通的。不落在他那里，可以到别房去找。别房落到他那里的关节卷子，也听人家来找。最怕遇见一种拘迂古执的，他自己不通关节，别人通了关节，也不敢被他知道。那种人的房，叫做黑房。只要卷子不落在黑房里，或者这一科没有黑房，就都不要紧了。"我笑道："大哥还是做黑房，还是做红房？"继之道："我在这里，绝不交结绅士，就是同寅中我往来也少，固然没有人来通我的关节，我也不要关节。然而到了里面，我却不做甚么正颜厉色的君子去讨人厌。有人来寻甚么卷子，只管叫他拿去。"我笑道："这倒是取巧的办法。正人也做了，好人也做了。"继之道："你不知道黑房是做不得的。现在新任的江宁府何太尊，他是翰林出身。在京里时，有一回会试分房，他同人家通了关节，就是你那个话，偏偏这本卷子不曾到他房里。他正在那里设法搜寻，可巧来了一位别房的房官，是个老翰林，著名的是个'清朝孔夫子'，没有人不畏惮他的。这位何太尊不知怎样一时糊涂，就对他说有个关节的话。谁知被他听了，便大嚷起来，说某房有关节，要去回总裁。登时闹的各房都知道了，围过来看，见是这位先生吵闹，都不敢劝。这位太尊急了，要想个阻止他的法子，那里想得出来，只得对他作揖打拱的求饶。他那里肯依，说甚么'皇上家抡才大典，怎容得你们为鬼为蜮！照这样做起来，要屈煞了多少寒畯。这个非回明白了，认真办一办，不足以警将来'。何太尊到了此时，人急智生，忽的一下，直跳起来，把双眼瞪直了，口中大呼小叫，说神说鬼的，便装起疯来。那位老先生还冷笑道：'你便装疯，也须瞒不过去。'何太尊更急了，便取起桌上的裁纸刀，飞舞起来，吓的众人倒退。他又是东奔西逐的，忽然又撩起衣服，在自己肚子上划了一刀。众人才劝住了那位老先生，说他果然真疯了，不然那里肯自己戳伤身子。那位老先生才没了说话。当时回明了，开门把他扶了出去，这才了事。你想，自己要做君子，立崖岸，却不顾害人，这又何苦呢？"我道："这一场风波，确是闹的不小。那位先生固然太过，然而士人进身之始，即以贿求，将来出身做官的品行，也就可想了。"继之道："这个固是正论，然而以八股取士，那作八股的就何尝都是正人！"

说话时，春兰来说午饭已经开了。我就别了继之，过来吃饭，告诉母亲，说进场看卷的话。母亲道："你有本事看人家的卷，何不自己去中一个？

你此刻起了服，也该回去赶小考，好歹挣个秀才。"我道："挣了秀才，还望举人；挣了举人，又望进士；挣了进士，又望翰林。不点翰林还好，万一点了，两吊银子的家私，不上几年，都要光了。再没有差使，还不是仍然要处馆。这些身外的功名，要他做甚么呢？"母亲道："我只一句话，便惹了你一大套。这样说，你是不望上进的了。然则你从前还读书做甚么？"我道："读书只求明理达用，何必要为了功名才读书呢？"姊姊道："兄弟今番以童生进场看卷，将来中了几个出来，再是他们去中了进士，点了翰林，却都是兄弟的门生了。"我笑道："果然照姊姊这般说，我以后不能再考试了。"姊姊道："这却为何？"我道："我去考试，未必就中。倘迟了两科，我所荐中的，都已出了身，万一我中在他们手里，那时候明里他是我的老师，暗里实在我是他的老师，那才不值得呢！"

吃过了饭，我打算去回看侣笙，又告诉了他方才的话。姊姊道："他既这样说，就不必退还他罢。做人该爽直的地方，也要爽直些才好。若是太古板，也不入时宜。"母亲道："他才说他的太太要来，你要去回拜他，先要和他说明白，千万不要同他那个样子，穿了大衣服来，累我们也要穿了陪他。"我道："我只说若是穿了大衣服，我们挡驾不会他，他自然不穿了。"说罢，便出来，到藩台衙门里，会了侣笙。

只见他在那里起草稿，我问他作甚么。侣笙道："这里制军的折稿，衙门里几位老夫子都弄不好，就委了方伯，方伯又转委我。"我道："是甚么奏稿，这般烦难？"侣笙道："这有甚么烦难，不过为了前回法越之役，各处都招募了些新兵，事定了，又遣散了。募时与散时，都经奏闻。此时有个廷寄下来，查问江南军政，就是这件事要作一个复折罢了。"我又把母亲的话，述了一遍。侣笙道："本来应该要穿大衣服过去的，既然老伯母吩咐，就恭敬不如从命了。"我又问是几时来。侣笙道："本来早该去请安了，因为未曾得先容，所以不敢冒昧。此刻已经达到了，就是明天过来。"

我道："尊寓在那里？"侣笙道："这署内闲房尽多着。承方伯的美意，指拨了两间，安置舍眷。"我道："秋菊有跟了来么？"侣笙道："他已经嫁了人，如何能跟得来？前天接了信，已经生了儿子了。这小孩子倒好，颇知道点好歹。据内人说，他自从出嫁之后，不像那般蠢笨了，聪明了许多。他家里供着端甫和你的长生禄位，且夕香花供奉，朔望焚香叩头。"我大惊道："这个如何使得！快写信叫他不要如此！况且这件事，是王端甫打听出来的，我在旁边不过代他传了几句话，怎么这样起来！他要供，只供端甫就够了，攀出我来做甚么呢？"侣笙笑道："小孩子要这样，也是他一点穷心，由他去干罢了，又不费他甚么。"我道："并且无谓得很！他只管那样仆仆亟拜，我这里一点不知，彼有所施，我无所受，徒然对了那木头牌子去拜，何苦呢！"侣笙道："这是他出于至诚的，谅来止也止他不住。去年端甫接了家眷到上海，秋菊那小孩子时常去帮忙；家眷入宅时，房子未免要另外装修油漆，都是他男人做的，并且不敢收受工价，连物料都是送的。这虽是小事，也可见得他知恩报恩的诚心，我倒很喜欢。"我道："施恩莫望报，何况我这个断不能算恩，不过是个路见不平，聊助一臂之意罢了。"侣笙道："你便自己要做君子，施恩不望报，却不能责他人必为小人，受恩竟忘报呀！"说得我笑了，然而心中总是闷闷不乐。

辞了回来，告诉姊姊这件事。母亲、姊姊一齐说道："你快点叫他写信去止住了，不要折煞你这孩子！"姊姊笑道："那里便折得煞！他要如此，不过是尽他一点心罢了。"我道："这样说起来，我初到南京时，伯父出差去了，伯母又不肯见我，倘不遇了继之，怕我不流落在南京！幸得遇了他，不但解衣推食，并且那一处不受他的教导，我也应该供起继之的长生禄位了？"姊姊笑道："枉了你是个读书明理之人！这种不过是下愚所为罢了。岂不闻'士为知己者死'？又岂不闻'国士遇我，国士报之'？从古英雄豪杰，受人意外之恩时，何尝肯道一个谢字？等他后来行他那报恩之志时，却是用出惊天动地的手段，这才是叫做报恩呢。据我看，继之待你，那给你馆地招呼你一层，不过是朋友交情上应有之义；倒是他那随时随事教诲你，无论文字的纰缪，处世的机宜，知无不言，这一层倒是可遇不可求的殊恩，不可不报的。"我道："拿甚么去报他呢？"姊姊道："比如你今番跟他去看卷子，只要能放出眼光，拔取几个真才，本房里中的比别房多些，内中中的还要是知名之士，让他享一个知文之名，也可以算得报他了。其余随时随事，都可以报得。只要存了心，何时非报恩之时，何地非报恩之地，明人还要细说么？"

我道："只是我那回的上海走的不好，多了一点事，就闹的这里说感激，那里也说感激，把这种贵重东西送了来，看看他也有点难受。我从此再不敢多事了。"姊姊道："这又不然。路见不平，拔刀相助，本来是抑强扶弱，互相维持之意。比如遇了老虎吃人，我力能杀虎的，自然奋勇去救；就是力不能杀虎，也要招呼众人去救，断没有坐视之理。你见了他送你的东西难受，不过是怕人说你望报的意思。其实这是出于他自己的诚心，与你何干呢！"我道："那一天寻到了侣笙家里，他的夫人口口声声叫我君子；见了侣笙，又是满口的义士，叫得人怪害臊的。"母亲道："叫你君子、义士不好，倒是叫你小人、混帐行子的好！"姊姊道："不是的。这是他的天真，也是他的稚气，以为做了这一点点的事，值不得这样恭维。你自己看见并没有出甚么大力量，又没有化钱，以为是一件极小的事。不知那秋菊从那一天以后的日子，都是你和王端甫给他过的了,如何不感激!莫说供长生禄位,就是天天来给你们磕头,也是该的。"我摇头道:"我到底不以为然。"姊姊笑道:"所以我说你又是天真,又是稚气。你满肚子要做施恩不受报的好汉,自己又说不出来。照着你这个性子,只要莫磨灭了,再加点学问,将来怕不是个侠士!"我笑道:"我说姊姊不过,只得退避三舍了。"说罢,走了出来。

暗想:"姊姊今天何以这样恭维我,说我可以做侠士?我且把这话问继之去。"走到书房里,继之出去了,问知是送课卷到藩台衙门去的。我便到上房里去,只见老妈子、丫头在那里忙着叠锡箔,安排香烛,整备素斋。我道:"干娘今天上甚么供?"吴老太太道:"今天七月三十,是地藏王菩萨生日。他老人家,一年到头都是闭着眼睛的,只有今天是张开眼睛。祭了他,消灾降福。你这小孩子,怎不省得?"我向来厌烦这些事,只为是老太太做的,不好说甚么,便把些别话岔开去。

继之夫人道:"这一年来,兄弟总没有好好的在家里住。这回来了,又叫你大哥拉到场里去,白白的关一个多月,这是那里说起?"我道:"出闱之后,我总要住到拜了干娘寿才动身,还是好几天呢。"老太太道:"你这回进去帮大哥看卷,要小心些,只要取年轻的,不要取年老的,最好是都在十七岁以内的。"我道:"这是何意?"老太太道:"你才十八岁,倘使那五六十岁的中在你手里,不叫他羞死么!"我笑道:"我但看文章,怎么知道他的年纪?"老太太道:"考试不要填了三代、年、貌的么?"我道:"弥封了的,看不见。"老太太道:"还有个法子,你只看字迹苍老的,便是个老头子。"我道:"字迹也看不见,是用誊录誊过的。"老太太笑道:"这就没法了。"正说笑着,继之回来了,问笑甚么,我告诉了,大家又笑了一笑。我谈了几句,便回到自己房里略睡一会,黄昏时,方才起来吃饭。

一宿无话。次日,蔡侣笙夫人来了,又过去见了吴老太太、继之夫人。我便在书房陪继之。他们盘桓了一天才散。

光阴迅速,不觉到了初五日入闱之期。我便青衣小帽,跟了继之,带了家人王富,同到至公堂伺候。行礼已毕,便随着继之入了内帘。继之派在第三房,正是东首的第二间。外面早把大门封了,加上封条。王富便开铺盖。开到我的,忽诧道:"这是甚么?"我一看,原来是一枝风枪。继之道:"你带这个来做甚么?"我道:"这是在上海买的,到苏、杭去,沿路猎鸟,所以一向都是卷在铺盖里的。这回家来了,家里有现成铺陈,便没有打开他,进来时就顺便带了他,还是在轮船上卷的呢。"说罢,取过一边。这一天没有事。

第二天早起,主考差人出来,请了继之去,好一会才出来。我问有甚么事。继之道:"这是照例的写题目。"我问甚么题。继之道:"告诉了你,可要代我拟作一篇的。"我答应了。继之告诉了我,我便代他拟作了一个次题、一首诗。

到了傍晚时候,我走出房外闲望,只见一个鸽子,站在檐上。我忽然想起风枪在这里,这回用得着了。忙忙到房里,取了枪,装好铅子,跑出来,那鸽子已飞到墙头上。我取了准头,扳动机簧,飕的一声着了,那鸽子便掉了下来。我连忙跑过去拾起一看,不觉吃了一惊。正是:任尔关防严且密,何如一弹破玄机。不知为了何事大惊,且待下回再记。

试乡科文闱放榜　上母寿戏彩称觥

当时我无意中拿风枪打着了一个鸽子。那鸽子便从墙头上掉了下来,还在那里腾扑。我连忙过去拿住,觉得那鸽子尾巴上有异,仔细一看,果是缚着一张纸。把他解了下来,拆开一看,却是一张刷印出来、已经用了印的题目纸,不觉吃了一惊。丢了鸽子,拿了题目纸,走到房里,给继之看。继之大惊道:"这是那里来的?"我举起风枪道:"打来的。我方才进来拿枪时,大哥还低着头写字呢。"继之道:"你说明白点,怎么打得来?"我道:"是拴在鸽子尾巴上,我打了鸽子,取下来的。"继之道:"鸽子呢?"我道:"还在外面墙脚下。"说话间,王富点上蜡烛来。继之对王富道:"外面墙脚下的鸽子,想法子把他藏过了。"王富答应着去了。

我道:"这不消说是传递了。但是太荒唐些,怎么用这个笨鸽子传递?"继之道:"鸽子未必笨,只是放鸽子的人太笨了,到了这个时候才放。大凡鸽子,到了太阳下山时,他的眼睛便看不见,所以才被你打着。"说罢,便把题目纸在蜡烛上烧了。我道:"这又何必烧了他呢?"继之道:"被人看见了,这岂不是嫌疑所在?你没有从此中过来,怨不得你不知道此中利害。此刻你和我便知道了题目,不足为奇。那外面买传递的,不知多少。这一张纸,你有本事拿了出去,包你值得五六百元,所以里面看这东西很重。听说上一科,题目已经印了一万六千零六十张,及至再点数,少了十张,连忙劈了板片,另外再换过题目呢。"我笑道:"防这些士子,就如防贼一般。他们来考试,直头是来取辱。前几天,家母还叫我回家乡去应小考,我是再也不去讨这个贱的了。"

继之道:"科名这东西,局外人看见,似是十分名贵,其实也贱得很。你还不知道,中了进士去殿试,那个矮桌子,也有三条腿的,也有两条腿的,也有破了半个面子的,也有全张松动的,总而言之,是没有一张完全能用的。到了殿试那天,可笑一班新进士,穿了衣冠,各人都背着一张桌子进去。你要看见了,管你肚肠也笑断了,嘴也笑歪了呢。"我笑道:"大哥想也背过的了?"继之道:"背的又不是我一个。"我道:"背了进去,还要背出来呢。"继之道:"这是定做的粗东西,考完了就撂下了,谁还要他。"

闲话少提。到了初十以后,就有硃卷送来了。起先不过几十本,我和继之分看,一会就看完了。到后来越弄越多,大有应接不暇之势。只得每卷只看一个起讲,要得的就留着,待再看下文;要不得的,便归在落卷一起。拣了好的,给继之再看。看定了,就拿去荐。头场才了,二场的经卷又来。二场完了,接着又是三场的策问。可笑这第三场的卷子,十本有九本是空策。只因头场的八股荐了,这个就是空策,也只得荐在里面。

我有心要拣一本好策,却只没有好的,只要他不空,已经算好了。后来看了一本好的,却是头、二场没有荐过,便在落卷里对了出来。看他那经卷,也还过得去,只是那八股不对。我问继之道:"这么一本好策,奈何这个人不会作八股!"继之看了道:"他这个不过枝节太多,大约是个古文家。你何妨同他略为改几个字,成全了这个人。"我吐出舌头,提起笔道:"这个笔,怎么改得上去?"继之道:"我文具箱里带着有银硃锭子。"我道:"亏大哥怎么想到,就带了来。可是预备改硃卷的?"继之道:"是内帘的,那一个不带着?你去看,有两房还堂而皇之的摆在桌上呢。"我开了文具箱,取了硃锭、硃砚出来,把那本卷子看了两遍,同他改了几个字,收了硃砚,又给继之看。继之看过了,笑道:"真是点铁成金。会者不难,只改得二三十个字,便通篇改观了。这一份我另外特荐,等他中了,叫他来拜你的老师。"我道:"大哥莫取笑。请你倒是力荐这本策,莫糟蹋了。这个人是有实学的。"继之果然把他三场的卷子,叠做一叠,拿进去荐。回来说道:"你特荐的一本,只怕有望了。两位主考正在那里发烦,说没有好策呢。"

三场卷子都看完了,就没有事,天天只是吃饭睡觉。我道:"此刻没有事,其实应该放我们出去了,还当囚犯一般,关在这里做甚么呢。此刻倒是应试的比我们逍遥了。"继之忽地噗哧的笑了一声。我道:"这有甚么好笑?"继之道:"我不笑你,我想着一个笑话,不觉笑了。"我道:"甚么笑话?"继之道:"也不知是那一省那一科的事,题目是'邦君之妻'一章。有一本卷子,那破题是:'圣人思邦君之妻,愈思而愈有味焉。'"我听了不觉大笑。继之道:"当下这本卷子,到了房里,那位房官看见了,也像你这样一场大笑,拿到隔壁房里去,当笑话说。一时惊动了各房,都来看笑话。笑的太利

61

害了，惊动了主考，吊了这本卷子去看，要看他底下还有甚笑话。谁知通篇都是引用《礼经》，竟是堂皇典丽的一篇好文章。主考忙又交出去，叫把破题改了荐进去，居然中在第一名。"我道："既是通篇好的，为何又闹这个破题儿？"继之道："传说是他梦见他已死的老子，教他这两句的，还说不用这两句不会中。"我道："那里有这么灵的鬼，只怕靠不住。"继之道："我也这么说。这件事没有便罢，倘是有的，那个人一定是个狂士，恐怕人家看不出他的好处，故意在破题上弄个笑话，自然要彼此传观，看的人多了，自然有看得出的。是这个主意也不定。"

我道："这个也难说。只是此刻我们不得出去，怎么好呢？"继之道："你怎那么野性？"我道："不是野性。在家里那怕一年不出门，也不要紧。此地是关着大门，不由你出去，不觉就要烦燥起来。只要把大门开了，我就住在这里不出去，也不要紧。"继之道："这里左右隔壁，人多得很。找两个人谈天，就不寂寞了。"我道："这个更不要说。那做房官的，我看见他，都是气象尊严，不苟言笑的。那种官派，我一见先就怕了。那些请来帮阅卷的，又都是些耸肩曲背的，酸的怕人。而且又多半是吃鸦片烟的，那嘴里的恶气味，说起话直喷过来，好不难受！里面第七房一个姓王的，昨天我在外面同他说了几句话，他也说了十来句话，都是满口之乎者也的，十来句话当中，说了三个'夫然后'。"继之笑道："亏你还同他记着帐！"我道："我昨天拿了风枪出去，挂了装茶叶的那个洋铁罐的盖做靶子，在那里打着顽。他出来一见了，便摇头摆尾的说道：'此所谓有文事者，必有武备。'他正说这话时，我放了一枪，中了靶子，砉的一声响了。他又说道：'必以此物为靶始妙，盖可以聆声而知其中也；不然，此弹太小，不及辨其命中与否矣。'说罢，又过来问我要枪看，又问我如何放法。我告诉了他，又放给他看。他拿了枪，自言自语的，一面试演，一面说道：'必先屈而折之，夫然后纳弹；再伸之以复其原，夫然后拨其机簧；机动而弹发，弹着于靶，夫然后有声。'"继之笑道："不要学了，倒是你去打靶消遣罢。"我便取了洋铁罐盖和枪，到外头去打了一回靶，不觉天色晚了。

自此以后，天天不过打靶消遣。主考还要搜遗，又时时要斟酌改几个硃卷的字，这都是继之自己去办了。直等到九月十二方才写榜，好不热闹！监临、主考之外，还有同考官、内外监试、提调、弥封、收掌、巡绰各官，挤满了一大堂。一面拆弥封唱名，榜吏一面写，从第六名写起。两旁的人，都点了一把蜡烛来照着。也有点一把香的，只照得一照，便拿去熄了，换点新的上来。这便是甚么"龙门香""龙门烛"了。写完了正榜，各官歇息了一回，此时已经四更天光景了。众官再出来升座，再写了副榜，然后填写前五名。

到了此时，那点香点烛的，更是热闹。直等榜填好了，卷起来，到天色黎明时，开放龙门，张挂全榜。

此时继之还在里面。我不及顾他，犹如临死的人得了性命一般，往外一溜，就回家去了。时候虽早，那看榜的人，却也万头攒动。一路上往来飞跑的，却是报子分投报喜的。我一面走，一面想着："作了几篇臭八股，把姓名写到那上头去，便算是个举人，到底有甚么荣耀？这个举人，又有甚么用处？可笑那班人，便下死劲的去争他，真是好笑！"又想道："我何妨也去弄他一个。但是我未进学，必要捐了监生，才能下场。化一百多两银子买那张皮纸，却也犯不着。"

一路想着，回到家，恰好李升打着轿子出来，去接继之。我到里面去，家里却没有人，连春兰也不看见，只有一个老妈子在那里扫地。我知道都在继之那边。走了过去，果然不出我之所料，上前一一见过。

母亲道："怎么你一个人回来？大哥呢？"我道："大哥此刻只怕也就要出来了。我被关了一个多月，闷得慌了，开了龙门就跑的。"吴老太太道："我的儿！你辛苦了！我们昨天晚上也没有睡，打了一夜牌，一半是等你们，一半也替你们分些辛苦。"说着，自己笑了。姊姊道："只关了一个多月，便说是慌了，像我们终年不出门的怎样呢！"我道："不是这样说。叫我在家里不出门，也并不至于发闷。因为那里眼睁睁看着有门口，却是封锁，不能出来的，这才闷人呢。而且他又不是不开，也常常开的，拿伙食东西等进来。却不许人出进，一个在门外递人，一个在门里接收。拿一个碗进来，连碗底都要看过。无论何人，偶然脚踹了门阃，旁边的人便叱喝起来。主考和监临说话，开了门，一个坐在门里，一个坐在门外。"母亲道："怎么场里面的规矩，这么严紧？"我道："甚么规矩！我看着直头是捣鬼！要作弊时，何在乎这门口？我还打了一个鸽子，鸽子身上带着题目呢。"老太太道："规矩也罢，捣鬼也罢，你不要管了，快点吃点心罢。"说着，便叫丫头："拿我吃剩下的莲子汤来。"我忙道："多谢干娘。"

等了一会，继之也回来了。与众人相见过，对我说道："本房中了几名，你知道了么？"我道："我只管看卷子，不管记帐，那里知道？"继之道："中了十一卷，又拨了三卷给第一房，这回算我这房最多。你特荐的好策，那一本中在第十七名上。两位主考都赞我好法眼，那里知道是你的法眼呢！"我道："大哥自己也看的不少，怎么都推到我身上？"继之道："说也奇怪，所中的十一卷，都是你看的，我看的一卷也不曾中。"说罢，吃点心，又出去了。大约场后的事，还要料理两天，我可不去帮忙了。

坐了一会，我便回去。母亲、婶婶、姊姊，也都辞了过来。只见那个柴窑的弥勒佛,已经摆在桌上了。我问寿屏怎样了。姊姊道:"已经裱好了。但只有这两件,还配些甚么呢? 伯娘意思,要把这如意送去。我那天偶然拿起来看,谁知那紫檀柄的背后,镶了一块小小的象牙,侣笙把你救秋菊和遇见他的事,详详细细的撰了一篇记,刻在上面,这如何能送得人?"我听见连忙开了匣子,取出如意来看,果然一片小牌子,上面刻了一篇记。那字刻得细入毫芒,却又波磔分明。不觉叹道:"此公真是多才多艺!"姊姊道:"你且慢赞别人,且先料理了这件事。应该再配两样甚么?"我道:"急甚么,明日去配上两件衣料便是。"

忽然春兰拿了一封信来,是继之给我的。拆开看时,却是叫我写请帖的签条,说帖子都在书房里。我便过去,见已套好了一大叠帖子,签条也粘好了,旁边一本簿子,开列着人名。我便照写了。这一天功夫,全是写签条,写到了晚上九点钟,才完了事。交代家人,明日一早去发。一宿无话。

次日我便出去,配了两件衣料回来,又配了些烛酒面之类,送了过去。却只受了寿屏、水礼,其余都退了回来。往返推让了几次,总是不受,只得罢了。

继之商通了隔壁,到十九那天,借他的房子用。在客堂外面天井里,拆了一堵墙,通了过去。那隔壁是一所大房子。前面是五开间大厅,后进的宽大,也相仿佛,不过隔了东西两间暗房,恰好继之的上房开个门,可以通得过去。就把大厅上的屏风撤去,一律挂了竹帘,以便女客在内看戏。前面天井里,搭了戏台。在自己的客堂里,设了寿座。先一天,我备了酒,过去暖寿。又叫了变戏法的来,顽了一天。连日把书房改做了帐房,专管收礼、发赏号的事。

到了十九那天,一早我先过去拜寿。只见继之夫妇,正在盛服向老太太行礼。铺设得五色缤纷,当中挂了姊姊画的那一堂寿屏,两旁点着五六对寿烛。我也上前去行过礼。那边母亲、婶婶、姊姊,也都过来了。我恐怕有女客,便退了出来,到外面寿堂上去。只见当中挂着一堂泥金寿屏,是藩台送的,上面却是侣笙写的字;两旁是道台、首府、首县的寿幛;寿座上供了一匣翡翠三镶如意,还有许多果品之类,也不能尽记。地下设了拜垫,两旁点了两排寿烛,供了十多盆菊花。走过隔壁看时,一律的挂着寿联、寿幛,红光耀眼。阶沿墙脚,都供了五色菊花。

不一会,继之请的几位知客,都衣冠到了。除了上司挡驾之外,其余各同寅纷纷都到,各局所的总办、提调、委员,无非是些官场。到了午间,摆了酒席,一律的是六个人一桌。入席开戏,席间每来一个客,便跳一回加官。后面来了女客,又跳女加冠。好好的一本戏,却被那跳加官占去了时候不少。

　　到了下午时候,我回到后面去解手,方才走到寿座的天井里,只见一个大脚女人,面红耳赤,满头是汗,直闯过来。家人们连忙拦住道:"女客从这边走。"就引他到上房里去。我回家解过手,仍旧过来,只见座上各人,都不看戏,一个个的都回过脸来,向帘内观看。那帘内是一片叫骂之声,不绝于耳。正是:庭前方竞笙歌奏,座后何来叫骂声?不知叫骂的是谁,又是为着甚事叫骂?且待下回再记。

苟观察被捉归公馆　吴令尹奉委署江都

　　当日女客座上,来的是藩台夫人及两房姨太太、两位少太太、一位小姐。这是他们向有交情的,所以都到了。其余便是各家官眷,都是很有体面的,一个个都是披风红裙。当这个热闹的时候,那里会叫骂起来?

　　原来那位苟才,自从那年买嘱了那制台亲信的人,便是接二连三的差事,近来又委了南京制造局总办,又兼了筹防局、货捐局两个差使,格外阔绰起来。时常到秦淮河去嫖,看上了一个妓女,化上两吊银子,讨了回去做妾,却不叫大老婆得知,另外租了小公馆安顿。他那位大老婆是著名泼皮的,日子久了,也有点风闻,只因不曾知得实在,未曾发作。这回继之家的寿事,送了帖子去,苟才也送了一份礼。请帖当中,也有请的女客帖子。他老婆便问去不去。苟才说:"既然有了帖子,就去一遭儿也好。"谁知到了十八那天,苟才对他说:"吴家的女帖是个虚套,继之夫人病了,不能应酬,不去也罢。"他老婆倒也信了。

　　你道他为何要骗老婆?只因那讨来的婊子,知道这边有寿事唱戏,便撒娇撒痴的要去看热闹。苟才被他缠不过,只得应许了。又怕他同老婆当面不便,因此撒一个谎,止住了老婆。又想只打发侍妾来拜寿,恐怕继之见怪,好在两家眷属不曾来往过,他便置备了二品命妇的服式,叫婊子穿上,扮了旗装,只当是正室。传了帖子进去,继之夫人相见时,便有点疑心,暗想他是旗人,为甚裹了一双小脚,而且举动轻佻,言语鹘突,喜笑无时,只是不便说出。

　　苟才的公馆与继之处相去不过五六家。今日开通了隔壁,又近了一家。这边锣鼓喧天,鞭炮齐放,那边都听得见。家人仆妇在外面看见女客来的不少,便去告诉了那苟太太。这几个仆妇之中,也有略略知道这件事的，趁便讨好，便告诉他说，听说老爷今天叫新姨太太到吴家拜寿听戏，所以昨天预先止住了太太，不叫太太去。他老婆听了，便气得三尸乱爆，七窍生烟，趁苟才不在，便传了外面家人来拷问。家人们起先只推不知，禁不起那妇人一番恫喝，一番软骗，只得说了出来。妇人又问了住处，便叫打轿子。再三吩咐家人，有谁去送了信的，我回来审出来了，先撕下他的皮，再送到江宁县里打屁股，因此没有人敢给信。

他带了一个家人，两名仆妇，径奔小公馆来。进了门去，不问情由，打了个落花流水，喝叫把这边的家人仆妇绑了，叫带来的家人看守："不是我叫放，不准放。"又带了两名仆妇，仍上轿子，奔向继之家来。我在寿座天井里碰见的正是他。因为这天女客多，进出的仆妇不少，他虽跟着有两个仆妇，我可不曾留意。他一径走到女座里，又不认得人，也不行礼，直闯进去。继之夫人也不知是甚么事，只当是谁家的一个仆妇。

他竟直闯第一座上，高声问道："那一个是秦淮河的蹄子？"继之夫人吃了一惊。我姊姊连忙上去拉他下来，问他找谁："怎么这样没规矩！那首座的是藩台、盐道的夫人，两边陪坐的都是首府、首县的太太，你胡说些甚么！"妇人道："便是藩台夫人便怎么！须知我也不弱！"继之夫人道："你到底找谁？"妇人道："我只找秦淮河的蹄子！"我姊姊怒道："秦淮河的蹄子是谁？怎么会走到这里来？那里来的疯婆子，快与我打出去！"妇人大叫道："你们又下帖子请我，我来了，又打我出去，这是甚么话！"继之夫人道："既然如此，你是谁家宅眷？来找谁？到底说个明白。"

妇人道："我找苟才的小老婆。"继之夫人道："苟大人的姨太太没有来，倒是他的太太在这里。"妇人问是那一个，继之夫人指给他看。妇人便撇了继之夫人，三步两步闯了上去，对准那婊子的脸上，劈面就是一个大巴掌。那婊子没有提防，被他猛一下打得耳鸣眼热，禁不得劈拍劈拍接连又是两下，只打得珠花散落一地。连忙还手去打，却被妇人一手挡开。只这一挡一格，那婊子带的两个镀金指甲套子，不知飞到那里去了。妇人顺手把婊子的头发抓住，拉出座来，两个扭做一堆，口里千蹄子、万淫妇的乱骂。婊子口里也嚷骂老狐狸、老泼货。我姊姊道："反了！这成个甚么样子！"喝叫仆妇把这两个怪物，连拖带拽的拉到自己上房那边去。又叫继之夫人："只管招呼众客，这件事我来安排。"又叫家人快请继之。

此时我正解完了手，回到外面，听见里面叫骂，正不知为着甚事，当中虽然挂的是竹帘，望进去却隐隐约约的，看不清楚。看见家人来请继之，我也跟了进去看看。只见他两个在天井里仍然扭做一团。妇人伸出大脚，去踩那婊子的小脚。踩着他的小脚尖儿，痛的他站立不住，便倒了下来，扭着妇人不放,妇人也跟着倒了。婊子在妇人肩膀上,死命的咬了一口,而且咬住了不放。妇人双手便往他脸上乱抓乱打。两个都哭了。我姊姊却端坐在上面不动。各家的仆妇挤了一天井看热闹。继之忙问甚么事。姊姊道:"连我们都不知道。大哥快请苟大人进来。这总是他的家事,他进来就明白了,也可以解散了。"继之叫家人去请。姊姊便仍到那边去了。

不一会,家人领着苟才进来。那妇人见了,便撇了婊子,尽力挣脱了咬口,飞奔苟才,一头撞将过去,便动手撕起来,把朝珠扯断了,撒了一地。妇人嘴里嚷道:"我同你去见将军去!问问这宠妾灭妻,是出在《大清会典》那一条上?你这老杀才!你嫌我老了,须知我也曾有年轻的年候对付过你来!你就是讨婊子,也不应该叫他穿了我的命服,居然充做夫人!你把我安放到那里?须知你不是皇帝,家里没有冷宫!你还一个安放我的所在来,我便随你去干!"苟才气的目瞪口呆,只连说"罢了罢了"。

那婊子盘膝坐在地上,双手握着脚尖儿,嘴里也是老泼货、老不死的乱骂。一面爬起来,一步一拐的,走到苟才身边,撕住了哭喊道:"你当初许下了我,永远不见泼辣货的面,我才嫁你;不然,南京地面,怕少了年轻标致的人,怕少了万贯家财的人,我要嫁这个老杀才!你骗了我入门,今天做成这个圈套捉弄我!到了这里,当着许多人羞辱我!"一边一个,把苟才裾住,倒闹得苟才左右为难。我同继之又不好上前去劝。苟才只有叹气顿足,被他两个闹得衣宽带松,补服也扯了下来。闹了好一会,方才说道:"人家这里拜寿做喜事,你们也太闹的不成话了,有话回家去说呀。"妇人听说,拉了苟才便走。继之倒也不好去送,只得由他去了。婊子倒是一松手道:"凭你老不要脸的抢了汉子去,我看你死了也搂他到棺材里!"继之对我道:"还是请你姊姊招呼他罢。"说着出去了。我叫仆妇到那边,请了姊姊过来。姊姊便带那婊子到我们那边去。我也到外面去了。

此时众人都卸了衣冠,撤了筵席,桌上只摆了瓜子果碟。众人看见继之和我出去,都争着问是甚么事,只得约略说了点。大家议论纷纷,都说苟才的不是,怎么把命服给姨娘穿起来,怪不得他夫人动气,然而未免暴燥些。有个说苟观察向来讲究排场,却不道今天丢了这个大脸。

正在议论之间,忽听得外面一迭连声叫报喜。正要叫人打听时,早抢进了一个人,向继之请了个安,道:"给吴老爷报喜、道喜!"继之道:"甚么事?"那人道:"恭喜吴老爷署理江都县!已经挂了牌了!"原来藩台和继之,是几代的交情,向来往来甚密;只因此刻彼此做了官,反被官礼拘束住了,不能十分往来,也是彼此避嫌的意思。藩台早就有心给继之一个署缺,因知道今天是他老太太的整寿,前几天江都县出了缺,论理就应该即刻委人，他却先委了扬州府经历暂行代理，故意挨到今日挂牌，要博老太太一笑。这来报喜的，却是藩台门上。向来两司门上是很阔的，候补州县官，有时要望同他拜个把子，也够不上呢，他如何肯亲来报喜？因为他知道藩台和继之交情深，也知道藩台今天挂牌的意思，所以特地跑来讨好，又出来到寿座前拜了寿。继之让他坐，他也不敢就坐，只说公事忙，便辞去了。这话传到了里头去，老太太欢喜不尽，传话出来，叫这出戏完了，点一出《连升三级》。戏班里听见这个消息，等完了这出戏，又跳了一个加官，讨了赏，才唱点戏。

到了晚上，点起灯烛，照耀如同白日。重新设席，直到三鼓才散。我进去便向老太太道喜。劳乏了一天，大家商量要早点安歇。我和姊姊便奉了母亲、婶婶回家。我问起那位苟姨太太怎样了。姊姊道："那种人，真是没廉耻！我同了他过来，取了妆具给他重新理妆。他洗过了脸，梳掠了头髻，重施脂粉，依然穿了命服，还过去坐席，毫不羞耻。后来他家里接连打发三起人接他，他才去了。"我道："回去还不知怎样吵呢。"姊姊道："这个我们管他做甚！"说罢，各自回房歇息。

次日，继之先到藩署谢委，又到督辕禀知、禀谢，顺道到各处谢寿。我在家中，帮着指挥家人收拾各处。整整的忙了三天，方才停当。

此时继之已经奉了札子，饬知到任，便和我商量。因为中秋节后，各码头都未去过，叫我先到上江一带去查一查帐目，再到上海、苏、杭，然后再回头到扬州衙门里相会。我问继之，还带家眷去不带。继之道："这署事不过一年就回来了，还搬动甚么呢。我就一个人去，好在有你来往于两间。这一年之中，我不定因公晋省也有两三次。莫若仍旧安顿在这里罢。"我听了，自然无甚说话。当下又谈谈别的事情。

忽然家人来报说："藩台的门上大爷来了。"继之便出去会他。一会儿进来了，我忙问是甚么事。继之道："方伯升了安徽巡抚，方才电报到了，所以他来给我一个信。"说着，便叫取衣服来，换上衣帽，上衙门去道喜。继之去后，我便到上房里去，恰好我母亲和姊姊也在这边。大家说起藩台升官，都是欢喜，自不必说；只有我姊姊，默默无言，众人也不在意。过了一会，继之回来了，说道："我本来日间便要禀辞到任，此刻只得送过中丞再走的了。"我道："新任藩台是谁？只怕等新任到了，算交代，有两个月呢。"继之道："新藩台是浙江臬台升调的，到这里本来有些日子。因为安徽抚台是被参的，这里中丞接的电谕是'迅赴新任，毋容来京请训'，所以制台打算委巡道代理藩司，以便中丞好交卸赴新任去。大约日子不能过远的，顶多不过十天八天罢了。"说着话，一面卸下衣冠，又对我说道："起先我打算等我走后，你再动身，此刻你犯不着等我了。过一两天，你先到上江去，我们还是在江都会罢。我近来每处都派了自己家里人在那里。你顺便去留心查察，看有能办事的，我们便派了他们管理，算来自己家里人，总比外人靠得住。"我答应了。

过了两天，附了上水船，到汉口去，稽查一切。事毕回到九江，一路上倒没有甚么事。九江事完之后，便附下水船到了芜湖，耽搁了两天。打听得今年米价甚是便宜，我便译好了电码，亲自到电报局里去，打电报给上海管德泉，叫他商量应该办否。刚刚走到电报局门口，只见一乘红轿围的蓝呢中轿，在局门口憩下。轿子里走出一个人来，身穿湖色绉纱密行棉袍，天青缎对襟马褂，脸上架了一付茶碗口大的墨晶眼镜，头上戴着瓜皮纱小帽。下得轿来，对我看了一眼，便把眼镜摘下，对我拱手道："久违了！是几时到的?"我倒吃了一个闷葫芦，仔细一看，原来不是别人，正是在大关上和挑水阿三下象棋的毕镜江，面貌丰腴的了不得。他不向我招呼，我竟然要认不得他了。

当下只得上前厮见。镜江便让我到电局里客堂上坐。我道："我要发个电信呢。"他道："这个交给我就是。"我只得随他到客堂里去，分宾坐下。他便要了我的底子，叫人送进去，一面问我现在在甚么地方，可还同继之一起。我心里一想，这种人，我何犯上给他说真话，因说道："分手多时了。此刻在沿江一带跑跑，也没有一定事情。"他道："继之这种人，和他分了手倒也罢了，这个人刻薄得很。舍亲此刻当这局子的老总，带了兄弟来，当一个收支委员。本来这收支上面还有几位司事，兄弟是很空的；无奈舍亲事情忙，把一切事都交给兄弟去办，兄弟倒变了这局子的老总了。说说也不值当，拿了收支的薪水，办的总办的事，你说冤不冤呢！"我听了一席话，不觉暗暗好笑，嘴里只得应道："这叫做能者多劳啊。"正说话时，便来了两个人，都是趾高气扬的，嚷着叫调桌子打牌。镜江便邀我入局。我推说不懂，要了电报收单，照算了报费，便辞了回去。

第二天德泉回电到了，说准定赁船来装运。我一面交代照办，便附了下水船，先回南京去一趟。继之已经送过中丞，自己也到任去了。姊姊交给我一封信，却是蔡侣笙留别的，大约说此番随中丞到安徽去，后会有期的话。我盘桓了两天，才到上海，和德泉商量了一切。又到苏州走了一趟，才到杭州去。料理清楚，要打算回上海去，却有一两件琐事不曾弄明白，只得暂时歇下。

这天天气晴明。我想着："人家逛西湖，都在二三月里，到了这个冬天，湖上便冷落得很。我虽不必逛湖，又何妨到三雅园去吃一杯茶，望望这冬天的湖光山色呢。"想罢,便独自一人,缓步前去。刚刚走到城门口,劈头遇见一个和尚,身穿破衲,脚踏草鞋,向我打了一个问讯。正是:不是偷闲来竹院,如何此地也逢僧? 不知这和尚是谁,且待下回再记。

评骨董门客巧欺蒙　送忤逆县官托访察

你道那和尚是谁? 原来不是别人,正是那逼死胞弟、图卖弟妇的黎景翼。不觉吃了一惊,便问道:"你是几时出家的? 为甚弄到这个模样?"景翼道:"一言难尽! 自从那回事之后,我想在上海站不住了,自己也看破一切,就走到这里来,投到天竺寺,拜了师傅做和尚。谁知运气不好,就走到那里都不是。那些僧伴,一个个都和我不对。只得别了师傅,到别处去挂单。终日流离浪荡,身边的盘费,弄的一文也没了,真是苦不胜言!"

他一面说话,我一面走。他只管跟着,不觉到了三雅园。我便进去泡茶,景翼也跟着进去坐下。茶博士泡上茶来。景翼又问我到这里为甚事,住在那里。我心中一想,这个人招惹他不得,因说道:"我到这里没有甚么事,不过看个朋友,就住我朋友家里。"景翼又问我借钱。我无奈,在身边取了一元洋银给他,他才去了。

那茶博士见他去了,对我说道:"客人怎么认得这个和尚?"我道:"他在俗家的时候,我就认得他的。"茶博士道:"客人不认得他就罢!"我道:"这话奇了! 我已经认得他,怎么能够不认得呢?"茶博士道:"客人有所不知。这个和尚不是个好东西,专门调戏人家妇女,被他师傅说他不守清规,把他赶了出来。他又投到别家庙儿里去。有一回,城里乡绅人家做大佛事,请了一百多僧众念经,他也投在里面。到了人家,却乘机偷了人家许多东西,被人家查出了,送他到仁和县里去请办,办了个枷号一个月示众。从此他要挂单,就没有人家肯留他了。"我听了这话,只好不做理会。闲坐了一回,眺望了一回湖光山色,便进城来。

忽然想起当年和我办父亲后事的一位张鼎臣。我来到杭州几次,总没有去访他。此时想着访他谈谈,又不知他住在那里。仔细想来,我父亲开店的时候,和几家店铺有来往,我在帐簿上都看见过的,只是一时想不起来。猛可想起鼓楼弯保合和广东丸药店,是当日来往极熟的,只怕他可以知道鼎臣下落。想罢,便一径问路到鼓楼弯去,寻到了保合和,只见里面纷纷发行李出来,不知何故。我便挨了进去,打着广东话,向一位有年纪的拱手招呼,问他贵姓。那人见我说出广东话,以为是乡亲,便让坐送茶,说是姓梁,号展图。又转问了我,我告诉了,并说出来意,问他知道张鼎臣下落不知。展图道:"听说他做了官了,我也不知底细,等我问问舍侄便知道了。"说罢,便向一个后生问道:"你知道张鼎臣现在那里?"那后生道:"他捐了个盐知事,到两淮候补去了。"只见一个人闯了进来道:"客人快点下船罢,不然潮要来了!"展图道:"知道,我就来。"我道:"原来老丈要动身,打扰了!"说罢起身。展图道:"我是要到兰溪去走一次。"我别了出来,自行回去。到了次日,便叫了船,仍回上海。耽搁一天,又到镇江,稽查了两天帐目,才雇了船渡江到扬州去。

入到了江都县衙门,自然又是一番景象。除了继之之外,只有文述农是个熟人。我把各处的帐目给继之看了,又述了各处的情形,便与述农谈天。此时述农派做了帐房。彼此多时未见,不免各诉别后之事。我便在帐房里设了榻位,从此和述农联床夜话。好得继之并不叫我管事,闲了时,便到外面访访古迹,或游几处名胜。最好笑的,是相传扬州的二十四桥,一向我只当是个名胜地方。谁知到了此地问时,那二十四桥,竟是一条街名。被古人欺了十多年,到此方才明白。继之又带了我去逛花园。原来扬州地方,花园最多,都是那些盐商盖造的,上半天任人游玩,到了下午,园主人就来园里请客,或做戏不等。

这天,述农同了我去逛容园。据说,这容园是一个姓张的产业。扬州花园,算这一所最好。除了各处楼台亭阁之外,单是厅堂,就有了三十八处,却又处处的装潢不同。游罢了回来,我问起述农,说这容园的繁华,也可以算绝顶了。久闻扬州的盐商阔绰,今日到了此地,方才知道是名不虚传。述农道:"他们还是拿着钱不当钱用,每年冤枉化去的不知多少。若是懂得的,少化几个冤枉钱,还要阔呢。"我道:"银钱都积在他们家里,也不是事。只要他肯化了出来,外面有得流通便好,管他冤枉不冤枉。搁不住这班人都做了守财虏,年年只有入款,他却死搂着不放出来,不要把天下的钱,都辇到他家么?"述农道:"你这个自是正论。然而我看他们化的钱,实在冤枉得可笑!平白无端的,养了一班读书不成的假名士在家里,以为是亲近风雅,要借此洗刷他那市侩的名字。化了钱养了几个寒酸,倒也罢了;那最奇的,是养了两班戏子,不过供几个商家家宴之用,每年要用到三万多银子!这还说是养了几个人,只有他那买古董,却另外成就一种癖性。好好的东西拿去他不买,只要把东西打破了拿去,他却出了重价。"我不觉笑道:"这却为何?"述农道:"这件事你且慢点谈,可否代我当一个差?我请你吃酒。"我道:"说得好好的,又当甚么差?"

述农在箱子里，取出一卷画来，展开给我看，却是一幅横披，是阮文达公写的字。我道："忽然看起这个做甚么？"述农指着一方图书道："我向来知道你会刻图书，要请你摹出这一个来，有个用处。"我看那图书时，却是"节性斋"三个字。因说道："这是刻的近于邓石如一派，还可以仿摹得来；若是汉印，就难了。但不知你仿来何用？"述农一面把横披卷起，仍旧放在箱子里道："摹下来自有用处。方才说的那一班盐商买古董，好东西他不要，打破了送去，他却肯出价钱，你道他是甚么意思？原来他拿定了一个死主意，说是那东西既是千百年前相传下来的，没有完全之理；若是完全的，便是假货。因为他们个个如此，那一班贩古董的知道了，就弄了多少破东西卖给他们。你说冤枉不冤枉？有一个在江西买了一个花瓶，是仿成化窑的东西，并不见好，不过值上三四元钱。这个人却叫玉工来，把瓶口磨去了一截，配了座子，贩到扬州来，却卖了二百元。你说奇不奇呢？他那买字画，也是这个主意，见了东西，也不问真假，先要看有名人图书没有；也不问这名人图书的真假，只要有了两方图书，便连字画也是真的了。我有一个董其昌手卷，是假的，藏着他没用，打算冤给他们，所以请你摹了这方图书下来，好盖上去。"

　　我笑道："这个容易，只要买了石来。但怕他看出是假的，那就无谓了。"述农道："只要先通了他的门客，便不要紧。"我道："他的门客，难道倒帮了外人么？"述农道："这班东西，懂得甚么外人内人？只要有了回用，他便拍合！有一回有个人拿了一幅画去卖，要价一千银子，那门客要他二成回用。那人以为做生意九五回用，是有规矩的，如何要起二成来，便不答应他。他说若不答应，便交易不成，不要后悔。卖画的自以为这幅画是好的，何忧卖不去，便没有答应他。及至拿了画去看，却是画的一张人物，大约是'岁朝图'之类。画了三四个人，围着掷骰子。骰盘里两颗骰子坐了五，一个还在盘里转。旁边一个人，举起了手，五指齐舒，又张开了口，双眼看着盘内，真是神采奕奕。东家看了，十分欢喜，以为千金不贵。那门客却在旁边说道：'这幅画虽好，可惜画错了，便一文不值。'东家问他怎么画错了。他说：'三颗骰子，两颗坐了五，这一颗还转着未定，喝骰子的人，不消说也喝六的了。他画的那喝骰子的，张开了口。这"六"字是合口音，张开了口，如何喝得"六"字的音来？'东家听了，果然不错，便价也不还，退了回去。那卖画的人，一场没趣，只得又来求那门客。此时他更乐得拿腔了，说已经说煞了，挽回不易，必要三成回用。卖画的只得应允了。他却拿了这幅画，仍然去见东家，说我仔细看了这画，足值千金。东家问有甚凭据。他说：'这幅画是福建人画的。福建口音叫"六"字，犹如扬州人叫"落"字一般，所以是开口的。他画了开口，正所以传那叫"六"字之神呢。'他的东家听了，便打着扬州话'落落'的叫了两声，果然是开口的，便乐不可支，说道：'亏得先生渊博，不然几乎当面错过。'马上兑了一千银子出来，他便落了三百。"

我听了，不觉笑起来道："原来多懂两处方言，却有这等用处。但不知这班盐商，怎么弄得许多钱？我看此中必定有个弊端。"述农道："这个何消说得。这里面的毛病，我也弄不清楚。闻得两淮盐额，有一千六百九万多引，叫做'纲盐'。每引大约三百七十斤，每斤场价不过七八文，课银不过三厘多，运到汉口，便每斤要卖五六十文不等。愈远愈贵，并且愈远愈杂。这里场盐是雪白的，运到汉口，便变了半黄半黑的了。有部帖的盐商，叫做'根窝'。有根窝的，每盐一引，他要抽银一两，运脚公用。每年定额是七十万，近来加了差不多一倍。其实运脚所用，不及四分之一。汉口的岸费，每引又要派到一两多，如何不发财！所以盐院的供应，与及缉私犒赏，赡养穷商子孙，一切费用，都出在里面。最奇的，他们自己对自己，也要作弊。总商去见运司，这是他们商家的公事了。见运司那个手本，不过几十文就买来了，他开起帐来，却是一千两。你说奇不奇？"

我听到这里，不觉吐出了舌头道："这还了得！难道众商家就由得他混开么？"述农道："这个我们局外人那里知道？他自然有许多名目立出来。其实纲盐之利，不在官不在民，商家独占其利；又不能尽享，大约幕友、门客等辈，分的不少，甚至用的底下人、丫头、老妈子，也有余润可沾。船户埠行，有许多代运盐斤，情愿不领脚价，还怕谋不到手的，所以广行贿赂，连用人也都贿遍了，以求承揽载运。"我道："不领脚价，也有甚好处么？"述农道："自然有好处。凡运盐到了汉口，靠在码头上，逐船编了号头，挨号轮销。他只要弄了手脚，把号头编得后些，赶未及轮到他船时，先把盐偷着卖了；等到轮着他时，却就地买些私盐来充数。这个办法，叫做'过笼蒸糕'。万一买不着私盐，他便连船也不要了，等夜静时，凿穿了船底，由他沉下去，便报了个沉没。这个办法叫做'放生'。后来两江总督陶文毅公知道这种弊端，便创了一个票盐的办法。无论那一省的人，都可以领票，也不论数目多少。只要领了票，一样的到场灶上计引授盐，却仍然要按着引地行销。此时一众盐商，无弊可作，窘的了不得。于是怨恨陶公，入于骨髓，无可发泄，却把陶公的一家人编成了纸牌。我还记得有一张是画了一个人，拿了一双斧头，砍一棵桃树，借此以为咒诅之计。你道可笑么？"我道："这种不过儿戏罢了，有甚益处？"述农道："从行了票盐之后，却是倒了好几家盐商，盐法为之一变。此时为日已久，又不知经了多少变局了。"

我因为谈了半天盐务，忽然想起张鼎臣，便想去访他。因开了他的官阶名姓，叫人到盐运司衙门去打听，一面踱到继之签押房里来。继之正在那里批着公事，见了我，便放下了笔道："我正要找你，你来得恰好。"我道："有甚么事找我呢？"继之道："我到任后，放告的头一天，便有一个已故盐商之妾罗魏氏，送他儿子罗荣统的不孝。我提到案下问时，那罗荣统呆似木鸡，一句话也说不出。问他话时，他只是哭。问罗魏氏，却又说不出个不孝的实据，只说他不听教训，结交匪人。问他匪人是那个，他又说不出，只说是都已跑了。只得把罗荣统暂时管押。不过一天，又有他罗氏族长来具结保了去，只说是领回管束。本来就放下了，前几天我偶然翻检旧案卷，见前任官内，罗魏氏已经送过他一次忤逆，便问起书吏。据那书吏说，罗荣统委实不孝。有一年，结交了几个匪徒，谋弑其母，幸而机谋不密，得为防备，那匪徒便逃走了。罗魏氏便把儿子送了不孝，经族长保了出去。从此每一个新官到任，罗魏氏便送一次。一连四五任官，都是如此。我想这个里面，必定有个缘故。你闲着没事，何妨到外面去查访个明白。"我道："他母亲送了不孝，他族长保了去，便罢了。自古说，'清官难断家务事'，那里管得许多呢？访他做甚么！"继之道："这件事可小可大。果然是个不孝之子，也应该设法感化他，这是行政上应有之义。万一他果然是个结交匪类的人，也要提防他，不要在我手里，出了个逆伦重案。这是我们做官的私话，如何好看轻了！"我道："既如此，我便去查访便了。只是怎么个访法呢？"继之道："这个那里论得定！好在不是限定日子，只要你在外面，随机应变的暗访罢了。茶坊酒肆之中，都可以访得。况且他罗家也是著名的盐商，不过近年稍为疲了点罢了。在外面还是赫赫有名的，怕没人知道么？"于是我便答应了。

　　谈了一会，仍到帐房里来。述农正在有事，我只在旁边闲坐。过一会，述农事完了，对我笑道："我恰才开发厨房里饭钱，忽然想着一件可笑的事，天下事真是无奇不有。"我忙问是甚么事。述农不慌不忙，说出一件事来。正是：一任旁人讥醒醒，无如廉吏最难为。不知述农到底说出甚么事，且待下回再记。

翻旧案借券作酬劳　　告卖缺县丞难总督

　　当下我笑对述农道："因为开销厨子想出来的话，大约总不离吃饭的事

74

情了?"述农道:"虽然是吃饭的事情,却未免吃的龌龊一点。前任的本县姓伍,这里的百姓起他一个浑名,叫做'五谷虫'。"我笑道:"《本草》上的'五谷虫',不是粪蛆么?"述农道:"因为粪蛆两个字不雅,所以才用了这个别号呀。那位伍大令,初到任时,便发誓每事必躬必亲,绝不假手书吏家丁;大门以内的事,无论公私,都要自己经手。百姓们听见了,以为是一个好官,欢喜的了不得。谁知他到任之后,做事十分刻薄,又且一钱如命。别的刻薄都不说了,这大门里面的一所毛厕,向来系家丁们包与乡下人淘去的,每月多少也有几文好处。这位伍大令说:'是我说过不假手家丁的,还得我老爷自己经手。'于是他把每月这几文臭钱也囊括了,却叫厨子经手去收,拿来抵了饭钱。这不是个大笑话么?"我道:"那有这等琐碎的人,真是无奇不有了!"

说话之间,去打听张鼎臣的人回来了,言是打听得张老爷在古旗亭地方租有公馆。我听了便记着,预备明日去拜访。一面正和述农谈天,忽然家人来报说:"继之接了电报。"我连忙和述农同到签押房来,问是甚事。原来前回那江宁藩台升了安徽抚台,未曾交卸之前数天,就把继之请补了江都县。此时部复回来议准了,所以藩署书吏,打个电报来通知。于是大家都向继之道喜。

过了这天,明日一早,我便出了衙门,去拜张鼎臣。鼎臣见了我,十分欢喜,便留着谈天。问起我别后的事,我便大略告诉了一遍。又想起当日我父亲不在时,十分得他的力。他又曾经拦阻我给电信与伯父,是我不听他的话,后来闹到如此。我虽然不把这些事放在心上,然而母亲已是大不愿意的了。当日若是听了他的话,何至如此。鼎臣又问起我伯父来,我只得也略说了点。说到自从他到苏州以后,便杳无音信的话,鼎臣叹了一口气道:"我拿一样东西你看。"说罢,引我到他书房去坐。他在文具箱里,取出一个信封,在信封里面,抽出一张条子来,递给我。我接过来一看,不觉吃了一惊,原来是我伯父亲笔写给他的一百两银子借票。我还没有开口,鼎臣便说道:"那年在上海长发栈,令伯当着大众谢我一百两银子的,我为人爽直,便没有推托。他到了晚上,和我说穷的了不得,你令先翁遗下的钱,他又不敢乱用,要和我借这一百银子。你想,当时我怎好回复他,只好允了,他便给了我这么一张东西。自别后,他并一封信也不曾有来过。我前年要办验看,寄给他一封信,要张罗点盘费,他只字也不曾回。"我道:"便是小侄别后,也不曾有信给世伯请安。这两年事情又忙点,还求世伯恕我荒唐。"鼎臣道:"这又当别论。我们是交割清楚的了,彼此没了手尾,便是事忙路远,不写信也极平常。纠葛未清的,如何也好这样呢?"此时我要代伯父分辩几句,却是辩无可辩,只好不做声;而且自己家里人做下这等对不住人的事,也觉得难为情。想到这里,未免局促不安。鼎臣便把别话岔开,谈谈他的官况,又讲讲两淮的盐务。

我便说起述农昨天所说纲盐的话。鼎臣道:"这是几十年前的话了。自从改了票盐之后,盐场的举动,都大变了。大约当改盐票之时,很有几家盐商吃亏的。慢慢的这个风波定了之后,倒的是倒定了,站住的也站住了。只不过商家之外,又提拔了多少人发财。那就是盐票之功了。当日曾文正做两江时,要栽培两个戚友,无非是送两张盐票,等他们凭票贩盐,这里头发财的不少。此刻有盐票的人,自己不愿做生意,还可以拿这票子租给人家呢。"我道:"改了票盐之后,只怕就没有弊病了。"鼎臣道:"天下事有一利即有一弊,那里有没有弊病的道理? 不过我到这里日子浅,统共只住了一年半,不曾探得实在罢了。"当下又谈了一会,便辞了回来。

回到衙门口,只见许多轿马。到里面打听,才知道继之补实的信,外面都知道了,此时同城各官与及绅士,都来道喜。过得几天,南京藩台的饬知到了,继之便打点到南京去禀谢。我此时离家已久,打算一同前去。继之道:"我去,顶多前后五天,便要回到此地的,你何不等我回来了再走呢。"我便答应了。

过一天,继之便到府里禀知动身。我无事便访鼎臣,或者不出门,便和述农谈天。忽然想起继之叫我访察罗荣统的事,据说是个盐商,鼎臣现在是个盐官,我何不问问鼎臣,或者他知道些,也说不定。想罢,便到古旗亭去,访着鼎臣。寒暄已毕,我问起罗荣统的事。鼎臣道:"这件事十分奇怪,外面的人言不一。有许多都说是他不孝,又有许多说他母亲不好的。大抵家庭不睦是有的。那罗荣统怎样不孝,只怕不见得。若要知道底细,只有一个人知道。"我忙问是谁。鼎臣道:"大观楼酒馆里的一个厨子,是他家用的多年老仆,今年不知为着甚么,辞了出来,便投到大观楼去。他是一定知道的。"我道:"那厨子姓甚么? 叫甚么呢?"鼎臣道:"这可不知道了。不过前回有人请我吃馆子,说是罗家出来了一个厨子,投到大观楼去,做得好鱼翅。这厨子是在罗家二十多年,专做鱼翅的。合扬州城里的盐商请客,只有他家的鱼翅最出色,后来无论谁家请客,多有借他这厨子的。我不过听了这句话罢了,那里去问他姓名呢?"我道:"这就难了。不比馆子里当跑堂的,还可以去上馆子,假以辞色,问他底细。这厨子,是虽上他馆子,他看不见的,怎样打听呢。"鼎臣道:"你苦苦的打听他做甚么呢?"我道:"也不是一定要苦苦打听他,不过为的人家多说扬州城里有个不孝子,顺便问一声罢了。"

当下又扯些别话，谈了几句，便辞了鼎臣回去。和述农商量，有甚法子可以访察得出的。述农道："有了这厨子，便容易了。多咱继翁请客，叫他传了那厨子来当一次差，我们在旁边假以辞色，逐细盘问他，怕问不出来！"我道："这却不好。我们这里是衙门，他那里敢乱说？不怕招是非么！"述农道："除此之外，可没有法子了。"我道："因为那厨子，我又想起一件事来。他罗家用的仆人，一定不少，总有辞了出来的，只要打听着一个，便好商量。"述农道："这又从何打听起来呢？"我道："这个只好慢慢来的了。"当时便把这件事暂行搁下。

不多几天，继之回来了。又到本府去禀知，即日备了文书，申报上去，即日作为到任日子。一班书吏衙役，都来叩贺；同城文武官和乡绅等，重新又来道喜。继之一一回拜谢步，忙了几天，方才停当。我便打算回南京去走一遭。继之便和我商量道："日子过的实在是快，不久又要过年了。你今番回去，等过了年，便到上江一带去查看。我陆续都调了些自己本族人在各号里。你去查察情形，可以叫他们管事的，就派了他们管事，左右比外人靠得住些。回头便到下江一带去，也是如此。都办好了，大约二月底三月初，可以到这里。我到了那时，预备和你接风。"我笑道："一路说来，都是正事，忽然说这么一句收梢，倒像唱戏的好好一出正戏，却借着科诨下场，格外见精神呢。"说的继之也笑了。

我因为日内要走，恐怕彼此有甚话说，便在签押房和继之盘桓，谈谈说说。我问起新任方伯如何。继之摇头道："方伯倒没有甚么，所用的人，未免太难了，到任不到两个月，便闹了一场大笑话。"我道："是甚么事呢？"继之道："总不过乎补缺的事。大约做藩台的，照例总有一个手折，开列着各州县姓名。那捐班人员，另有一个轮补的规矩。这件事连我也闹不清楚。大抵每出了一个缺，看应该是那一个轮到，这个轮到的人，才具如何，品行如何，藩台都有个成见。或者虽然轮到，做藩台的也可以把他捺住。那捺住之故，不是因这个人才具不对，品行不好，便是调剂私人，应酬大帽子了。他拟补的人，便开在手折上面。所开又不止一个人，总开到两三个。第一个总是应该补的，第二、三个是预备督抚拣换的。然而历来督抚，拣换的甚少。藩台写了这本手折，预备给督抚看的，本来办得十分机密。这一回那藩台开了手折，不知怎样，被他帐房里一位师爷偷看见了，便出来撞木钟。听说是盐城的缺，藩台拟定一个人，被他看见了，便对那个人说：'此刻盐城出了缺。你只消给我三千银子，我包你补了。'那个人信了他，兑给他三千银子。谁知那藩台不知怎样，忽然把那个人的名字换了，及至挂出牌来，竟不是他。那个便来和他说话。他暗想这个木钟撞哑了，然而句容的缺也要出快了，这个人总是要轮到的，不如且把些说话搪塞过去再说。便说道：'这回本来是你的，因为制台交代，不得不换一个人。过几天句容出缺，一定是你的了。'句容与盐城都是好缺，所以那个人也答应了。到过了几天，挂出句容的牌来，又不是的。那个人又不答应了。他又把些话搪塞过去。再过了几天，忽然挂出一张牌来，把那个人补了安东。这可不得了了，那个人跑到官厅上去，大闹起来，说安东这个缺，每年要贴三千的，我为甚反拿三千银子去买他！闹得个不得了，藩台知道了，只得叫那帐房师爷还了他三千银子，并辞了他的馆地，方才了事。"我道："凡赃私的银，是与受同科的，他怎敢闹出来？"继之道："所以这才是笑话啊。"

我道："这个人也可谓胆大极了。倘使藩台是有脾气的，一面撵了帐房，一面详参了他，岂不把功名送掉！大不了藩台自己也自行检举起来，失察在先，正办在后，顶多不过一个罚俸的处分罢了。"继之笑道："照你这样火性，还能出来做官么？这个人闹了一场，还了他银子便算了，还算好的呢。前几年福建出了个笑话，比这个还利害，竟是总督敌不过一个县丞，你说奇不奇呢。"我道："这一定又是一个怪物了。"继之道："这件事我直到此刻，还有点疑心。那福建侯官县县丞的缺，怎么个好法，竟有人拿四千银子买他！我仿佛记得这县丞姓彭，他老子是个提督。那回侯官县丞是应该他轮补的，被人家拿四千银子买了去。他便去上制台衙门，说有要紧公事禀见。制台不知是甚么，便见了他。他见了面不说别的，只诉说他这个县丞捐了多少钱，办验看、指省又是多少钱，从某年到省，直到如今，候补费又用了多少钱，要制台照数还了他，注销了这个县丞，不做官了。制台大怒，说他是个疯子。又说：'都照你这样候补得不耐烦，便要还银注销，那里还成个体统！'他说：'还银注销不成体统，难道买缺倒是个体统么？这回侯官县丞，应该是卑职轮补的，某人化了四千银子买了去，这又是个甚么体统？'制军一想，这回补侯官县丞的，却是自己授意藩司，然而并未得钱，这句话是那里来的？不觉又大怒起来，说道：'你说的话可有凭据么？'他道：'没有真凭实据，卑职怎敢放恣！'制台就叫他拿凭据出来。他道：'凭据是可以拿得，但是必要请大帅发给两名亲兵，方能拿到。'制台便传了两名亲兵来，叫他带去。他当着制台，对两名亲兵说：'这回我是奉了大帅委的，我叫你拿甚么人，便拿甚么人。'制台也吩咐，只管听彭县丞的指挥去拿人。他带了两个亲兵，只走到麒麟门外，便把一个裁缝拿了，翻身进去回话，说这个便是凭据。制台又大怒起来，说：'这是我从家乡带来的人，最安分，那有这等事！并且一个裁缝，怎么便做得动我的主？'他却笑道：'大帅何必动怒？只要交委员问他的口供，便知真假。他是大帅心爱的人，承审委员未必敢难为他。等到问不出凭据时，大帅便把卑职参了，岂不干净！'制台一肚子没好气，只得发交闽县问话。他便意气扬扬的跑到闽县衙门，立等着对质。闽县知县那里肯就问？他道：'堂翁既然不肯问，就请同我一起去辞差。这件事非同小可。我在这里和制军拼命拼出来的，稍迟一会，便有了传递，要闹不清楚了。这件事闹不清楚，我一定丢了功名。我的功名不要紧，只怕京控起来，那时就是堂翁也有些不便。'知县被他逼的没法，只得升座提审。他却站在底下对质。那裁缝一味抵赖。他却嬉皮笑脸的，对着裁缝蹲了下来，说道：'你不要赖了。某日有人来约你在某处茶楼吃茶，某日又约你某处酒楼吃酒，某日你到某人公馆里去，某日某人到你家里来，送给你四千两银子的票子，是某家钱庄所出的票，号码是第几号，你拿到庄上去照票，又把票打散了，一千的一张，几百的几张，然后拿到衙门里面去。你好好的说了，免得又要牵累见证。你再不招，我可以叫一个人来，连你们在酒楼上面，坐那一个座，吃那几样菜，说的甚么话，都可以一一说出来的呢。'那裁缝没得好赖，只得供了，说所有四千银子，是某人要补侯官县丞缺的使费，小姐得了若干，某姨太太得了若干，某姨太太得了若干，太太房里大丫头得了若干，孙少爷的奶妈得了若干，一一招了，画了供。闽县知县便要去禀复。他说：'问明了便不必劳驾，我来代回话罢。'说罢，攫取了那张亲供便走。"正是：取来一纸真凭据，准备千言辨是非。要知那县丞到底闹到甚么样子，且待下回再记。

恣儿戏末秩侮上官　弑轻生荐人代抵命

继之说到这里，我便插嘴道："法堂上的亲供，怎么好攫取？这不成了儿戏么！"继之道："他后来更儿戏呢！拿了这张亲供去见制台，却又不肯交过手，只自己拿着，张开了给制台看。嘴里说道：'凭据有在这里，请教大帅如何办法？'制台见了，倒不能奈何他，只得说道：'我办给你看！'他道：'不知大帅几时办呢？'制台没好气的说道：'三天之内总办了。'说罢不睬他，便进去了。

"他出来等了三天，不见动静，又去上衙门，制台给他一个不见。他等到了衙门期那天，司道进见的时候，却跟着司道掩了进去。人家正在拱揖行礼的时候，他突然走近制台跟前，把制台的衣裳一拉，说道：'喂！你说三天办给我看啊，今天第几天了？我看见那裁缝，又在那里安安稳稳的做衣裳了！'此时他闯在前面，藩台恰好在他后头，看见这种情形，便轻轻的拉他一把。他回头看时，藩台又轻轻的说道：'没规矩！'他听见藩台又说了这句话，便大声道：'没规矩！卖缺的便没规矩！我不像一班奴颜婢膝的，只知道巴结上司，自以为规矩的了不得。我明日京控起来，看谁没规矩！'说罢，又把那裁缝的亲供背诵了一遍，对臬台说道：'你是司刑名的，画了这过付赃私的供，只要这里姨太太一句话，便要了出来，是有规矩是没规矩？'

"此时一众官员，面面相觑，没奈他何。制台是气的三尸乱暴，七窍生烟，一迭连声叫：'把裁缝锁了，交首县去，是谁叫他出来的！'他却冷笑道：'是七姨太太叫出来的。我也知道了，还装糊涂呢！'说着，便倖长而出，走到了大堂以外，看见两个戈什哈，正押着那裁缝要走。那裁缝道：'太爷，你何苦定要和我作对呢！'他笑道：'却是难为了你。你再求七姨太太去罢。'戈什哈道：'好大的县丞！'他道：'大也罢，小也罢，豁着我这县丞和总督去碰，总碰得他过。'说着，自去了。

"到了下半天，忽然藩台传他去见。对他说：'制军也知道这回老兄受了委屈了，交代给你老兄一个缺。'他却呵呵大笑起来道：'我若是要了缺，我便是为私不为公了。我一心要和他整顿整顿吏治，个把缺何足以动我心！他若不照例好好的办，我便到京里上控，方见得我始终是为公事。我此刻受了一个缺，一年半载之后，他何难把我奏参了！他虽然年纪大，须知我年纪虽不及他，然而也不是个小孩子。他不要想把这点小甜头来哄我。我只等三天，不见明文，或者他的办法不对，我便打算进京去上控。你叫他小心点就是！'说罢，竟就不别而行的去了。"

我道："这个人倒是有心要整顿的。"继之道："甚么有心整顿！不过乘机讹诈，故为刁难罢了。你想，这件事牵涉到上房姨太太、小姐，叫那制台怎样办法呢？那裁缝的亲供，又落在他手里！所以后来反是制台托人出来说话，同他讲和。据说那侯官县丞缺，一年有八千的好处，三年一任，共是二万四千金，被他讹的一定要了一任好处才罢了手呢。"我笑道："我倒是桩爽快事。偏使候补官个个如此，那卖缺之风，可以绝了。"

继之也笑道："你这句话，只好在这里说；若到外面说了，人家就要说此风不可长了。其实官场上面的笑话，车载斗量，也不知多少。前年和法兰西打仗的时候，福建长门炮台，没有人敢去守，只有一个姓蓝的都司肯去。他叫做蓝宝堂，得了札子到差之后，便去见总督，回说向来当炮台统领的都是提督、总兵，此刻卑职还是个都司，镇压不住，求大帅想法子。总督说：'你本是个都司，有甚法子好想呢？'他说：'大帅不能想法子，卑职驾驭不来，只好要辞差了。'制台一想，那法兰西虎视眈眈的看着福建，这个差事大家都不肯当,若准他辞了,又委那个呢？只得答应他道：'你且退去,我这里同你想法子便了。'他道：'顶色不红,一天也驾驭不住。卑职只得在这里等着,等大帅想了法子之后,再回防次去的了。'制台被他嬲的没了法,便发气道：'那么你去戴个红顶子,暂算一个总兵罢。'他便打了个扦,说：'谢过大帅。'居然戴起红顶子来。"我道："这竟是无赖了。"

继之道："这个人听说从小就无赖。他小时候和他娘住在娘舅家里,大约是没了老子的了。却又不安分,一天偷了他娘舅四十元银,没处安放,怕人在身上搜出,却拿到当铺里当了两元。他娘舅疑心到他,却又搜不出赃证。他娘等他睡着了,搜他衣袋,搜出当票来,便去赎了出来,正是四十元的原赃。他娘未免打了他一顿,他便逃走了,走到夹板船上去当水手,几年没有音信回去。过了三四年,他忽然托人带了八十元银送给他母亲。他母亲盘问来人,知道他在夹板船上,并且船也到了,便要见他一面,叫来人去说。来人对他说了,他又打发人去说,说道：'我今生今世不回家的了！要见我,可到岸边来见。'他娘念子情切,便飞奔岸边来。他却早已上岸,远远望见他母亲来了,便爬上树去。那棵树又高又大,他一直爬到树梢。他娘来了,他便问：'你要见我做甚么？'他娘说：'你爬到树上做甚么,快下来相见。'他说：'我下来了,你要和我觍觍。我是发过誓不回家的了。从前为了四十元银,你已经和我绝了母子之情。我此刻加倍还了你,从此义绝恩绝了。你要见我,无非是要看看我的面貌。此刻看见了,你可回去了。'他娘说：'我守在此处,你终要下来。'他说：'你再不走,我这里一撒手,便跌下来死了,看你怎样！'他娘没了法,哀求他下来,他始终不下,哭哭啼啼的去了。他便笑嘻嘻的下来。对着娘,他还这等无赖呢。"我道："这不独无赖,竟是灭尽天性的了。"

继之道："他还有无赖的事呢。他管带海航差船的时候,有一个福建船政局的提调,奉了船政大臣的委,到台湾去公干,及至回福州时,坐了他的船。那提调也不好,好好的官舱他不坐,一定要坐管带的房。若是别人,也没有不将就的。谁知遇了他这个宝货,一听说提调要坐他的房,他马上把一房被褥家伙都搬了出来,只剩下一所空房,便请那提调去住。骗得提调进房,他却把门锁了,自己带了钥匙,然后把船驶到澎湖相近,浪头最大的地方,颠簸了一日一夜,又不开饭给他吃。那提调被他颠簸得呕吐狼藉,腹中又是饥饿不堪,房门又锁着,叫人也没得答应。同他在海上漂了三天,才驶进口。进口之后,还不肯便放,自己先去见船政大臣,说：'此番提调坐了船来,卑职伺候不到,被提调大人动了气,在船上任情糟跶。自己带了爨具,便在官舱烧饭。卑职劝止,提调又要到卑职房里去烧饭。卑职只得把房让了出来。下次遇了提调的差，请大人另派别人'云云。告诉了一遍，方才回船，把他放了。那提调狼狈不堪，到了岸上，见了钦差，回完了公事话，正要诉苦，才提到了'海航管带'四个字，被钦差拍着桌子，狗血喷头的一顿大骂。"我笑道："虽然是无赖，却倒也爽快。"

继之道："虽然是爽快，然而出来处世，究竟不宜如此。我还记得有一个也是差船管带，却忘记了他的姓名了，带的是伏波轮船。他是广东人，因为伏波常时驻扎福州，便回广东去接取家眷，到福州居住。在广东上轮船时，恰好闽浙总督何小宋的儿子中了举，也带着家眷到福州。海船的房舱本来甚少，都被那位何孝廉定去了。这位管带也不管是谁，便硬占了人家定下的两个房舱。那何孝廉打听得他是伏波管带，只笑了一笑，不去和他理论。等到了福州，没有几天，那管带的差事就撤掉了。你想取快一时的，有甚益处么？不过这蓝宝堂虽然无赖，却有一回无赖得十分爽快的。就是前年中法失和时，他守着长门炮台。忽然有一天来了一艘外国兵船。我忘了是那一国的了，总而言之，不是法兰西的。他见了，以为我们正在海疆戒严的时候，别国兵轮，如何好到我海口里来！便拉起了旗号，叫他停轮。那船上不理，仍旧前行。他又打起了旗号知照他，再不停轮，便开炮了。那船上仍旧不理。他便开了一炮，轰的一声，把那船上的望台打毁了，吊桥打断了，一个大副受了重伤，只得停了轮。到了岸上来，惊动了他的本国领事打官司。一时福建的大小各官，都吓得面无人色，战战兢兢的出来会审。领事官也气忿忿的来到。这蓝宝堂却从从容容的，到了法堂之上，侃侃直谈，据着公理争辩，竟被他得了赢官司。岂不争气？谁知当时闽省大吏，非独不奖他，反责备他，交代说这一回是侥幸的，下次无论何国船来，不准如此。后来法国船来了，他便不敢做主，打电报到里面去请示，回电来说不准开炮；等第二艘来了，再请示，仍旧不准，于是法兰西陆续来了二十多号船，所以才有那马江之败呢。"

我道："说起那马江之败，近来台湾改了行省，说的是要展拓生番的地方。头回我在上海经过，听得人说，这件事颇觉得有名无实。不知到底是怎么回事？"继之道："便是我这回到省里去，也听得这样说。有个朋友从那边来，说非但地方弄不好，并且那一位刘省三大帅，自己害了自己。"我道："这又为何？"继之道："那刘省帅向来最恨的是吃鸦片烟。这是那一班中兴名将公共的脾气，惟有他恨的最利害。凡是属下的人，有烟瘾的，被他知道了，立刻撤差驱逐，片刻不许停留。是他帐下的兵弁犯了这个，还要以军法从事呢。到了台湾，瘴气十分利害。凡是内地的人，大半都受不住。又都说是鸦片烟可以销除瘴气，不免要吃几口，又恐怕被他知道，于是设出一法,要他自己先上了瘾。"我道:"他不吃的,如何会上瘾?"继之道:"所以要设法呀。设法先通了他的家人,许下了重谢。省帅向来用长烟筒吃旱烟,叫他家人代他装旱烟时,偷搀了一个鸦片烟泡在内,天天如是。约过了一个多月,忽然一天不搀烟泡了,老头子便觉得难过,眼泪鼻涕,流个不止。那家人知道他瘾来了,便乘机进言,说这里瘴气重得很,莫非是瘴气作怪,何不吃两口鸦片试试看。他那里肯吃,说既是瘴气,自有瘴气的方子,可请医生来诊治。那里禁得医生也是受了贿嘱的,诊过了脉,也说是瘴气,非鸦片不能解。他还是不肯吃。熬了一天,到底熬不过,虽然吃了些药,又不见功效,只得拿鸦片烟来吃了。几口下肚,便见精神,从此竟是一天不能离的了。这不是害了自己么?"

我道:"这种小人,真是防不胜防。然而也是吃旱烟之过。倘使连这旱烟都不吃,他又从何下手呢。"继之道:"就是连旱烟不吃,也可以有法子的。我初到省那一年,便当了一个洋务局的差事。一个同寅是广东人。他对我说,香港有一个外国人,用了一个厨子,也不知用了多少年了,一向相安无事。忽然一天,把那厨子辞掉了,便觉得合家人都无精打采起来,吃的东西,都十分无味。以为新来的厨子不好,再换一个,也是如此。没了法,只得再叫那旧厨子来。说也奇怪,他一回来,可合家都好了。"我道:"难道酒菜里面也可以下鸦片烟么?"继之道:"酒菜里面虽不能下,外国人饭后,必吃一杯咖啡,他煮咖啡之时,必用一个烟泡放在里面,等滚了两滚,再捞起来。这咖啡本来是苦的,又搀上糖才吃,如何吃得出来。久而久之,就上了瘾了。"我道:"鸦片烟本是他们那里来的,就叫他们吃上了,不过是'即以其人之道,还治其人之身'。但不知那刘省帅吃上了之后怎么样?"继之道:"已经吃上了,还怎么样呢。"

我道:"他说要开拓生番的地方,到底不知开拓了多少?"继之道:"头回看见京报有他的奏章,说是已经降了多少,每人给与剃刀一把,大约总有些降服的。然而究竟是未开化的人,纵然降服了,也不见得是靠得住。他那杀人不眨眼的野性,忽然高兴,又杀个把人来顽顽,如何约束得住他呢。而且他杀人专杀的是我们这些人,自己却不肯相杀的。杀了人,把脑袋带回去,弄些酒来,在死人脑袋的嘴里灌进去,等他嗓子里流出来,却接在自己嘴里吃了。吃了之后,便出去打猎。若是这回猎得禽兽多的,回来便把这脑袋敬若神明;若是猎不着甚么回来,便把这脑袋尽情的乱摔乱踢了。他还有一层,绝不怕死,说出来还要令人可笑呢。那生番里面,也有个头目。省帅因为生番每每出来杀人,便委员到里面去,和他的头目立了一个约:如果我们这些人杀了生番,便是一人抵一命;若是生番杀了我们这些人，却要他五个人抵一个命。这不过要吓得他不敢再杀人的意思。他那头目也应允了。谁知立了约不多几天，就有了生番杀人的事。地方官便捉拿凶手。谁知这个生番，只有夫妻两个，父母、兄弟、子女都没有的，虽捉了来，还不够抵命，也打算将就了结了。谁知过得几天，有三个生番自行投到，说是凶手的亲戚荐他来抵命，以符五人之数的。你说奇不奇。"正是：义侠捐生践然诺，鸿毛番重泰山轻。要知后事如何，且待下回再记。

内外吏胥神奸狙狯　风尘妓女豪侠多情

我正和继之说着话时，只见刑房书吏，拿了一宗案卷进来。继之叫且放下，那书吏便放下，退了出去。我道："人家都说衙门里书吏的权，比官还大，差不多州县官竟是木偶，全凭书吏做主的，不知可有这件事？"继之道："这看本官做得怎样罢了，何尝是一定的！不过此辈舞弊起来，最容易上下其手。这一边想不出法子，便往那一边想；那一边又想不出来，他也会别寻门路。总而言之，做州县官的，只能把大出进的地方防闲住了；那小节目不能处处留心，只得由他去的了。"我道："把大出进的防闲住了，他们纵在小节目上出些花样，也不见得能有多少好处了，怎么我见他们都是很阔绰的呢？"继之道："这个那里说得定！他们遇了机会，只要轻轻一举手，便是银子。前年苏州接了一角刑部的钉封文书，凡是钉封文书，总是斩决要犯的居多，拆开来一看，内中却是云南的一个案件。大家看见，莫名其妙，只得把他退回去。直等到去年年底，又来了一角，却是处决一名斩犯。事后大家传说，才知道这里面一个大毛病。原来这一名斩犯，本来是个富家之子，又是个三代单传，还没有子女，不幸犯了个死罪。起先是百计出脱，也不知费了多少钱，无奈证据确凿，情真罪当，无可出脱，就定了个斩立决，通详上去。从定罪那天起，他家里便弄尽了神通，先把县署内监买通了，又出了重价，买了几个乡下姑娘，都是身体肚壮的，轮流到内监去陪他住宿，希图留下一点血脉。然而这件事迟早却不由人做主的，所以多耽搁一天好一天，于是又在臬司和抚台那里，设法耽搁，这里面已经不知捺了多少日子了。却又专差了人到京里去，在刑部里打点。铁案如山的，虽打点也无用，于是用了巨款，贿通了书吏，求他设法，不求开脱死罪，只求延缓日子。刑部书吏得了他的贿赂，便异想天开的设出一法来。这天该发两路钉封文书，一路是云南的，一路是江苏的。他便轻轻的把江苏案卷放在云南文书壳里，把云南案卷放在江苏文书壳里。等一站站的递到了江苏，拆开看过，知道错了，又一站站的退回刑部。刑部堂司各官，也是莫名其妙，跟查起来，知道是错封了，只好等云南的回来再发。又不知等了多少时候，云南的才退回来，然后再封发了。这一转换间，便耽搁了一年多。你说他们的手段利害么？"我道："耽搁了这一年多，不知这犯人有生下子女没有？"继之道："这个谁还打听他呢！"

我道："文书何以要用钉封，这却不懂，并且没有看见过这样东西。"继之道："儿戏得很！那文书不用浆糊封口，只用锥子在上面扎一个眼儿，用纸拈穿上，算是一个钉子，算是这件事情非常紧急，来不及封口的意思。"我道："不怕人家偷拆了看么？"继之道："怕甚么！拆看钉封公文是照例的。譬如此刻有了钉封公文到站，遇了空的时候，只管拆开看看，有甚么要紧，只要不把他弄残缺了就是了。"我道："弄残缺了就怎样呢？"继之道："此刻譬如我弄残缺了，倒有个现成的法子了。从前有一个出过事的，这个州县官是个鸦片鬼，接到了这件东西，他便抽了出来，躺在烟炕上看。不提防发了一个烟迷，把里面文书烧了一个角。这一来吓急了，忙请了老夫子来商量。这个老夫子好得很。他说幸而是烧了里面的，还有法子好想；若是烧了壳子，就没法想了。然而这个法子要卖五千银子呢。那鸦片鬼没法，只得依了他。他又说，这个法子做了出来便不稀奇，怕东翁要赖，必得先打了票子再说出来。鸦片鬼没法，只得打了票子给他。他接了票子，拿过那烧不尽的文书，索性放在灯头上烧了。可笑那鸦片鬼，吓得手足无措，只说：'这回坑死我了！'他却不慌不忙，拿一张空白的文书纸，放在壳子里面，仍然钉好，便发出去。那鸦片鬼还不明白，扭着他拼命。他偏不肯就说出这里面的道理来，故意取笑，由得那鸦片鬼着急。闹了半天，他方才说道：'这里发出去，交到下站，下站拆开看了，是个空白，请教他敢声张么？也不过照旧封好发去罢了。以下站站如此，直等到了站头，当堂开拆，见了个空白，他那里想得到是半路掉换的呢，无非是怪部吏粗心罢了。如此便打回到部里去。部里少不免要代你担了这粗心疏忽的罪过。纵不然，他便行文到各站来查，试问所过各站，谁肯说是我私下拆来看过的呢，还不是推一个不知。就是问到这里，也把"不知"两个字还了他。这件事不就过去了么！'可笑那鸦片鬼，直到此时才恍然大悟，没命的去追悔那五千银子。"

我笑道："大哥说话，一向还是这样，只管形容别人。"继之也笑道："这一个小小玄虚，说穿了一文不值的，被他硬讹了五千银子，如何不懊悔？便是我凭空上了这个当，我也要懊悔的，何尝是形容人家呢。"

说话时，述农着人来请我到帐房里，我便走了过去。原来述农已买了一方青田石来,要我仿刻那一方"节性斋"的图书。我笑道:"你真要干这个么?"述农道:"无论干不干,仿刻一个,总不是犯法的事。"说着,取出那幅横披来。我先把图书石验了大小,嫌他大了些,取过刀来,修去了一道边。验得大小对了,然后摹了那三个字,镌刻起来。刻了半天,才刻好了。取过印色,盖了一个,看有不对的去处,又修改了一会,盖出来看,却差不多了。述农看了,说像得很。另取一张薄贡川纸来,盖了一个,蒙在那横披的图书上去对,看了又看道:"好奇怪!竟是一丝不走的。"不觉手舞足蹈起来,连横披一共拿给继之看去。继之也笑道:"居然充得过了。"述农笑道:"继翁,你提防他私刻你的印信呢。"我笑道:"不合和你作了这个假,你倒要提防我做贼起来了。"

继之道:"只是印色太新了,也是要看出来的。"述农道:"我学那书画家,撒上点桃丹,去了那层油光,自然不新了。"我道:"这个不行。要弄旧他也很容易,只是卖了东西,我要分用钱的。"述农笑道:"阿弥陀佛!人家穷的要卖字画了,你还要分用钱呢。"我笑道:"可惜不是福建人画的掷骰子图,不然,我还可望个三七分用呢。"述农笑道:"罢,罢,我卖了好歹请你。你说了那甚么法子罢。说了出来,算你是个金石家。"我道:"这又不是甚么难事。你盖了图书之后,在图书上铺上一层顶薄的桑皮纸,在纸上撒点石羔粉,叫裁缝拿熨斗来熨上几熨,那印色油自然都干枯了,便是旧的。若用桃丹,那一层鲜红,火气得很,那里充得过呢!"述农道:"那么我知道了,你那里是甚么金石家,竟是一个制造赝鼎的工匠!"说的继之也笑了道:"本来作假是此刻最趋时的事。方才我这里才商量了一起命案的供词。你想命案供词还要造假的,何况别样!"

我诧道:"命案怎么好造假的?"继之道:"命案是真的,因为这一起案子牵连的人太多,所以把供词改了,免得牵三搭四的。左右'杀人者死',这凶手不错就是了。"述农道:"不错。从前我到广东去就事,恰好就碰上一回,几乎闹一个大乱子,也是为的是真命假案。"我道:"甚么又是真命假案呢?"述农道:"就是方才说的改供词的话了。总而言之,出了一个命案,问到结案之后,总要把本案牵涉的枝叶,一概删除净尽,所以这案就不得不假了。那回广东的案子,实在是械斗起的;然而叙起械斗来,牵涉的人自然不少,于是改了案卷,只说是因为看戏碰撞,彼此扭殴致毙的。这种案卷,总是臬司衙门的刑名主稿。那回奏报出去之后,忽然刑部里来了一封信,要和广州城大小各衙门借十万银子。制台接了这封信,吃了一大惊,却又不知为了甚么事。请了抚台来商量,也没有头绪。一时两司、道、府都到了,彼此详细思索,才想到了奏报这案子,声称某月某日看戏肇事,所说这一天恰好是忌辰。凡忌辰是奉禁鼓乐的日子,省会地方,如何做起戏来! 这个处分如何担得起! 所以部里就借此敲诈了。当下想出这个缘故,制台便很命的埋怨臬司;臬司受了埋怨,便回去埋怨刑名老夫子。那刑名老夫子检查一检查,果然不错,因笑道:'我当是甚么大事,原来为了这个,也值得埋怨起来!'臬台见他说得这等轻描淡写,更是着急,说道:'此刻大部来了信,要和合省官员借十万银子。这个案是本衙门的原详,闹了这个乱子,怕他们不向本衙门要钱,却怎生发付?'那刑名师爷道:'这个容易。只要大人去问问制台,他可舍得三个月俸? 如果舍得,便大家没事;如果舍不得,那就只可以大家摊十万银子去应酬的了。'臬台问他舍得三个月俸,便怎么办法。他又不肯说,必要问明了制台,方才肯把办法说出来。臬台无奈,只得又去见制台。制台听说只要三个月俸,如何不肯,便一口应承了,交代说:'只要办得妥当,莫说三个月,便是三年也愿意的。'臬司得了意旨,便赶忙回衙门去说明原委。他却早已拟定一个折稿了。那折稿起首的帽子是:'奏为自行检举事:某月日奏报某案看戏肇端,句内看字之下,戏字之上,误脱落一猴字'云云。照例奏折内错一个字,罚俸三个月,于是乎热烘烘的一件大事,轻轻的被他弄的瓦解冰销。你想这种人利害么?"我笑道:"原来这等大事也可以假的,区区一个图章,更不要紧了。"当下谈了一会各散。我到鼎臣处,告诉他要到南京,顺便辞行。

到了次日,我便收拾行李,渡江过去。到得镇江号里,却得了一封继之的电报,说上海有电来,叫我先到上海去一次。我便附了下水轮船,径奔上海。料理了些生意的事,盘桓了两天,又要动身。这天晚上,正要到金利源码头上船,忽然金子安从外面走来,说道:"且慢着走罢,此刻黄浦滩一带严紧得很!"管德泉吃了一惊道:"为着甚么事?"子安道:"说也奇怪,无端来了几十个人,去打劫有利银行,听说当场拿住了两个。此刻派了通班巡捕,在黄浦滩一带稽查呢。"我道:"怎么银行也去打劫起来,真是无奇不有了。"子安道:"在上海倒是头一次听见。"

德泉道:"本来银行最易起歹人的觊觎,莫说是打劫,便是冒取银子的也不少呢。他的那取银的规矩,是上半天送了支票去,下半天才拿银子。所以取银的人,放下票子就先走了,到下半天才去拿;等再去拿的时候,是绝无凭据的了,倘被一个冒取了去,更从那里追寻呢?"子安道:"这也说说罢了,那里便冒得这般容易。"德泉道:"我不是亲眼见过的,也不敢说。前年我一个朋友到有利去取银,便被人冒了。他先知道了你的数目,知道你送了票子到里面去了,他却故意和你拉殷勤,请你吃茶吃酒,设法绊住你一点半点钟,却另差一个人去冒取了来,你奈他何呢!"

这里正在说话,忽然有人送来一张条子。德泉接来看了,转交与我。原来是赵小云请到黄银宝处吃花酒,请的是德泉、子安和我三个人。德泉道:"横竖今夜黄浦滩路上不便,缓一天动身也不要紧,何妨去扰他这一顿呢。"我是无可无不可的,便答应了。德泉又叫子安。子安道:"我奉陪不起。你二位请罢,替我说声心领谢谢。"我和德泉便不再强。

二人出来,叫了车,到尚仁里黄银宝家,与赵小云厮见。此时座上已有了四五个客,小云便张罗写局票。内中只有我没有叫处。小云道:"我来荐给你一个。"于是举笔一挥而就。我看时,却是写的"东公和里沈月卿"。写过了发下去,这边便入席吃酒。

不一会,诸局陆续到了。沈月卿坐在我背后。我回脸一看,见是个瘦瘦的脸儿,倒还清秀。只见他和了琵琶,唱了一枝小曲。又坐了一会,便转坐到小云那边去,与我恰好是对面。起先在我后面时,不便屡屡回头看他,此时倒可以任我尽情细看了。只见他年纪约有二十来岁,清俊面庞,眉目韶秀,只是隐隐含着忧愁之色。更有一层奇特之处,此时十一月天气,明天已是冬至,所来的局,全都穿着细狐、洋灰鼠之类,那面子更是五光十色,头上的首饰,亦都甚华灿,只有那沈月卿只穿了一件玄色绉纱皮袄,没有出锋,看不出甚么统子。后来小云输了拳,他伸手取了酒杯代吃,我这边从他袖子里看去,却是一件羔皮统子。头上戴了一顶乌绒女帽,连帽准也没有一颗。我暗想这个想是很穷的了。正在出神之时,诸局陆续散去,沈月卿也起身别去。他走到房门口,我回眼一望,头上扎的是白头绳,押的是银押发,暗想他原来是穿着孝在这里。正在想着,猛听得小云问道:"我这个条子荐得好么?"我道:"很静穆!也很清秀!"小云道:"既然你赏识了,回来我们同去坐坐。"

一时席散了,各人纷纷辞去。小云留下我和德泉,等众人散完了,便约了同到沈月卿家去。于是出了黄银宝家,径向东公和里来。一路上只见各妓院门首,都是车马盈门,十分热闹。及到了沈月卿处,他那院里各妓房内,也都是有人吃酒,只有月卿房内是静悄悄的。三人进内坐定,月卿过来招呼。小云先说道:"我荐了客给你,特为带他来认认门口,下次他好自己来。"月卿一笑道谢。小云又道:"那柳老爷可曾来?"月卿见问,不觉眼圈儿一红。正是:骨肉每多乖背事,风尘翻遇有情人。未知月卿为着甚事伤心,且待下回再记。

串外人同胞遭晦气　摛词藻嫖界有机关

当下我看见沈月卿那种神情,不禁暗暗疑讶。只见他用手向后面套房一指道:"就在那里。"小云道:"怎么坐到小房间里去? 我们是熟人,何妨请出来谈谈。"月卿道:"他恐怕有人来吃酒,不肯坐在这里。"小云道:"吃过几台了?"月卿摇摇头。小云讶道:"怎么说?"我笑道:"你又怎么说? 难道必要有人吃酒的么?"小云道:"你不懂得,明天冬至,今天晚上叫冬至夜。他们的规矩,这一夜以酒多为荣,视同大典的。"我听了,方才明白沿路上看见热闹之故。

小云又对月卿道:"不料你为了柳老爷,弄到这个样子!"月卿道:"我已是久厌风尘,看着这等事,绝不因之动心。只是外间的飞短流长,未免令人闻而生厌罢了。"我听了这几句话,觉得他吐属闲雅,又不觉纳罕起来。小云道:"我倒并不为飞短流长所动。你就叫他们摆起一桌来。"小云这句话才说出来,早有一个十七八岁的丫头,走近一步问道:"赵老爷可是要吃酒?"小云点点头。那丫头便请点菜。小云说:"不必点。"他便咯蹬咯蹬的走到楼下去了。

小云笑着对我道:"这一桌酒应该让你。你应酬了他这个大典,也是我做媒人的面子。"我道:"我向来没干过这个。"小云笑道:"谁是出世便干的? 总是从没干过上来的啊。"月卿道:"这位老爷是初交,赵老爷,何必呢?"小云又对我道:"你不知道这位月卿,是一个又豪侠,又多情的人,并且作得好诗。你要是知道了他的底细,还不知要怎样倾倒呢!"月卿道:"赵老爷不要谬奖,令人惭愧!"

我问小云道:"你要吃酒,还不赶紧请客? 况且时候不早了。"小云道:"时候倒不要紧。上海本是个不夜天,何况今夜! 客倒是不必请了,大众都有应酬,难请得很,就请了柳采卿过来罢。"说着,又对月卿道:"就央及你去请一声罢,难道还要写请客票么?"月卿便走到后房去,一会儿,同着柳采卿过来。只见那采卿,生得一张紫色胖脸儿,唇上疏疏的两撇八字黑须;身裁是痴肥笨重,步履蹒跚;身穿着一件大团花二蓝线绉皮袍,天青缎灰鼠马褂。当下各人一一相见,通过姓名,小云道过违教,方才坐下。

外场早已把席面摆好,小云忙着要写局票。采卿不叫外局,只写了本堂沈月卿。小云道:"客已少了,局再少,就太寂寞了。"我道:"人少点,清谈也很好。并且你同采翁两位，都是月卿的老客。你说月卿豪侠多情，何妨趁此清谈，把那豪侠多情之处告诉我呢。"小云道："你要我告诉你也容易，不过你要把今日这一席，赏赏他那豪侠多情之处才好呢。"我一想，我前回买他那个小火轮船时，曾经扰过他一顿，今夜又是他请的，我何妨借此作为还席呢。因说道："就是我的，也没甚要紧。"小云大喜，便乱七八糟，自己写了多少局票，嘴里乱叫起手巾。于是大家坐席。

我坐了主位，月卿招呼过一阵，便自坐向后面唱曲。我便急要请问这沈月卿豪侠多情的梗概。小云猛然指了采卿一下道："你看采翁这副尊范，可是能取悦妇人的么?"我被他突然这一问，倒棱住了，不懂是甚么意思。小云又道："外间的人，传说月卿和采卿是恩相好。"我道："甚么叫做'恩相好'?"小云笑道："这是上海的一句俗话，就是要好得很的意思。"我道："就是要好，也平常得很。"小云道："不是这等说。凡做妓女的，看上了一个客人，只一心向他要好，置他客于不顾，这才叫恩相好。凡做恩相好的，必要这客人长得体面，合了北边一句话，叫做小白脸儿，才够得上呢。你看采翁这副尊范，像这等人不像?"我道："然则这句话从何而来的呢?"小云道："说来话长。你要知底细，只问采翁便知。"柳采卿这个人，倒也十分爽快，不等问，便一五一十的告诉了我。

原来，采卿是一个江苏候补府经历，分在上海道差遣。公馆就在城内。生下两个儿子，大的名叫柳清臣，才一十八岁，还在家里读书，资质向来鲁钝，看着是不能靠八股猎科名的了。采卿有心叫他去学生意，却又高低不就。忽然一天，他公馆隔壁一个姓方的，带了一个人来相见，说是姓齐，名明如，向做洋货生意，专和外国人交易。此刻有一个外国人，要在上海开一家洋行，要请一个买办。这买办只要先垫出五千银子，不懂外国话也使得。因听姓方的说起，说柳清臣要做生意，特地来推荐。采卿听了一想，向来做买办，是出息甚好的，不禁就生了个侥幸之心。当下便对那齐明如说："等商量定了，过一天给回信。"于是就出来和朋友商量，也有说好的，也有说不好的。采卿终是发财心胜，听了那说不好的，以为人家妒忌；听了那说好的，就十分相信。便在沈月卿家请齐明如吃了一回酒，准定先垫五千银子，叫儿子清臣去做买办。又叫明如带了清臣去见过外国人，问答的说话，都是由明如做通事。

过了几天，便订了一张洋文合同，清臣和外国人都签了字。齐明如做见证，也签了字。采卿先自己拼凑了些，又向朋友处通融挪借，又把他夫人的金首饰拿去兑了，方才凑足五千银子，交了出去。就在五马路租定了一所洋房，取名叫景华洋行。开了不彀三个月，五千银子被外国人支完了不算,另外还亏空了三千多。那外国人忽然不见了,也不知他往别处去了,还是藏起来。这才着了忙,四面八方去寻起来,那里有个影子？便是齐明如也不见了。亏空的款子,人家又来催逼,只得倒闭了。往英国领事处去告那外国人,英领事在册籍上一查,没有这个人的名字,更是着忙。托了人各处一查,总查不着,这才知道他是一个没有领事管束的流氓,也不知他是那一国的,还不知他是外国人不是。于是只得到会审公堂去告齐明如。谁知齐明如是一个做外国衣服的成衣匠,本是个光蛋,官向他追问外国人的来历,他只供说是因来买衣服认得,并且不知他的来历。官便判他一个串骗,押着他追款。

俗语说得好:"不怕凶,只怕穷。"他光蛋般一个人,任凭你押着,秕糠那里榨得出油来！此刻这件事已拖下了三四个月,还未了结,讨债的却是天天不绝。急得采卿走投无路,家里坐不住,便常到沈月卿家避债。这沈月卿今年恰好二十岁,从十四岁上,采卿便叫他的局,一向不曾再叫别人。缠头之费,虽然不多,却是节节清楚。如今六七年之久,积算起来,也不为少了。前两年月卿向鸨母赎身时,采卿曾经帮了点忙,因此月卿心中十分感激。这回看见采卿这般狼狈,便千方百计,代采卿凑借了一千元;又把自己的金珠首饰,尽情变卖了,也凑了一千元,一齐给与采卿,打点债务。这种风声,被别个客人知道了,因此造起谣言来,说他两人是恩相好。采卿觑缕述了一遍,我不觉抬头望了月卿一眼,说道:"不图风尘中有此人,我们不可不赏一大杯！"

正待举杯要吃,小云猛然说道:"对不住你！你化了钱请我,却倒装了我的体面。"我举眼看时,只见小云背后,珠围翠绕的,坐了七八个人。内中只有一个黄银宝是认得的,却是满面怒容,冷笑对我道:"费你老爷的心！"我听了小云的话,已是不懂,又听了这么一句,更是茫然,便问怎么讲。小云道:"无端的在这里吃寡醋,说这一席是我吃的,怕他知道,却屈你坐了主位,遮他耳目,你说奇不奇。"我不禁笑了一笑道:"这个本来不算奇。律重主谋,怪了你也不错。"那黄银宝不懂得"律重主谋"之说,只听得我说怪得不错,便自以为料着了,没好气,起身去了。小云道:"索性虚题实做一回。"便对月卿道:"叫他们再预备一席,我请客！"我道:"时候太晚了,留着明天吃罢。"小云道:"你明天动身,我给你饯行;二则也给采翁解解闷。今夜四马路的酒,是吃到天亮不希奇的。"我道:"我可不能奉陪了。"管德泉道:"我也不敢陪了,时候已经一下钟了。"小云道:"只要你二位走得脱！"说着,便催着草草终席。

我和德泉要走,却被小云苦苦拉着,只得依他。小云又去写局票,问我叫那一个。我道:"去年六月间,唐玉生代我叫过一个,我却连名字也忘了,并且那一个局钱还没有开发他呢。"德泉道:"早代你开发了,那是西公和沈月英。"小云道:"月英过了年后,就嫁了人了。"我道:"那可没有了。"小云道:"我再给你代一个。"我一定不肯,小云也就罢了,仍叫了月卿。大家坐席。此时人人都饱的要涨了,一样一样的菜拿上来,只摆了一摆,便撤了下去,就和上供的一般,谁还吃得下。幸得各人酒量还好,都吃两片梨子、苹果之类下酒。

我偶然想起小云说月卿作得好诗的话,便问月卿要诗看。月卿道:"这是赵老爷说的笑话,我何尝会作诗!"小云听说,便起身走向梳妆台的抽屉里,一阵乱翻,却翻不出来。采卿对月卿道:"就拿出来看看何妨。"月卿才亲自起身,在衣橱里取出薄薄的一个本子来,递给采卿,采卿转递给我。我接在手里,翻开一看,写的小楷虽不算好,却还端正。内中有批的,有改的,有圈点的。我道:"这是谁改过的?"月卿接口道:"柳老爷改的,便是我诌两句,也是柳老爷教的。"我对采卿道:"原来你二位是师弟,怪不得如此相待了。"采卿道:"说着也奇!我初识他时,才十四岁。我见他生得很聪明,偶尔教他识几个字,他认了,便都记得,便买了一部唐诗教教他。近来两年,居然被他学会了。我想女子学作诗,本是性之所近,苏、常一带的妓女,学作诗更应该容易些。"我道:"这句话很奇,倒要请教是怎么讲?"采卿道:"他们从小学唱那小调,本来就是七字句的有韵之文。并且那小调之中,有一种马如飞撰的叫做'马调',词句之中,很有些雅驯的。他们从小就输进了好些诗料在肚子里,岂不是学起来更容易么?"我点头道:"这也是一理。"因再翻那诗本,拣一首浓圈密点的一看,题目是《无题》,诗是:

　　自怜生就好丰裁,疑是云英谪降来。
　　弄巧试调鹦鹉舌,学愁初孕杜鹃胎。
　　铜琶铁板声声恨,剩馥残膏字字哀。
　　知否有人楼下过,一腔心事暗成灰。
　　好春如梦酿愁天,何必能痴始可怜!
　　杨柳有芽初蘸水,牡丹才蕊不胜烟。
　　从知眼底花皆幻,闻说江南月未圆。
　　人静漏残灯惨绿,碧纱窗外一声鹃。

我看了,不觉暗暗惊奇。古来才妓之说,我一向疑为后人附会,不图我今日亲眼看见了。据这两首诗,虽未必便可称才,然而在闺秀之中,已经不可多得,何况在北里呢!因对采卿道:"这是极力要炼字炼句的,真难为他!"月卿接口道:"这都是柳老爷改过才誊正的。"采卿道:"这里面有两首《野花》

诗,我始终未改一字,请你批评批评。"说罢,取过本子去,翻给我看。只见那诗是:

蓬门莫笑托根低,不共杨花逐马蹄。

涸迹自怜依旷野,添妆未许入深闺。

荣枯有命劳嘘植,闻达无心谢品题。

我看到这里,不觉击节道:"好个'闻达无心谢品题'!往往看见报上,有人登了些诗词,去提倡妓女。我看着那种诗词,也提倡不出甚么道理来。"采卿道:"姑勿论提倡出甚么道理,先问他被提倡的懂得不懂,再提倡不迟。"

月卿听说,忽然嗤的一声笑。我问笑甚么。月卿道:"前回有一位客人,叫甚么遯叟,填了一阕《长相思》词,赠他的相好吴宝香,登了报。过得一天,那遯叟到宝香家去,忽然被宝香扭住了不依。"我笑道:"这又为何?"月卿道:"总是被那些识一个字不识一个字的人见了,念给他听。他听了题目《赠吴宝香调寄长相思》一句,所以恼了,说遯叟造他谣言,说他害相思病了,所以和他不依。"说得我和小云都笑了。我再看那《野花》诗是:

惆怅秋风明月夜,荒烟蔓草助凄凄。

惭愧飘零古道旁,本来无意绽青黄。

东皇曾许分余润,村女何妨理俭妆。

讵藉馨香迷蛱蝶,不胜蹂躏怨牛羊。

可怜车马分驰后,剩粉残脂吊夕阳!

我看毕道:"寄托恰合身分,居然名作了。"只见月卿附着采卿耳朵说了两句话。采卿便问我和唐玉生可是相识。我道:"只去年六月里同过一回席,这两回到上海,都未遇着。"采卿道:"倘偶然遇见了,请不必谈起月卿作诗的事。"我道:"作诗又不是甚么事,何必要秘密呢?"采卿道:"不是要秘密,是怕他们闹不清楚。"我想起那一班人的故事,不觉又好笑,便道:"也怪不得月卿要避他们。他们那死不通的材料,实在令人肉麻!"说着,便把他们"竹汤饼会"的故事,略略述了一遍。月卿也是笑不可仰。采卿道:"我教月卿识几个字,虽不是有意秘密,却除了几个熟人之外,没有人知道,不像那堂哉皇哉收女弟子的。"我道:"不错。我常在报上看见有个甚么侍者,收甚么女弟子,弄了好些诗词之类,登在报上面,还有作诗词贺他的。"采卿道:"可不是!这都是那轻薄少年做出来的,要借这报纸做他嫖的机关。"我道:"嫖还有甚么机关,这说奇了。"采卿道:"这一班本是寒唆,掷不起缠头,便弄些诗词登在报上,算揄扬他,以为市恩之地,叫那些妓女们好巴结他,不敢得罪他。倘得罪了他时,他又弄点讥剌的诗词去登报,这还不是机关么?其实有几个懂得的!所以有遯叟与吴宝香那回事。"

说犹未了,忽听得楼下外场高叫一声"客来",便听得咯蹬咯蹬上楼梯的声音,房里丫头便迎了出去。正是:毁誉方闻凭喜怒,蹒跚又听上梯阶。未知那来人是谁,且待下回再记。

溯本源赌徒充骗子　走长江舅氏召夫人

那丫头掀帘出去,便听得有人问道:"赵老爷在这里么?"丫头答应在,那人便掀帘进来。抬头看时,却是方佚庐。大家起身招呼。只见他吃的满面通红,对众人拱一拱手,走到席边一看,呵呵大笑道:"你们整整齐齐的摆在这里,莫非是摆来看的?不然,何以热炒盘子,也不动一动呢?"

小云便叫取凳子,让他坐。佚庐道:"我不是赴席的,是来请客的,请你们各位一同去。"小云道:"是你请客?"佚庐道:"不是我请,是代邀的。"小云在身边取出表来一看,吐出舌头道:"三下一刻了。是你请客,我便去;你代邀的,我便少陪了。"月卿插嘴道:"便是方老爷也可以不必去。外面西北风大得很,天已阴下来,提防下雪。并且各位的酒都不少了,到外面去吹了风,不是顽的。"佚庐道:"果然。我方才在外面走动,很作了几个恶心,头脑子生疼,到了屋里,暖和多了。"说着便坐下,叫拿纸笔来,写个条子回了那边,只说寻不着朋友,自己也醉了,要回去了。写毕,叫外场送去,方才和采卿招呼,彼此通过姓名。坐了一会,便散席。月卿道:"此刻天要快亮了。外面寒气逼人,各位不如就在这里谈谈,等天亮了去。或者要睡,床榻被窝,都是现成的。"众人或说走,或说不走,都无一定。只有柳采卿住在城里,此时叫城门不便,准定不能走的,便说道:"不然,我再请一席,就可以吃到天亮了。"小云道:"这又何苦呢!方才已经上了一回供了,难道再要上一回么?"月卿道:"那么各位都不要走,我叫他们生一盆炭火来。昨天有人送给我一瓶上好的雨前龙井茶,叫他们酽酽的泡上一壶。我们围炉品茗,消此长夜,岂不好么?"众人听说,便都一齐留下。

佚庐道:"月卿一发做了秀才了,说起话来,总是掉文。"月卿笑道:"这总是识了几个字,看了几本书的不好,不知不觉的就这样说起来,其实并不是有意的。"小云道:"有一部小说,叫做《花月痕》,你看过么?"月卿道:"看过的。"小云道:"那上头的人,动辄嘴里就念诗,你说他是有意,是无意?"月卿道:"天下那里有这等人,这等事!就是掉文,也不过古人的成句,恰好凑到我这句说话上来,不觉冲口而出的,借来用用罢了。不拘在枕上,在席上,把些陈言老句,吟哦起来,偶一为之,倒也罢了,却处处如此,那有这个道理?这部书作得甚好,只这一点是他的疵瑕。"采卿道:"听说这部书是福建人作的,福建人本有这念诗的毛病。"小云忽然呵呵大笑起来。众人忙问他笑甚么。小云道:"我才听了月卿说甚么疵瑕,心中正在那里想:'疵瑕者,毛病之文言也。'这又是月卿掉文。不料还没有想完,采翁就说出'毛病'两个字来,所以好笑。"说话间,丫头早把火盆生好,茶也泡了,一齐送了进来。众人便围炉品茗起来。

　　佚庐与采卿谈天,采卿又谈起被骗一事。佚庐道:"我们若是早点相识,我断不叫采翁去上这个当。你道齐明如是个甚么人?他出身是个外国成衣匠,却不以成衣匠为业,行径是个流氓,事业是靠局赌。从前犯了案,在上海县监禁了一年多;出来之后,又被我办过他一回。"采卿道:"办他甚么?"佚庐道:"他有一回带了两个合肥口音的人来,说是李中堂家里的帐房,要来定做两艘小轮船,叫我先打了样子看过,再定价钱。这两艘小轮船,有到七八千银子的生意,自然要应酬他,未免请他们吃一两回酒。他们也回请我,却是吃花酒。吃完之后,他们便赌起来,邀我入局。我只推说不会,在旁边观看。见他们输赢很大,还以为他们是豪客。后来见一个输家输的急了,竟拿出庄票来赌,也输了,又在身边掏出金条来。我心里才明白了,这是明明局赌。他们都是通同一气的,要来引我。须知我也是个老江湖,岂肯上你的当!然而单是避了你,我也不为好汉,须给点颜色你看看。当夜局散之后,我便有意说这赌牌九很有趣,他们便又邀我入局。我道:'今天没有带钱,过天再来。'于是散了。我一想,这两艘小轮船,不必说是不买的了,不过借此好入我的门。但是无端端的要我打那个图样,虽是我自己动手,不费本钱,可是耽搁了我多少事;若是别人请我画起来,最少也要五十两银子。我被他们如此玩弄,那里肯甘心!到明天,齐明如一个人来了。我便向他要七十二画图银,请他们来看图。明如邀我出去,我只推说有事。一连几天,不会他们。于是齐明如又同了他们来,看过图样,略略谈了一谈船价。我又先向他要这画图钱。齐明如从中答应,说傍晚在一品香吃大菜面交,又约定了是夜开局。我答应了,送他们去。到了时候,我便到一品香取了他七十两的庄票。看看他们一班人都齐了,我推说还有点小事,去去就来。出来上了马车,到后马路照票,却是真的。连忙回到四马路,先到巡捕房里去。那巡捕头是我向来认得的。我和他说了这班人的行径,叫他捉人。捕头便派了几名包探、巡捕,跟我去捉人。我和那探捕约好,恐怕他们这班人未齐,被他跑了一个,也不值得;不如等我先上去,好在坐的是靠马路的房间,如果他们人齐了,我掷一个酒杯下来,这边再上去,岂不是好。那探捕答应了，守在门口。我便走了上楼，果然内中少了一个人，问起来，说是取本钱去的。一面让我点菜。俄延了一会，那个人来了，手里提了一个外国皮夹，嘴里嚷道：'今天如果再输，我便从此戒赌了！'我看见人齐，便悄悄拿了一个玻璃杯，走到栏杆边，轻轻往下一丢。四五名探捕，一拥上楼，入到房间，见人便捉。我一同到了捕房，做了原告。在他们身边，搜出了不少的假票子、假金条。捕头对我说：'这些假东西，告他们骗则可以；告他赌，可没有凭据。'说时，恰好在那皮夹里搜出两颗象牙骰子。我道：'这便是赌具。'捕头看了看，问怎么赌法。我道：'单拿这个赌还不算骗人，我还可以在他这里面拿出骗人的凭据。'捕头疑讶起来，拿起骰子细看。我道：'把他打碎了，这里面有铅。'捕头不信。我问他要了个铁锤，把骰子磕碎了一颗，只见一颗又白又亮的东西，骨碌碌滚到地下，却不是铅，是水银。捕头这才信了。这一个案子，两个合肥人办了递解；还有两个办了监禁一年，期满驱逐出境。齐明如侥幸没有在身上搜出东西，只办了个监禁半年。你想，这种人结交出甚么好外国人来！"

采卿道："此刻这外国人逃走了，可有甚么法子去找他？"佚庐道："往那里找呢？并且找着了也没用。我们中国的官，见了外国人比老子还怕些，你和他打官司那里打得赢！"德泉道："打官司只讲理，管他甚么外国人不外国人！"佚庐道："有那许多理好讲！我前回接了家信，敝省那里有一片公地，共是二十多亩，一向荒弃着没用，却被一个土棍瞒了众人，四两银子一亩，卖给了一个外国人。敝省人最迷信风水，说那片地上不能盖造房子，造了房子，与甚么有碍的。所以众人得了这个信息慌了，便往县里去告。提那土棍来问，已经卖绝了，就是办了他，也没用。众人又情愿备了价买转来，那外国人不肯。众人又联名上控，省里派了委员来查办。此时那外国人已经兴工造房子了。那公地旁边，本来有一排二三十家房子，单靠这公地做出路的。他这一造房子，却把出路塞断了。众人越发急了，等那委员到时，都拿了香，环跪在委员老爷跟前，求他设法。"佚庐说到这里，顿住了口道："你几位猜猜看，这位委员老爷怎么个办法？"众人听得正在高兴，被他这一问，都呆着脸去想那办法。我道："我们想不出，你快说了罢。"佚庐道："大凡买了贼赃，明知故买的，是与受同科；不知误买的，应该听凭失主备价取赎。这个法律，只怕是走遍地球，都是一样的了。地棍私卖公地，还不同贼赃一般么？这位委员老爷，才是神明父母呢！他办不下了，却叫人家把那二三十家房子，一齐都卖给了那外国人，算完案。"一席话说得众人面面相觑，不能赞一词。

佚庐又道："做官的非但怕外国人，还有一种人，他怕得很有趣的。有一个人，为了一件事去告状，官批驳了，再去告，又批驳了。这个人急了，想了个法子，再具个呈子，写的是'具禀教民某某'。官见了，连忙传审。把这个案判断清楚了之后，官问他：'你是教民，信的是甚么教？'这个人回说道：'小人信的是孔夫子教。'官倒没奈他何。"说的众人一齐大笑。

当下谈谈说说，不觉天亮。月卿叫起下人收拾地方，又招呼吃了点心，众人才散。其时已经九点多钟了。我和德泉走出四马路，只见静悄悄的绝少行人，两旁店铺都没有开门，便回到号里，略睡一睡。是夜便坐了轮船，到南京去。

到家之后，彼此相见，不过都是些家常说话，不必多赘。停顿下来，母亲取出一封信，及一个大纸包，递给我看。我接在手里一看，是伯父的信，却从武昌寄来的。看那信上时，说的是王姐香现在湖南办捐局差事，前回借去的三千银子，已经写信托他代我捐了一个监生，又捐了一个不论双单月的候选通判，统共用了三千二百多两银子，连利钱算上，已经差不多。将来可以到京引见，出来做官。在外面当朋友，终久不是事情云云。又叙上这回到湖北，是两湖总督奏调过去，现在还没有差使。我看完了，倒是一怔。再看那大纸包的，是一张监照、一张候选通判的官照，上面还填上个五品衔。

我道："拿着三千多银子，买了两张皮纸，这才无谓呢。又填了我的名字，我要他做甚么！"母亲道："办个引见，不知再要化多少？就拿这个出去混混也好，总比这跑来跑去的好点。"我道："继之不在这里，我敢说一句话，这个官竟然不是人做的！头一件先要学会了卑污苟贱，才可以求得着差使；又要把良心搁过一边，放出那杀人不见血的手段，才弄得着钱。这两件事我都办不到的，怎么好做官！"母亲道："依你说，继之也卑污苟贱的了？"我道："怎么好比继之！他遇了前任藩台同他有交情，所以样样顺手。并且继之家里钱多，就是永远没差没缺，他那候补费总是绰绰有余的。我在扬州看见张鼎臣；他那上运司衙门，是底下人背了包裹，托了帽盒子，提了靴子，到官厅上去换衣服的，见了下来，又换了便衣出来。据说这还是好的呢，那比张鼎臣不如的，还要难看呢。"

母亲道："那么这两张照竟是废的了？"我道："看着罢，碰个机会，转卖了他。"母亲道："转卖了，人家顶了你的名字也罢了，难道还认了你的祖宗三代么？"我道："这不要紧，只要到部里化上几个钱，可以改的。"母亲道："虽如此说，但是那个要买，又那个知道你有官出卖？"我道："自从前两年开了这个山西赈捐，到了此刻，已成了强弩之末。我看不到几时，就要停止的了。到了停止之后，那一班发官迷的，一时捐不及，后来空自懊悔，倘遇了我这个，他还求之不得呢。到了那时，只怕还可以多卖他几百银子。"姊姊从旁笑道："兄弟近来竟入了生意行了，处处打算赚钱，非但不愿意做官，还要拿着官来当货物卖呢。"我笑道："我这是退不了的，才打算拿去卖。至于拿官当货物，这个货只有皇帝有，也只有皇帝卖。我们这个，只好算是饭店里买葱。"当下说笑一回，我仍去料理别的事。

　　有话便长，无话便短。不知不觉，早又过了新年。转瞬又是元宵佳节。我便料理到汉口去，打听得这天是怡和的上水船。此时怡和、太古两家，南京还没有趸船，只有一家，因官场上落起见，是有的。我便带了行李，到怡和洋篷上去等。等不多时，只见远远的一艘轮船，往上水驶来，却是有趸船一家的。暗想，今日他家何以也有船来，早知如此，便应该到他那趸船去等，也省了坐划子。正想着时，早望见红烟囱的元和船到了，在江心停轮。这边的人，纷纷上了划子船，划到轮船边上去。轮船上又下来了多少人。一会儿便听得一声铃响，船又开行了。我找了一个房舱，放下行李，走出官舱散坐，和一班搭客闲谈，说起有一艘船直放上水的事，各人也都不解。恰好那里买办走来，也说道："这是向来未曾见过之事，并且开足了快车。我们这元和船，上水一点钟走十二英里，在长江船里，也算头等的快船了。我们在镇江开行，他还没有到，此刻倒被他赶上前头去了。"旁边一个帐房道："他那个船只怕一点货也不曾装。你不看他轻飘飘的么！船轻了，自然走得快些。但不知到底为了甚么事。"当下也是胡猜乱度了一回，各自散开。

　　第三天船到了汉口，我便登岸，到蔡家巷字号里去。一路上只听见汉口的人，三三两两的传说新闻。正是：直溯长江翻醋浪，谁教平地起酸风？不知传说甚么新闻，且待下回再记。

干儿子贪得被拐出洋　　戈什哈神通能撤人任

　　我在汉口料理各事停当，即日趁了轮船，回到南京。继之的家人迎着说道："扬州文师爷来了，住在书房里。"我听了，便先到书房里来，和述农相见。述农道："你今年只怕要出远门呢。听见继之说，打算请你到广东去。"我道："也好。等我多走一处地方，也多开一个眼界。"说罢，述农问我："头回继之托你查访那罗魏氏送罗荣统不孝的一节，你访着了没有？"我道："我在扬州的时候少，哪里访得着。"述农道："倒被我查得清清楚楚的了。罗家那个厨子不在大观楼了，到镇江去开了个馆子。这回到镇江，遇了几个朋友,盘桓了几天,天天上他那馆子,就被我问了个底细。原来罗荣统是个过继的儿子。他家本是个盐商,也是数一数二的富家。罗魏氏本来生过一个儿子,养到三岁上就死了。不久他的丈夫也死了。就在近支里面,抱了这个罗荣统来承嗣。罗魏氏自从丈夫死后,便把一切家政,都用自己娘家人管。把那些盐票,一张一张的都租给人家去办,剩下的自己又无力去办,只得弃置在一旁。那租出去的,慢慢把租费拖欠了,也没有人去追取。大凡做盐商的,向来是阔绰惯了的,吃酒唱戏是他的家常事。那罗府上已经败到这个样子,那一位罗太太还是循着他的老例去闹阔绰。

"当时罗荣统还是个小孩子,自然不懂得。及至长大起来,仍是混混沌沌。他家里有个老家人,看不过,便劝罗荣统把家务整顿整顿,又把家里的弊病逐一说了出来。这罗荣统便到帐房里留意稽查,竟查出好些花帐来。主仆两个,安排计策,先把那当权的历年弊病,查了好几件出来,写了一张呈子,告那当权的盘踞舞弊。不料这事泄露了出去,罗魏氏把那呈子搜了出来,又喝叫仆人把老家人捆了,送到县里去,告他引诱少主人为非;又在禁卒处化上几文,竟把那老家人的性命,不知怎样送了,报了个病毙。那舅太爷还放心不下,叫罗魏氏把罗荣统送了不孝,先存下案,好叫他以后动不得手。你说这件事冤枉不冤枉呢。"我道:"天下事真无奇不有!"

过了两天,述农的勾当妥了,便赶着要回扬州,我和他同行。到了镇江,述农自过江去。我在镇江料理了两天,便到上海。

一日,送来一封电报,是继之给我的,说苏、杭两处,可托德泉代去;叫我速回扬州一次,再到广东云云。我不知继之叫我到广东,有甚要事,便即夜趁了轮船动身。次日赶得到城里,已是十二点多钟。见了继之,谈起到广东的事,原来也是经营商业的事情。当下继之检出一本帐目给我。是夜盘桓了一夜。明日我便收拾行李,别过众人,仍到上海。

安息了一天,便出去勾当正事,一面写信寄给继之。我在广东部署了几天,便到香港去办事,也耽搁了十多天,便回省城。如此来来去去,不觉过了几个月。有一天,又从香港坐了夜船到省城。船到了省河时,却不靠码头,只在当中下了锚。停了一会,来了四五艘舢舨,摇到船边来;二三十个关上扦子手,一拥上船,先把各处舱口守住,便到舱里来翻箱倒匣的搜索,忽然在一个搭客衣箱里搜出一杆六响手枪来,那扦子手便拿出手铐,把那人铐住了,派人守了。又搜索了半天,方才一哄而去。

我要到外面看时,舱口一个关上洋人守着,摇手禁止,不得出去。又等了一大会,扦子手又进来了,把那铐了的客带了出去。然后叫一众搭客,十个一起的,鱼贯而出。码头上却一字儿站了一队兵,每人检搜一遍。我皮包里有三四元银，那检搜的兵丁，便拿了两元，往自己袋里一放，方放我走了。我回到名利栈，便问帐房里的李吉人，香港来船，搜得这般严紧，街上又派了兵勇，到底为了甚么事。吉人道："我也不知道。昨夜二更之后，忽然派了营兵，在城里城外各客栈，挨家搜查起来，说是捉拿反贼。我已经着人进城去打听了。"我只得自回房里去歇息，写了几封信。吃过午饭，再到帐房里问信。那去打听的伙计已经回来了，也打听不出甚么，只说总督、巡抚两个衙门，都劄了重兵，把甬道变了操场，官厅变了营房，城门也严紧得很，箱笼等东西，只准往外来，不准往里送；若是要送进去，先要由城门官搜检过才放得进去呢。

我想探听这件事情的底细，在帐房里坐到三点多钟。忽见街上一对一对往来巡查的兵都没了，换上了街坊团练勇，也是一对一对的往来巡查。这些团练勇都是土人，吉人多有认识的，便出去问今天到底为了甚么事。团练勇道："连我们也不知道，只听分付查察形迹可疑之人。上半天巡查那些兵，听说调去保护藩库了。"我听了这话，知道是有了强盗的风声；然而何至于如此的张惶，实在不解。只得仍回房里，觉得烦热，便到后面露台上去乘凉。

露台先有一个人在那里，坐在一把皮马靸上，是一个同栈住的客人。彼此点头招呼，我和他谈起今天的事，他也不知缘故。正说话时，有客来拜他，他就在客厅里会客。我仍在露台上乘凉。谈了一会，他的客去了。便出来对我说道："这件事了不得！刚才敝友来说起，说的是有人私从香港运了军火过来，要谋为不轨。已经挖成了隧道，直达万寿宫底下，等万寿那天，阖城官员聚会拜牌时，便要施放。"我吃了一惊道："明天就是二十六了，这还了得！"那客道："明天行礼，已经改在制台衙门了。"

我心中十分疑虑，万一明日出起事来，岂不是一番扰乱。早知如此，何不在香港多住两天呢。此刻如果再回香港去，又未免太张皇了。一个人回到房里，闷闷不乐。

到了傍晚时候，忽听得房外有搬运东西的声音。这本来是客栈里的常事，也不在意。忽又听得一个人道："你也走么？"一个应道："暂时避一避再说。好在香港一夜就到了，打听着没事再来。"我听了，知道居然有人走避了的，便到帐房里去打听打听，还有甚么消息。吉人一见了我，就道："你走么？要走就要快点下船，再迟一刻，只怕船上站也没处站了。"我道："何以挤到如此？"吉人道："而且今天还特为多开一艘船呢。孖舲艇(广东小快船)码头的孖舲艇都叫空了。"我道："这又到那里去的？"吉人道："这都是到四乡去的了。"我道："要走，就要到香港、澳门去。这件事要是闹大了，只怕四乡也不见得安靖。若是一哄而散的，这里离万寿宫很远，又有一城之隔，只怕还不要紧。而且我撒开的事情在外面，走了也不是事。我这回来，本打算料理一料理，就要到上海去的了，所以我打算不走了。"吉人点头无语。

我又到门口闲望一回，只见团练勇巡的更紧了。忽然一个人，扛着一扇牌，牌上贴了一张四言有韵告示，手里敲着锣，嘴里喊道："走路各人听啊！今天早点回家。县大老爷出了告示，今天断黑关闸。没有公事，不准私开的啊！"这个人想是个地保了。

看了一会，仍旧回房。虽说是定了主意不走，然而总不免有点担心。幸喜我所办的事，都在城外的，还可以稍为宽慰。又想到明日既然在督署行礼，或者那强徒得了信息，罢了手不放那炸药，也未可知。既而又想到，他既然预备了，怎肯白白放过，虽然众官不在那里，他也可以借此起事。终夜耽着这个心，竟夜不曾合眼。听着街上打过五更，一会儿天窗上透出白色来，天色已经黎明了。便起来走到露台上，一来乘凉，二来听听声息。过了一会，太阳出来了，却还绝无消息。这一天大家都是惊疑不定，草木皆兵。迨及到了晚上，仍然毫无动静。一连过了三天，竟是没有这件事，那巡查的就慢慢疏了。再过两天，督抚衙门的防守兵也撤退了，算是解严了。这两天，我的事也料理妥帖，打算走了。

一天正在客厅里闲坐，同栈的那客也走了来道："'无罪而戮民，则士可以徙'，我们可以走了。"我问道："这话怎讲？"他道："今天杀了二十多人，你还不知道么？"我惊道："是甚么案子？"他道："就是为的前两天的谣言了。也不知在那里抓住了这些人，没有一点证据，就这么杀了。有人上了条陈，叫他们雇人把万寿宫的地挖开，查看那隧道通到那里，这案便可以有了头绪。你想这不是极容易、极应该的么？他们却又一定不肯这么办。你想，照这样情形看去，这挖成隧道，谋为不轨的话，岂不是他们以意为之，拟议之词么？此刻他们还自诩为弭巨患于无形呢！"说罢，喟然长叹。我和他谈论了一回，便各自走开。

恰好何理之走来，我问可是广利到了。理之道："不是。我回乡下去了一个多月，这回要附富顺到上海。"我问富顺几时走。理之道："到了好几天了，说是今天走，大约还要明天，此刻还上货呢。"我道："既如此，代我写一张船票罢。"理之道："怎么便回去了？几时再来？"我道："这个一年半载说不定的。走动了，总要常来。"理之便去预备船票，定了地方。到了明天，发行李下船。下午时展轮出口。到了香港，便下锚停泊。这一停泊，总要耽搁一天多才启轮，我便上岸去走一趟，买点零碎东西。

广东用的银元,是每经一个人的手,便打上一个硬印的。硬印打多了,便成了一块烂板,甚至碎成数片。除了广东、福建,没处行用的。此时我要回上海,这些烂板银,早在广州贴水换了光板银元。此时在香港买东西,讲好了价钱,便取出一元光板银元给他。那店伙拿在手里,看了又看,掼了又掼,说道:"换一元罢。"我换给他一元,他仍然看个不了,掼个不了,又对我看看。我倒不懂起来,难道我贴了水换来的,倒是铜银。便把小皮夹里十几元一起拿出来道:"你拣一元罢。"那店伙又看看我,倒不另拣,就那么收了。再到一家买东西,亦复如此。买完了,又走了几处有往来的人家,方才回船上去。

停泊了一夜,次日便开行。在船上没事,便和理之谈天。谈起我昨天买东西,那店伙看银元的光景,理之笑道:"光板和烂板比较,要伸三分多银子的水。你用出去,不和他讨补水,他那得不疑心你用铜银呢?"我听了方才恍然大悟。然而那些香港人,也未免太不张眼睛了。我连年和继之办事经营,虽说是趸来趸去,也是一般的做买卖,何尝这样小器来!说话之间,船上买办打发人来招呼理之去有事,便各自走开。

一路无事。到了上海便登岸,搬行李到字号里去。德泉接着道:"辛苦了!何以到此时才来?继之半个月前,就说你要到了呢。"我道:"继之到上海来过么?"德泉道:"没有来过,只怕也会来走一趟呢。有信在这里,你看了就知道了。"说着,检出一封信来道:"半个月前就寄来的,说是不必寄给你,你就要到上海的了。"我拆开一看,吃了一惊,原来继之得了个撤任调省的处分,不知为了甚么事,此时不知交卸了没有。连忙打了个电报去问,直到次日午间,才接了个回电。一看电码的末末了一个字。不是继之的名字。继之向来通电给我,只押一个"吴"字。这吴字的码,是七二,这是我看惯了,一望而知的。这回的码,却是个六六一五。因先翻出来一看,是个"述"字,知道是述农复的了。逐字翻好,是"继昨已回省述"六个字。

我得了这个电,便即晚动身,回到南京,与继之相见。却喜得家中人人康健。继之又新生了一个儿子,不免去见老太太,先和干娘道喜。老太太一见我,便欢喜的了不得,忙叫奶娘抱撒儿出来见叔叔。我接过一看,小孩子生得血红的脸儿,十分胖壮。因赞了两句,交还奶娘道:"已经有了名儿了,干娘叫他甚么,我还没有听清楚。是几时生的?大嫂身子可好?"老太太道:"他娘身子坏得很,继之也为了他赶回来的。此刻交代还没有算清,只留下文师爷在那边。这小孩子还有三天就满月了。他出世那一天,恰好挂出撤任的牌来,所以继之给他个名字叫撤儿。"我道:"大哥虽然撤了任,却还得常在干娘跟前,又抱了孙子,还该喜欢才是。"老太太道:"可不是么。我也说继之丢了一个印把子,得了个儿子,只好算秤钩儿打钉——扯直罢了。"我笑道:"印把子甚么稀奇,交了出去,乐得清净些,还是儿子好。"说罢,辞了出来,仍到书房和继之说话,问起撤任缘由,未免道恼。继之道:"这有甚么可恼。得失之间,我看得极淡的。"于是把撤任情由,对我说了。

原来今年是大阅年期。这位制军代天巡狩,到了扬州,江、甘两县自然照例办差。扬州两首县,是著名的"甜江都、苦甘泉"。然而州县官应酬上司,与及衙门里的一切开销,都有个老例,有一本老帐簿的。新任接印时,便由新帐房向旧帐房要了来——也有讲交情要来的,也有出钱买来的。这回帅节到了扬州,述农查了老例,去开销一切。谁知那戈什哈嫌钱少,退了回来。述农也不和继之商量,在例外再加丰了点再送去,谁知他依然不受。述农只得和继之商量。还没有商量定,那戈什哈竟然亲自到县里来,说非五百两银子不受。继之恼了,便一文不送,由他去。那戈什哈见诈不着,并且连照例的都没了,那位大帅向来是听他们说话的,他倘去说继之坏话,撤他的任倒也罢了,谁知后来打听得那戈什哈并未说坏话。正是:不必蜚言腾毁谤,敢将直道拨雷霆。那戈什哈不是说继之坏话,不知说的是甚么话,且待下回再记。

谈官况令尹弃官　乱著书遗名被骂

那戈什哈,他不是说继之的坏话,难道他倒说继之的好话不成?那有这个道理!他说的话,说得太爽快了,所以我听了,就很以为奇怪。你猜他说甚么来?他简直的对那大帅说:"江都这个缺很不坏。沐恩等向吴令借五百银子,他居然回绝了,求大帅作主。"这种话你说奇不奇?那大帅听了,又是奇怪,他不责罚那戈什哈倒也罢了,却又登时大怒起来,说:"我身边这几个人,是跟着我出生入死过来的,好容易有了今天。他们一个一个都有缺的,都不去到任,都情愿仍旧跟着我,他们不想两个钱想甚么!区区五百两都不肯应酬,这种糊涂东西还能做官么?"也等不及回省,就写了一封信,专差送给藩台,叫撤了江都吴令的任,还说回省之后要参办呢。

我问继之道:"他参办的话,不知可是真的?又拿个甚么考语出参?"继之道:"官场中的办事,总是起头一阵风雷火炮,打一个转身就要忘个干净了。至于他一定要怎样我,那出参的考语,正是'欲加之罪,何患无词'。好在参属员的折子上去，总是'着照所请，该部知道'的，从来没有驳过一回。"我道："本来这件事很不公的，怎么保举折子上去，总是交部议奏；至于参折，就不必议奏呢？"继之道："这个未尽然。交部议奏的保折，不过是例案的保举。就是交部，那部里你当他认真的堂官、司员会议起来么？不过交给部办去查一查旧例，看看与旧例符不符罢了。其实这一条就是部中书吏发财的门路。所以得了保举与及补缺，都首先要化部费。那查例案，最是混帐的事。你打点得到的，他便引这条例；打点不到，他又引那条例，那里有一定的呢？至于明保、密保的折子上去，也一样不交部议的。"我道："虽说'欲加之罪，何患无词'，究竟也要拿着人家的罪案，才有话好说啊！"继之道："这又何必。他此刻随便出个考语，说我'心地糊涂'，或者'办事颠顸'，或者'听断不明'，我还到那里同他辩去呢？这个还是改教的局面。他一定要送断了我，就随意加重点，难道我还到京里面告御状，同他辩是非么！"

我道："提起这个，我又想起来了。每每看见京报，有许多参知县的折子，譬如'听断不明'的改教，倒也罢了，那'办事颠顸，心地糊涂'的，既然'难膺民社'，还要说他'文理尚优，着以教职归部铨选'，难道儒官就一点事都没得办么？把那心地糊涂的去当学老师，那些秀才们，不都叫他教成了糊涂虫么？"继之道："照你这样说起来，可驳的地方也不知多少。参一个道员，说他'品行卑污，着以同知降补'，可见得品行卑污的人，都可以做同知的了。这一位降补同知的先生，更是奉旨品行卑污的了。参一个知县，说他'行止不端，以县丞降补'，那县丞就是奉了旨行止不端的了。照这样说穿了，官场中办的事，那一件不是可笑的！这个还是字眼上的虚文。还有那办实事的，候选人员到部投供，与及小班子的验看，大约一大半都是请人去代的，将来只怕引见也要闹到用替身的了。"我道："那些验看王大臣，难道不知道的么？"继之道："那有不知之理！就和唱戏的一样，不过要唱给别人听，做给别人看罢，肚子里那一个不知道是假的！碰了岔子，那王大臣还帮他忙呢。有一回，一个代人验看，临时忘了所代那人的姓名，报不出来，涨红了脸，棱了半天。一位王爷看见他那样子，一想，这件事要闹穿了，事情就大了，便假意着恼道：'唔！这个某人，怎么那么糊涂！'这明明是告诉他姓名，那个人才报了出来。你想，这不是串通做假的一样么。"

我笑道："我也要托人代我去投供了。"继之道："你几时弄了个候选功名？"我道："我并不要甚么功名，是我家伯代我捐的一个通判。"继之道："化了多少钱？"我道："颇不便宜，三千多呢。"继之默然，一会道："你倒弄了个少爷官，以后我见你，倒要上手本，称大老爷、卑职呢。"我道："怎么叫做少爷官？这倒不懂。"继之道："世上那些阔少爷想做官,州县太烦剧,他懒做;再小的,他又不愿意做;要捐道府,未免价钱太贵,所以往往都捐个通判,这通判就成了个少爷官了。这里头他还有个得意之处。这通判是个三府,所以他一个六品官,和四品的知府是平行的,拜会时只拿个晚生帖子。都是比他小了一级的七品县官,是他的下属,见他要上手本,称大老爷、卑职。实缺通判和知县行起公事来,是下札子的。他的署缺又多,上可以署知府、直隶州,下可以署州县。占了这许多便宜,所以那些少爷,便都走了这条路了。其实你既然有了这个功名,很可以办了引见到省,出来候补。"我道："我舒舒服服的事不干,却去学磕头请安作甚么?"

继之想了一想道："劝你出来候补是取笑的。你回去把那第几卯,第几名,及部照的号数,一切都抄了来,我和你设法,去请个封典。"我道："又要化这个冤钱做甚么?"继之道："因为不必化钱;纵使化,也化不上几个,我才劝你干啊。你拿这个通判底子,加上两级,请一个封赠,未尝不可以博老伯母的欢喜。"我道："要是化得少,未尝不可以弄一个,但不知到那里去弄?"继之道："就是上海那些办赈捐的,就可以办得到。"我道："这也罢了。等我翻着时,顺便抄了出来就是。"当下,又把广东、香港所办各事,大略情形,告诉了继之一遍,方才回到我那边,和母亲、婶娘、姊姊,说点别后的事,又谈点家务事情。在行李里面,取出了两本帐簿,和我在广东的日记,叫丫头送去给继之。

过得两天,撇儿满月,开了个汤饼会。宴会了一天,来客倒也不少。再过了十多天,述农算清交代回省,就在继之书房下榻。继之便去上衙门禀知,又请了个回籍措资的假,我和述农都不曾知道。及至明天看了辕门抄,方才晓得,便问为甚事请这个假。继之道："我又不想回任,又不想求差,只管住在南京做甚么?我打算把家眷搬到上海去住几时,高兴我还想回家乡去一趟。这个措资假,是没有定期的。我永远不销假,就此少陪了。随便他开了我的缺也罢,参了我的功名也罢。我读书十年,总算上过场,唱过戏了。迟早总有下场的一天,不如趁此走了的干净。"述农道："做官的人,像继翁这样乐于恬退的,倒很少呢。"继之道："我倒不是乐于恬退。从小读书,我以为读了书,便甚么事都可以懂得的了。从到省以来,当过几次差事,做了两年实缺,觉得所办的事,都是我不曾经练的,兵、刑、钱、谷,没有一件事不要假手于人。我纵使处处留心,也怕免不了人家的朦蔽。只有那回分校乡闱试卷,是我在行的。此刻回想起来,那一班取中的人,将来做了官,也是和我一样。老实说一句,只怕他们还不及我想得到这一层呢。我这一番到上海去,上海是个开通的地方,在那里多住几天,也好多知点时事。"述农道："这么说，继翁倒深悔从前的做官了？"继之道："这又不然。寒家世代是出来做官的，先人的期望我是如此，所以我也不得不如此还了先人的期望。已经还过了，我就可告无罪了。以后的日子，我就要自己做主了。我们三个，有半年不曾会齐了。从此之后，我无官一身轻，咱们三个痛痛快快的叙他几天。"说着，便叫预备酒菜吃酒。

述农对我道："是啊，你从前只飌人家谈故事，此刻你走了一次广东，自然经历了不少，也应该说点我们听了。"继之道："他不说，我已经知道了。他备了一本日记，除记正事之外，把那所见所闻的，都记在上面，很有两件稀奇古怪的事情。你看了便知，省他点气，叫他留着说那个未曾记上的罢。"于是把我的日记给述农看。述农看了一半，已经摆上酒菜，三人入席，吃酒谈天。

述农一面看日记，末后指着一句道："这'《续客窗闲话》毁于潮人'，是甚么道理？"我道："不错，这件事本来我要记个详细，还要发几句议论的。因为这天恰好有事，来不及，我便只记了这一句，以后便忘了。我在上海动身的时候，恐怕船上寂寞，没有人谈天，便买了几部小说，预备破闷的。到了广东，住在名利栈里。隔壁房里住了一个潮州人，他也闷得慌，看见我桌子上堆了些书，便和我借来看。我顺手拿了部《续客窗闲话》给他。谁知倒看出他的气来了。我在房里，忽听见他拍桌子跺脚的一顿大骂。他说的潮州话，我不甚懂，还以为他骂茶房。后来听来听去，只有他一个人的声音，不像骂人，便到他门口望望。他一见了我，便指手画脚的剖说起来。我见他手里拿着一本撕破的书，正是我借给他的。他先打了广州话对我说道："你的书，被我毁了。买了多少钱，我照价赔还就是。'我说：'赔倒不必。只是你看了这书为何动怒，倒要请教。'他找出一张撕破的，重新拼凑起来给我看。我看时，是一段《乌蛇已癫》的题目。起首两行泛叙的是'潮州凡幼女皆蕴癫毒，故及筓须有人过癫去，方可婚配。女子年十五六，无论贫富，皆在大门外工作，诱外来浮浪子弟，交住弥月。女之父母，张灯彩，设筵席，会亲友，以明女癫去，可结婚矣'云云。那潮州人便道：'这麻疯是我们广东人有的，我何必讳他。但是他何以诬蔑起我合府人来？他造了这个谣言，还要刻起书来，这不要气死人么！'说着，还拿纸笔抄了著书人的名字——海盐吴炽昌号芗厈，夹在护书里，说要打听这个人，如果还在世，要约了潮州合府的人，去同他评理呢。"述农道："本来著书立说，自己未曾知得清楚的，怎么好胡说，何况这个关乎闺女名节的呢！我做了潮州人，也要恨他。"

我道："因为他这一怒，我倒把那广东麻疯的事情，打听明白了。"述农道："是啊。他那条笔记说的是癞，怎么拉到麻疯上来？"我道："这个是朱子的典故。他注'伯牛有疾'章说：'先儒以为癞也。'据《说文》：'癞，恶疾也。'广东人便引了他做一个麻疯的雅名。"继之噗哧一声，回过脸来，喷了一地的酒道："麻疯还有雅名呢。"我道："这个不可笑，还有可笑的呢。其实麻疯这个病，外省也未尝没有，我在上海便见过一个。不过外省人不忌，广东人极忌罢了。那忌不忌的缘故，也不可解。大约广东地土热，犯了这个病要溃烂的，外省不至于溃烂，所以有忌有不忌罢了。广东地方，有犯了这个病的，便是父子也不相认的了。另外造了一个麻疯院，专收养这一班人，防他传染。这个病非但传染，并且传种的，要到了第三代，才看不出来，然而骨子里还是存着病根。这一种人，便要设法过人了。男子自然容易设法。那女子却是掩在野外，勾引行人，不过一两回就过完了。那上当的男子，可是从此要到麻疯院去的了。这个名目，叫做'卖疯'，却是背着人在外面暗做的，没有彰明昭著在自己家里做的，也不是要经月之久才能过尽，更没有张灯宴客的事，更何至于阖府都如此呢。"

继之棱棱的道："你说还有可笑的，却说了半天麻疯的掌故，没有可笑的啊？"我道："可笑的也是麻疯掌故。广东人最信鬼神，也最重始祖，如靴业祀孙膑，木匠祀鲁班，裁缝祀轩辕之类，各处差不多相同的。惟有广东人，那怕没得可祀的，他也要硬找出一个来。这麻疯院当中，供奉的却是冉伯牛。"正是：享此千秋奇血食，斯人斯疾尚模糊。未知麻疯院还有甚么掌故，且待下回再记。

因赌博人棘闱舞弊　误虚惊制造局班兵

我说了这一句话，以为继之必笑的了，谁知继之不笑，说道："这个附会得岂有此理！麻疯这个毛病，要地土热的地方才有。大约总是湿热相郁成毒，人感受了就成了这个病。冉子是山东人，怎么会害起这个病来？并且癞虽然是个恶疾，然而恶疾焉见得就是麻疯呢？这句注，并且曾经毛西河驳过的。"我道："那一班溃烂得血肉狼藉的，拈香行礼起来，那冉子才是血食呢。"述农皱眉道："在这里吃着喝着，你说这个，怪恶心的。"

我道："广东人的迷信鬼神，有在理的，也有极不在理的。他们医家只止有个华佗，那些华佗庙里，每每在配殿上供了神农氏，这不是无理取闹么？至于张仲景，竟是没有知道的。真是做古人也有幸有不幸。我在江、

107

浙一带，看见水木两作都供的是鲁班，广东的泥水匠却供着个有巢氏，这不是还在理么？"继之摇头道："不在理。有巢氏构木为巢，还应该是木匠的祖师。"我道："最可笑的是那搭棚匠，他们供的不是古人。"述农道："难道供个时人？"我道："供的是个人，倒也罢了。他们供的却是一个蜘蛛，说他们搭棚就和蜘蛛布网一般，所以他们就奉以为师了。这个还说有所取意的。最奇的是剃头匠，这一行事业，本来中国没有的，他又不懂得到满洲去查考查考这个事业是谁所创，却供了一个吕洞宾。他还附会着说，有一回，吕洞宾座下的柳仙下凡，到剃头店里去混闹，叫他们剃头。那头发只管随剃随长，足足剃了一整天，还剃不干净。幸得吕洞宾知道了，也摇身一变，变了个凡人模样，把那斩黄龙的飞剑取出来，吹了一口仙气，变了一把剃刀，走来代他剃干净了。柳仙不觉惊奇起来，问：'你是甚么人，有这等法力！'吕洞宾微微一笑，现了原形。柳仙才知道是师傅，连忙也现了原形，脑袋上长了一棵柳树，倒身下拜。师徒两个，化一阵清风而去。一班剃头匠，方才知道是神仙临凡，连忙焚香叩谢。从此就奉为祖师。"继之笑道："这才像乡下人讲《封神榜》呢。"述农道："剃头虽是满洲的制度，然而汉人剃头，有名色的，第一个要算范文程了，何不供了他呢？"继之道："范文程不过是被剃的，不是主剃的。必要查着当日第一个和汉人剃头的人，那才是剃头祖师呢。"

当下谈笑了一回，继之道："我们且谈正经事罢。我这几天，打算到安庆去一走。你可到上海去，先找下一处房子。我们仍旧同住，只是述农就要分手。我们相处惯了，倒有点难以离开呢。我们且设个甚么法子呢？"述农道："我这几年总没有回去过，继翁又说要到上海去住，我最好就近在上海弄一个馆地，一则我也免于出门，二则同在上海，时常可以往来。"继之想了一想道："也好。我来同你设一个法。但不知你要甚么馆地？"述农道："那倒不必论定。只要有个名色，说起来不是赋闲就罢了。我这几天，也打算回上海去了。我们将来在上海会罢。"当下说定了。

过得两天，继之动身到安庆去。我和述农同到上海。述农自回家了。我看定了房子，写信通知继之。约过了半个月，继之带了两家家眷，到了上海，搬到租定的房子里，忙了几天，才忙定了。

继之托我去找述农。我素知他住在城里也是园滨的，便进城去访着了他，同到也是园一逛。这小小的一座花园，也还有点曲折，里面供着李中堂的长生禄位。游了一回出来，迎面遇见一个人，年纪不过三十多岁，却留了一部浓胡子，走起路来，两眼望着天。等他就过了，述农问道："你认得他么？"我道不。述农道："这就是为参了李中堂被议的那位太史公。此刻因为李大先生做了两广，他回避了出来，住在这里蕊珠书院呢。"我想起继之说他在福建的情形,此刻见了他的相貌,大约是色厉内荏的一流人了。

一面和述农出城,到字号里去,与继之相见。述农先笑道:"继翁此刻居然弃官而商了。其实当商家倒比做官的少担些心。"继之道:"担心不担心且不必说,先免了受那一种龌龊气了。我这回到安庆去,见了中丞,他老人家也有告退之意了。我说起要代你在上海谋一个馆地,又不知你怎样的才合式,因和他要了一张启事名片,等你想定了那里,我就代你写一封荐信。"述农道:"有这种好说话的荐主,真是了不得!但是局卡衙门的事,我不想干了。这些事情,东家走了,我们也跟着散,不如弄一个长局的好。好在我并不较量薪水,只要有了个处馆的名色罢了。这里的制造局,倒是个长局……"我不等说完,便道:"好,好,我听说那个局子里面故事很多的。你进去了,我们也可以多听点故事。"述农也笑了一笑。议定了,继之便写了一封信,夹了片子,交给述农。不多几天,述农来说,已经投了信,那总办已经答应了。此刻搬了行李到局里去住,只等派事。坐了一会就去了。

此时已过了中秋节。继之要到各处去逛逛,所以这回长江、苏、杭一带,都是继之去的。我在上海没有甚事,一天,坐了车子,到制造局去访述农。述农留下谈天,不觉谈的晚了。述农道:"你不如在这里下榻一宵,明日再走罢。"我是无可无不可的,就答应了。到得晚上,一同出了局门,到街上去散步。到了一家酒店,述农便邀我进去,烫了一壶酒对吃,说道:"这里倒很有点乡村风味,为十里洋场所无的,也不可不领略领略。"

一面谈着天,不觉吃了两壶酒。忽听得门外一声洋号吹起,接连一阵咯蹬咯蹬的脚步声。连忙抬头往外望时,只见一队兵,排了队伍,向局子里走去,正不知为了甚么事。等那队兵走过了,忽然一个人闯进来道:"不好了!局子里来了强盗了!"我听了,吃了一惊,取出表来一看,只得八点一刻钟,暗想,时候早得很,怎么就打劫了呢。此时述农早已开发了酒钱,就一同出来。

走到栅门口,只见两排兵,都穿了号衣,擎着洋枪,在黑暗地下对面站着。进了栅门,便望见总办公馆门口,也站了一排兵,严阵以待。走过护勇棚时,只见一个人,生得一张狭长青灰色的脸儿,浓浓的眉毛,一双抠了进去的大眼睛,下颏上生成的挂脸胡子却不曾留,穿一件缺襟箭袖袍子,却将袍脚撩起,掖在腰带上面,外面罩一件马褂,脚上穿了薄底快靴,腰上佩了一把三尺多长的腰刀,头上却还戴的是瓜皮小帽,年纪不过三十多岁,在那里指手画脚,撇着京腔说话。一班护勇都垂手站立。述农拉我从旁边走过,道:"这个便是总办。"走过护勇棚,向西转弯,便是公务厅,这里又是有两排兵守着。过了公务厅,往北走了半箭多路,便是述农的住房。述农到得房里,叫当差的来问,外面到底是甚么事。当差的道:"就是洋枪楼藏了贼呢。"述农道:"谁见来?"当差的道:"不知道。"

正说话间,听得外面又是一声洋号。出来看时,只见灯球火把,照耀如同白日,又是一大队洋枪队来。看他那号衣,头一队是督标忠字营,第二队是督标信字营字样。正是:调来似虎如貔貅,要捉偷鸡盗狗徒。未知到底有多少强盗,如何捉获,且待下回再记。

大惊小怪何来强盗潜踪　上张下罗也算商人团体

述农指着西北角上道:"那边便是洋枪楼,到底不知有了甚么贼。这忠字营在徽州会馆前面,信字营在日晖港,都调了来了。"我道:"我们何妨跟着去看看呢。"述农道:"倘使认真有了强盗,不免要放枪,我们何苦去冒险呢。"

说话间,两队兵都走过了,跟着两个蓝顶行装的武官押着阵。那总办也跟在后头,一个家人扛着一枝洋枪伺候着过去。我到底耐不住,往北走了几步,再往西一望,只见那些兵一字儿面北排班站着,一个个擎枪在手,肃静无哗。到底不知强盗在那里,只得回到述农处。述农已经叫当差的打听去了。一会儿回来说道:"此刻东栅门只放人进来,不放人出去。进来的兵只有两哨,其余的也有分派在码头上,也有分派在西炮台;沪军营也调来了,都在局外面团团围住。听见有几十个强盗,藏在洋枪楼里面呢。此刻又不敢开门,恐怕这里一开门,那里一拥而出,未免要伤人呢。"述农道:"奇了!洋枪楼是一放了工便锁门的,难道把强盗锁到里头去了?"

正说话间,外面来了一群人。当头一个,身穿--件蜜色宁绸单缺襟袍,罩了一件崭新的团花天青宁绸对襟马褂,脚穿的是一双粉底内城式京靴,头上却是光光的没有戴帽。后面跟着两个家人,打着两个灯笼。家人后面,跟了四名穿号衣的护勇,手里都拿着回光灯,在天井里乱照。述农便起身招呼。当头那人只点了点头,对我看了一眼,便问:"这是谁?"述农道:"这是晚生的兄弟。"那人道:"兄弟还不要紧,局子里不要胡乱留人住!"述农道:"是。"又道:"本来吃过晚饭要去的,因为此刻东栅门不放出去,不便走。"那人也不回话,转身出去,跟来的人一窝蜂似的都去了。述农道:"这是会办。大约因为有了强盗,出来查夜的。"我道:"这个会办,生得一张小白脸儿,又是那么打扮,倒很像个京油子,可惜说起话来是湖南口音。"

说话间，忽听得远远的一声枪响。我道："是了，只怕是打强盗了。"过了一会，忽听得有人说话。述农喊着问是谁。当差的进来说道："听说提调在大厅上打倒了一个强盗。"述农忙叫快去打听，那当差的答应着去了。一会回来，笑了个弯腰捧腹。我和述农忙问甚么事情。当差道："今天晚上出了这件事，总办亲自出来督兵，会办和提调便出来查夜。提调查到大厅上面，看见角子上一团黑影，窸窣有声，便喝问是谁。喝了两声，不见答应。提调手里本来拿了一枝六响手枪，见喝他不答应，以为是个贼，便放了一枪。谁知这一枪放去，汪的一声叫了起来，不是贼，是两只狗，打了一只，跑了一只。那只跑的直扑门口来，在提调身边擦过。提调吃了一惊，把手枪掉在地下，拾起来看时，已经跌坏了机簧，此刻在那里踱脚骂人呢。"说得我和述农一齐笑了。

　　我道："今天我进来时，看见这局里许多狗，不知都是谁养的？"述农道："谁去养他！大约是衙门、大局子，都有一群野狗，听其自己孳生。左右大厨房里现成的剩菜剩饭，总够供他吃的。这里的狗，听说曾经捉了送到浦东去，谁知他遇了渡江的船，仍旧渡了过来。"我道："狗这东西，本来懂点人事的，自然会渡回来。"述农道："说这件事，我又想起一件事了。浙江抚台衙门，也是许多狗。那位抚台讨厌他，便叫人捉了，都送到钱塘江当中一块涨滩上去。这块涨滩上面，有几十家人家，那滩地都已经开垦的了。那滩上的居民，除了完粮以外，绝不进城，大有与世隔绝的光景。那一群狗送到之后，一天天孳生起来，不到两年，变了好几百，内中还有变了疯狗的，践踏得那田禾不成样子。乡下人要赶他，又没处可赶，迫得到钱塘县去报荒。钱塘县派差去查过，果然那些狗东奔西窜，践踏田禾。差人回来禀知，钱塘县回了抚台，派了两蓬兵，带了洋枪出去剿狗。你说不是笑话么？"我听了，又说笑了一会。惦记着外面的事，和述农出来望望，见那些兵仍旧排列着，那两个押队官和总办，却在熟铁厂帐房里坐着。

　　此时已有三更时分，望了一会，殊无动静，仍回到房里去。方才坐下，外面查夜的又来了。当头那人，生得臃肿肥胖，唇上长了几根八字鼠须，脸上架了一副茶碗口大的水晶眼镜，身上穿的是半截湖色熟罗长衫，也没罩马褂，挺着一个大肚子，脚上却也穿了一双靴子，一样的带了家人护勇，只站在门口望了一望。述农起身招呼。那人道："还没睡么？"述农道："没有呢。外面乱得很，也睡不安稳。"那人自去了。述农道："这个便是提调。"我道："这局子只有一个总办、一个会办么？"述农道："还有一个襄办，这两天到苏州去了。"两个谈至更深，方才安歇。外面那洋号一回一回的，吹得呜呜响；人来人往的脚步声音，又是那打更的梆子敲个不住，如何睡得着？

方才朦胧睡去，忽听得外面呜呜的洋号声，连忙起身一望，天色已经微明，看看桌上的钟，才交到五点半的时候。述农也起来了，忙到外面去看，只见忠字营、信字营、沪军营、炮队营的兵，纷纷齐集到洋枪楼外面。

我见路旁边一棵柳树，柳树底下放着一件很大的家伙，也不知是甚么东西。我便跨了上去，借他垫了脚，扶住了柳树，向洋枪楼那边望去。恰好看见两个人在门口。一个拿了钥匙开锁，这边站的三四排兵，都拿洋枪对着洋枪楼门口。那开锁的人开了，便一人推一扇门，只推开了一点，便飞跑的走开了，却又不见有甚动静。忽见一个戴水晶顶子的官，嘴里喊了一句甚么话，那穿炮队营号衣的兵，便一步步向洋枪楼走去，把那大门推的开足了，鱼贯而入。这里忠、信两营，与及沪军营的兵，也跟着进去。不一会，只见楼上楼下的窗门，一齐开了。众兵在里面来来往往，一会儿又都出来了，便是唏唏哈哈一阵说笑。进去的是兵，出来的依旧是兵，何尝有半个强盗影子？便下来和述农回房。

述农道："惊天动地的闹了一夜，这才是笑话呢。"我道："倒底怎样闹出这句话来的呢？"说话时，当差送上水，盥洗过，又送上点心来。当差说道："真是笑话！原来昨天晚上，熟铁厂里的一个师爷，提了手灯到外面墙脚下出恭，那手灯的火光，正射在洋枪楼向东面的玻璃窗上。恰好那打更的护勇从东面走来，远远的看见玻璃窗里面的灯影子，便飞跑的到总办公馆去报，说洋枪楼里面有了人。那家人传了护勇的话进去，却把一个'人'字，说成了一个'贼'字。那总办慌了，却又把一个'贼'字，听成了'强盗'两个字，便即刻传了本局的炮队营来，又挥了条子，请了忠、信两营来；去请沪军营请不动，还专差人到道台那里，请了令箭调来呢。此刻听说总办在那里发气呢。"我和述农不觉一笑。

吃过点心，不久就听见放汽筒开工了。开过工之后，述农便带着我到各厂去看看。十点钟时候，方才回房。走过一处，听得里面人声嘈杂，抬头一看，门外挂着"议价处"三个字的牌子。我问这是甚么地方。述农道："这不明明标着议价处么，是买东西的地方。你可要做生意？进去看看，或者可以做一票。"我道："生意不必一定要做，倒要进去见识见识怎么个议法。"述农便领了我进去。

只见当中一间是空着的，旁边一间，摆着一张西式大桌子，围着许多人，也有站的，也有坐的。上面打横坐了三个人。述农介绍了与我相见，通过姓名，方知两个是议价委员，一个是誊帐司事。那委员问我可是要做生意。我道："进来见识见识罢了，有合式的也可以做点。"委员一面问我宝号，一面递一张纸给我看。我一面告诉了，一面接过那张纸看时，上面写着

"请饬购可介子煤三千吨、豆油十篓、高粱酒二篓"等字。旁边又批了"照购"两个字，还有两个长方图书礚在上面。我想，这一票煤，倒有万把银子生意，但不知那豆油、高粱酒，这里买来何用。看罢了，交还委员。委员问道："你可会做煤么？这是一票大生意呢。"我道："会是会的，不知要栈货，还是路货？"旁边一个宁波人接口道："此地向来不用栈货的，都是买路货。"我道："这两年头番可介子很少了。"委员道："我们不管头番、二番，只要东西好，价钱便宜。"我道："关税怎样算呢？"委员道："关税是由此地请免单的。"我道："不知要几天交货？"委员道："二十天、一个月，都可以。你原船送到码头就是，起到岸上是我们的事。多少银子一吨，你说罢。"我默算一算道："每吨四两五钱银子罢。"一个宁波人看了我一眼道："我四两四。"那委员又对那些人道："你们呢？"却没人则声。委员又对我道："你呢？再减点，你做了去。"我道："那么就四两三罢。"又一个宁波人抢着道："我四两二。"我心中暗想："这个那里是议价，只是在这里跌价。外国人的拍卖行是拍卖，这里是拍买呢。"算一算，这个价钱没甚利息，我便不再跌了。那宁波人对我道："你再跌罢，再跌一钱，你做了去！"我道："三千吨呢，跌一钱便是三百两，好胡乱跌么？"委员道："你再减点罢，早得很呢。"我筹算了一会道："再减去五分罢。"说犹未了，忽听得一声拍桌子响，接着一声大吼道："我四两，齐头数！"接着，哄然一声叫好。我暗想："这个明明是欺我生，和我作对。这个情形，外头拍卖行也有的，几个老拍卖联合了不肯抬价，及至有一个生人到了要拍，他们便很命把价抬起来。照这样看起来，纵使我再跌，他们也不肯让给我做的了，我何不弄他们一弄，看他们怎样！"想罢，便道："三两九罢。"道犹未了，忽的一声跳起一个宁波人来，把手一扬，喊道："三两五！"接着又是一声哄然叫好。委员拿了一张承揽纸，叫他写。我在旁边看时，那承揽纸上印就的格式，甚么限月日交货，甚么不得以低货朦充等字样，都是刻就的，只要把现在所定的货物、价目，填写上去便是了。看他拿起笔要写时，我故意道："三两四如何？"那人拿着笔往桌子上一拍道："三两三！"我道："三两二。"便有一班人劝他道："让他做了去罢。"我心中一想："不好，他倘让我做了，吃亏不少，要弄他倒弄了自己了。"想犹未了，只听他大喊道："三两一！我今日要让旁人做了，便不是个好汉！"我笑道："我三两，你还能进关么？"他抢着喊道："二两九！"我也抢着道："二两八。"他把双脚一跳，直站起来道："二两五！"我道："四钱半。"他便道："让你，让你。"我一想，不好了，这回真上当了，便坐下去，拿过承揽纸来，提笔要写。忽听得另外一个道："二两四我来！"我听了方才把心放下，乐得推给他去做了。那个人写好了，两个委员画了押。又议那豆油、高粱酒，却是一个南京人做去的，并没有人向他抢跌价钱。等他写好时，已听得呜呜的汽筒响，放工了。我回头一看，不见了述农，想是先走了。那些人也一哄而散。我也出了议价处，好得贴着隔壁便是述农住的地方。我见了述农，说起刚才的情形，因说道："这一票煤，最少也要赔两把银子一吨，不知他怎么做法。你在这里头，我倒要托你打听打听呢。"述农道："这里是各人管各事的，怎样打听得出来？而且我还生得很呢！"我道："倒是那票油酒是好生意，我看见为数太少了，不去和他抢夺罢了。"

说话间，已经开饭。饭后别过述农，出来叫了车，回家走了一次，再到号里去，闲闲的又和管德泉说起制造局买煤的情形来。德泉吐出舌头来道："你几乎惹出事来！这个生意做得的么！只怕就是四两五钱给你做了，也要累得你一个不亦乐乎呢！"我道："我算过，从日本运到这里，不过三两七八钱左右便彀了，如果四两五钱做了，何至受累？"德泉道："就算三两八办到了，赚了七钱银子一吨，三七二千一到手。轮船到了黄浦江，你要他驶到南头，最少要加他五十两。到了码头上，看煤的人来看了，凭你是拿花旗白煤代了东洋可介子，也说你是次货，不是碎了，便是潮了，挑剔了多少。有神通的，化上二三百，但求他不要原船退回，就万幸了。等到要起货时，归库房长夫经手，不是长夫忙得没有工夫，便是没有小工，给你一个三天起不清。轮船上耽搁他一天，最少也要赔他五百两。三五已经去了一千五了。好容易交清了货，要领货价时，他却给你个一搁半年。这笔拆息你和谁算去！他们是做了多年的，一切都熟了，应酬里面的人也应酬到了，所有里面议价处、核算处、库房、帐房，处处都要招呼到。见了委员、司事，卑污苟贱的，称他老爷、师爷；见了长夫、听差，呵腰打拱的，和他称兄道弟。到了礼拜那天，白天里在青莲阁请长夫、听差喝茶开灯，晚上请老爷、师爷在窑姐儿里碰和喝酒。这都是好几年的历练资格呢！"我道："既如此，他们免不得要遍行贿赂的了。那里面人又多，照这样办起来，纵使做点买卖，那里还有好处？"德泉道："贿赂遍不遍，未曾见他过付，不能乱说。然而他们是联络一气的，所以你今天到了，他们便拼命的和你跌价，等你下次不敢去。他吃亏做了的买卖，便拿低货去充。譬如今天做的可介子，他却去弄了蒲古来充。如果还要吃亏，他便搀点石头下去，也没人挑剔。等你明天不去了，他们便把价钱措住了不肯跌；再不然，值一两银子的东西，他们要价的时候，却要十两。几个人轮流减跌下来，到了五六两，也就成交了。那议价委员是一点事也不懂得，单知道要便宜。他们那赚头，却是大家记了帐，到了节下，照人数公摊的。你想，初进去的人，怎么做得他过！"我听了这话，不觉恍然大悟。正是：回首前情犹在目，顿将往事一撄心。不知悟出些甚么来,且待下回再记。

设骗局财神遭小劫　谋复任臧获托空谈

我听德泉一番话,不觉恍然大悟道:"怪不得今日那承揽油酒的,没有人和他抢夺。这两天豆油的行情,不过三两七八钱,他却做了六两四钱;高粱酒行情,不过四两二三,他却做了七两八钱,可见得是通同一气的了。"

德泉道:"这些话,我也是从佚庐处听来的,不然我那里知道?他们当日本来是用了买办出来采办的,后来一个甚么人上了条陈,说买办不妥,不如设了报价处,每日应买甚么东西,挂出牌去,叫各行家弥封报价,派了委员会同开拆,拣最便宜的定买。谁知一班行家得了这个信,便大家联络起来。后来局里也看着不对,才行了这个当面跌价的规矩,报价处便改了议价处。起先大家要抢生意,自然总跌得贱些,不久却又联络起来了。其实做买卖联络了同行,多要点价钱,不能算弊病。那卖货的和那受货的联络起来,那个货却是公家之货,不是受货人自用之货,这个里面便无事不可为了。"

我道:"从前既是用买办的,不知为甚么又要改了章程,只怕买办也出了弊病了。"德泉道:"这个就难说了。官场中的事情,只准你暗中舞弊,却不准你明里要钱。其实用买办倒没有弊病。商家交易一个九五回佣,几乎是个通例的了。制造局每年用的物料,少说点,也有二三十万。那当买办的,安分照例办去,便坐享了万把银子一年,他何必再作弊呢?虽然说人心没厌足,谁能保他。不过作了弊,万一给人家攻击起来,撤了这个差使,便连那万把一年的好处也没了。不比这个,单靠几两银子薪水的,除了舞弊,再不想有丝毫好处,就是闹穿了,开除了,他那个事情本来不甚可惜。这般利害相衡起来,那当买办的自然不敢舞弊了。谁知官场中却不这么说,拿了这照规矩的佣钱,他一定要说是弊,不肯放过;单立出这些名目来,自以为弊绝风清,中间却不知受了多少朦蔽。"

我道:"他买货是一处,收货是一处,发价又是一处,要舞弊,可也不甚容易。"德泉道:"岂但这几处,那专跑制造局做生意的,连小工都是通同一气的。小工头,上海人叫做'笋间'。那边做笋间的人,却兼着做砖灰生意,制造局所用的砖灰,都是用他的。他也天天往议价处跑,所以就格外容易串通了。照这样看去,那制造局的生意还做得么!这样把持的情形,那当总办的木头人,那里知道? 说起来,还是只有他家靠得住呢。"我道:"发价是局里的事,他怎么能捺得住?"德泉道:"他只要弄个玄虚,叫收货的人不把发票送到帐房里,帐房又从何发起? 纵使发票已经到了帐房,他帐房也是通的,又奈他何呢!"

凡做小说的有一句老话,是有话便长,无话便短。等到继之查察了长江、苏、杭一带回来,已是十月初旬了。此时外面倒了一家极大的钱庄,一时市面上沸沸扬扬起来,十分紧急,我们未免也要留心打点。一时谈起这家钱庄的来历,德泉道:"这位大财东,本来是出身极寒微的,是一个小钱店的学徒,姓古,名叫雨山。他当学徒时,不知怎样认识了一个候补知县,往来得甚是亲密。有一回,那知县太爷要紧要用二百银子,没处张罗,便和雨山商量。雨山便在店里,偷了二百银子给他。过得一天查出了,知道是他偷的,问他偷了给谁,他却不肯说。百般拷问,他也只承认是偷,死也不肯供出交给谁。累得荐保的人,受了赔累。店里把他赶走了,他便流离浪荡了好几年。碰巧那候补知县得了缺,便招呼了他,叫他开个钱庄,把一应公事银子都存在他那里,他就此起了家。他那经营的手段,也实在利害,因此一年好似一年,各码头都有他的商店。也真会笼络人,他到一处码头,开一处店,便娶一房小老婆,立一个家。店里用的总理人,到他家里去,那小老婆是照例不回避的。住上几个月,他走了,由得那小老婆和总理人鬼混。那总理人办起店里事来,自然格外巴结了,所以没有一处店不是发财的。外面人家都说他是美人局。像他这种专会设美人局的,也有一回被人家局骗了,你说奇不奇。"

我道:"是怎么个骗法呢?"德泉道:"有一个专会做洋钱的,常常拿洋钱出来卖;却卖不多,不过一二百、二三百光景,然而总便宜点。譬如今天洋价七钱四分,他七钱三就卖了;明天洋市七钱三,他七钱二也就卖了,总便宜一分光景。上海人恨的叫他'钱庄鬼'。一百元里面,有了一两银子的好处,他如何不买,甚至于有定着他的。久而久之,闹得大家都知道了。问他洋钱是那里来的,他说是自己做的。看着他那雪亮的光洋钱,丝毫看不出是私铸的。这件事叫古雨山知道了,托人买了他二百元,请外国人用化学把他化了,和那真洋钱比较,那成色丝毫不低。不觉动了心,托人介绍,请了他来,问他那洋钱是怎么做的,究竟每元要多少成本。他道:'做是很容易的,不过可惜我本钱少,要是多做了,不难发财。成本每元不过六钱七八分的谱子。'古雨山听了,不觉又动了心,要求他教那制造的法子。他道:'我就靠这一点手艺吃饭,教会了你们这些大富翁,我们还有饭吃么!'雨山又许他酬谢,他只是不肯教。雨山没奈何,便道:'你既然不肯教,我就请你代做,可使得?'他道:'代做也不能。你做起来,一定做得不少,未必信我把银子拿去做,一定要我到你家里来做。这件东西,只要得了窍,做起来是极容易的,不难就被你们偷学了去。'雨山道:'我就信你,请你拿了银子去做,但不知一天能做多少?'他道:'就是你信用我,我也不敢担承得多。至于做起来,一天大约可以做三四千。'雨山道:'那么我和你定一个合同,以后你自己不必做了,专代我做。你六钱七八的成本,我照七钱算给你,先代我做一万元来。我这里便叫人先送七千两银子到你那里去。'他只推说不敢担承。说之再四,方才应允。订了合同,还请他吃了一顿馆子,约定明天送银子去。除了明天不算,三天可以做好,第四天便可以打发人去取洋钱。到了明天,这里便慎重其事的,送了七千两现银子过去。到第四天,打发人去取洋钱。谁知他家里,大门关得紧紧的,门上粘了一张'召租'的帖子。这才知道上当了。"

我道:"他用了多少本钱,费了多少手脚,只骗得七千银子,未免小题大做了。"德泉道:"你也不是个好人,还可惜他骗得少呢!他能用多少本钱,顶多卖过一万洋钱,也不过蚀了一百两银子罢了。好在古雨山当日有财神之目,去了他七千两,也不过是九牛一毛、太仓一粟。若是别人,还了得么?"我道:"别人也不敢想发这种财。你看他这回的倒帐,不是为屯积了多少丝,要想垄断发财所致么?此刻市面各处都被他牵动,吃亏的还不止上海一处呢。"

正说话间,继之忽然跑了来,对我道:"苟才那家伙又来了。他来拜过我一次,我去回拜过他一次,都说些不相干的话。我厌烦的了不得,交代过家人们,他再来了,只说我不在家,挡驾。此刻他又来了,直闯进来。家人们回他说不在家,他说有要紧话,坐在那里,叫人出来找我。我从后门溜了出来,请你回去敷演他几句。说到我的事情,你是全知道的,随意回覆他就是了。"我听了莫名其妙,只得回去。原来我们住的房子,和字号里只隔得一条胡同,走不多路便到了。

当下与苟才相见,相让坐下。苟才便问继之到那里去了。我道:"今天早起还在家,午饭后出去,遇了两个朋友,约着到南翔去了。"苟才愕然道:"到南翔做甚?怎么家里人也不晓得?"我道:"是在外面说起就走的,家里自然不知。听说那边有个古漪园,比上海的花园,较为古雅,还有人在那边起了个搓东诗社,只怕是寻诗玩景去了。"苟才道:"好雅兴!但不知几时才来?"我道:"不过一两天罢了。不知有甚么要紧事?"苟才沉吟道:"这件事,我已经和他当面说过了。倘使他明天回来,请他尽明天给我个信,我有人到南京。"

我道："到底为甚么事，何妨告诉我？继之的事，我大半可以和他作主的，或者马上就可以说定，也未可知。"苟才又沉吟半晌道："其实这件事本是他的事，不过我们朋友彼此要好，特地来通知一声罢了。兄弟这回到上海，是奉了札子来办军装的。藩台大人今年年下要嫁女儿，顺便托兄弟在上海代办点衣料之类。临行的时候，偶然说起，说是还差四十两金首饰，很费踌躇。兄弟到了这里，打听得继之还在上海，一想，这是他回任的好机会。能够托人送了四十两金子进去，怕藩台不请他回江都去么！"我道："大人先和继之说时，继之怎样说呢？"苟才道："他总是含含糊糊的。"我道："他请假措资，此时未必便措了多少，一时怕拿不出来。"苟才道："他那里要措甚么资！我看他不过请个假，暂时避避大帅的怒罢了。那里有措资的人，堂哉皇哉，在上海打起公馆的？"

我暗想："大约继之被他这种话聒得麻烦了，不如我代他回绝了罢。"想罢，便道："大人这一个'避'字，倒是说着了，然而只着得一半。继之的避，并不是暂时避大帅的怒，却是要永远避开仕路的意思。此刻莫说是要花钱回任，便是不花钱叫他回任，只怕也不愿意的了。他常常和我说，等过了一年半载，上头不开他的缺，他也要告病开缺，还要自己去注销这个知县呢。"苟才愕然道："这个奇了！江都又不是要赔累的缺，何至如此！若说碰钉子呢，我们做官的人，那一天不碰上个把钉子？要都是这么使脾气，官场中的人不要跑光了么？"我道："便是我也劝过他好几次，无奈他主意打定了，凭劝也劝不过来。大人这番美意，我总达到就是了。"苟才道："就是继翁，正当年富力强的时候，此刻已经得了实缺，巴结点的干，将来督抚也是意中事。"我没得好说，只答应了两个"是"字。

苟才又道："令伯许久不见了，此刻可好？在那里当差？"我道："在湖北，此刻当的是宜昌土捐局的差事。"苟才道："这个差事怕不坏罢？"我道："这倒不知道。"苟才道："沾着厘捐的，左右没有坏差使。"说着，两手拿起茶碗，往嘴唇上送了一送，并不曾喝着一点茶，放下茶碗，便站起来，说道："费心，继翁跟前达到这个话，并劝劝他不要那么固执，还是早点出山的好。"我一面答应着，就送他出去。我要送他到胡同口上马车，他一定拦住，我便回了进来。

继之的家人高升对我道："这么一个送上门的好机会，别人求也求不着的，怎么我们老爷不答应？求老爷好歹劝劝，我们老爷答应了，家人们也沾点儿光。"我笑道："你们老爷自己不愿意做官，叫我怎样劝呢！"高升道："这是一时气头上的话，不愿意做官，当初又何必出来考试呢？不要说有这么个机会，就是没有机会，也要找路子呢。前年盐城县王老爷不是的么，到任不满三个月，上忙没赶上，下忙还没到，为了乡下人一条牛的官司，叫他那舅老爷出去，左弄右弄，不知怎样弄拧了，就撤了任，闹了一身的亏空。后来找了一条路子，是一个候补道蔡大人，和藩台有交情，能说话，可是王老爷没有钱化，还是他的两三个家人，凑上了一吊多银子，不就回了任了吗？虽然赶回任的时候，把下忙又过了，明年的上忙还早着，到此刻，可是好了。倘使我们老爷不肯拿出钱来，就是家人们代凑着先垫起来，也可以使得。请老爷和家人说说。"我道："你跟了你老爷这几年，还不知他的脾气吗？我可不能代你去碰这个钉子，要说你自己说去。"高升道："家人们去说更不对了。"

我正要走进去，字号里来了个出店，说有客来了。我便仍到字号里来。正是：仕路方聆新怪状，家庭又听出奇闻。不知那来客是谁，且听下回再记。

无意功名官照何妨是假　　纵非因果恶人到底成空

那客不是别人，正是文述农。述农一见了我，便猝然问道："你那个摇头大老爷，是那里弄来的？"我愕然道："甚么摇头大老爷？我不懂啊！"

继之笑道："官场礼节，知县见了同、通，都称大老爷。同知五品，比知县大了两级，就叫他一声大老爷，似乎还情愿的，所以叫做点头大老爷；至于通判，只比他大得一级，叫起来未免有点不情愿，不情愿，就要摇头了，所以叫做摇头大老爷。那回我和你说过请封典之后，我知道你于此等事是不在心上的，所以托你令姊抄了那卯数、号数出来，托述农和你办去。其余你问述农罢。"我道："这是家伯托人在湖南捐局办来的。"述农道："你令伯上了人家的当了。这张照是假的。"我不觉愕然，棱了半天道："难道部里的印信，都可以假的么？你又从那里知道的呢？"述农道："我把你官照的号码抄去，托人和你办封典，部里覆了出来，说没有这张照，还不是假的么？"

我道："这真奇了！那一张官照的板可以假得，怎么假起紫花印信来！这做假的，胆子就很不小。"继之道："官照也是真的，印信也是真的，一点也不假，不过是个废的罢了。你未曾办过，怨不得你不知道。本来各处办捐的老例，系先填一张实收，由捐局汇齐捐款，解到部里，由部里填了官照发出来，然后由报捐的拿了实收，去倒换官照。遇着急于筹款的时候，恐怕报捐的不踊跃，便变通办理，先把空白官照，填了号数，发了出来，由各捐局分领了去劝捐。有来报捐的，马上就填给官照。所有剩下来用不完的，不消缴部，只要报明由第几号起，用到第几号，其余均已销毁，部里便注了册，自第几号至第几号作废，叫做废照。外面报过废的照，却不肯销毁，仍旧存着，常时填个把功名，送给人作个顽意儿。也有就此穿了那个冠带，充做有职人员的，谁还去追究他？也有拿着这废照去骗钱的，听说南洋新加坡那边最多。大约一个人有了几个钱，虽不想做官，也想弄个顶戴。到新加坡那边发财的人很多，那边捐官极不容易，所以就有人搜罗了许多废照，到那边去骗人。你的那张，自然也是废照。你快点写信给你令伯，请他向前路追问，只怕……"说到这两个字，继之便不说了。述农道："其实功名这样东西，真的便怎么，假的弄一个顽顽也好。"

我听了这话，想起苟才的话来，便告诉了继之。继之道："这般回绝了他也好，省得他再来麻烦。"我道："大哥放着现成真的不去干，我却弄了个假的来，真是无谓。"述农道："这样东西，真的假的，最没有凭据。我告诉你一个笑话。我们局里，前几年，上头委了一个盐运同来做总办。这局子向来的总办，都是道班，这一位是破天荒的。到差之后，过了一年多，才捐了个候选道。你道他为甚么加捐起来？原来他那盐运同是假的。"继之道："假功名，戴个顶子顽顽就罢了，怎么当起差来？"述农道："他还是奉宪准他冒官的呢。他本是此地江苏人。他的老兄，是个实缺抚台。他是个广东盐大使。那年丁忧回籍，办过丧事之后，不免出门谢吊，谢过吊，就不免拜客。他老兄见了两江总督，便代自家兄弟求差使，说本籍人员，虽然不能当地方差使，但如洋务、工程等类，也求赏他一个。两江答应了，他便递了一张'广东候补盐大使某某'的条子。说过之后，许久没有机会。忽然一天，这局子里的总办报了丁忧，两江总督便想着了他。可巧那张条子不见了，书桌上、书架上、护书里、抽屉里，翻遍了都没有。便仔细一想，把他名字想了出来，却忘了他的官阶。想了又想，仿佛想起一个'盐'字，便胡里胡涂给他填上一个盐运同。这不是奉宪冒官么？"我道："他已经捐过了道班，这件事又从那里知道他的呢？"述农道："不然那里知道，后来他死了，出的讣帖，那官衔候选道之下，便是广东候补盐大使，竟没有盐运同的衔头，大家才知道的啊。"

继之道："自从开捐之后，那些官儿竟是车量斗载，谁还去辨甚么真假。我看将来是穿一件长衣服的，都是个官，只除了小工、车夫与及小买卖的，是百姓罢了。"述农道："不然，不然！上一个礼拜，有个朋友请我吃花酒，吃的时候晚了，我想回家去，叫开老北门，或新北门到也是园滨，还远得很，不如回局里去。赶到宁波会馆叫了一辆东洋车。那车夫是个老头子，走的慢得很。我叫他走快点，情愿加他点车钱。他说走不快了，年轻时候，出来打长毛，左腿上受过枪弹，所以走起路来，很不便当。我听了很以为奇怪，问他跟谁去打长毛。他便一五一十的背起履历来。他还是花翎、黄马褂、硕勇巴图鲁、记名总兵呢。背出那履历来，很是内行，断不是个假的。还有这里虹口鸿泰木行一个出店，也是个花翎、参将衔的都司。这都是我亲眼看见的，何必穿长衣的才是个官呢。"德泉道："方佚庐那里一个看门的，听说还是一个曾经补过实缺的参将呢。"继之道："军兴的时候，那武职功名，本来太不值钱了。到了兵事过后，没有地方安插他们，流落下来，也是有的。那年我进京，在客店里看见一首题壁诗，署款是'解弁将军'。那首诗很好的，可惜我都忘了。只记得第二句是'到头赢得一声驱'。只这七个字，那种抑郁不平之气，也就可想了。"当下谈了一会，述农去了，各自散开。

我想这废照一节，不便告诉母亲，倘告诉了，不过白气恼一场，不如我自己写个信去问问伯父便了。于是写就一封信，交信局寄去。回到家来，我背着母亲、婶娘，把这件事对姊姊说了。姊姊道："这东西一寄了来，我便知道有点蹊跷。伯娘又不曾说过要你去做官，你又不是想做官的人，何必费他的心，弄这东西来？你此刻只不要对伯娘穿，有心代他瞒到底，免得伯娘白生气。"我道："便是我也是这个意思，姊姊真是先得我心了。"姊姊道："本来做官不是一件容易的事，便是真的，你未必便能出去做；就出去了，也未必混得好。前回在南京的时候，继之得了缺，接着方伯升到安徽去，那时候你干娘欢喜得甚么似的，以为方伯升了抚台，继之更有照应了。他未曾明白，隔了一省，就是鞭长不及马腹了。俗语说的好，'朝里无人莫做官'，所以才有撤任的这件事。此刻譬如你出去候补，靠着谁来照应呢？并且就算有人照应，这靠人终不是个事情；并且一走了官场，就是你前回说的话，先要学的卑污苟贱，灭绝天良。一个人有好人不学，何苦去学那个呢？这么一想，就管他真的也罢，废的也罢，你左右用他不着。不过……"说到这里，就顿住了口，歇一歇道："这两年字号里的生意也很好，前两天我听继之和伯娘说起，我们的股本，积年将利作本，也上了一万多了。那里不弄回三千银子来？只索看破点罢了。"我道："不错，这里面很像有点盈虚消息。倘使老人家的几个钱，不这般胡里胡涂的弄去了，我便不至于出门；不出门，便不遇见继之，那里能挣起这个事业来呢！到了此刻，却强我做达人。"

说话之间，婶娘走了进来道："侄少爷在这里说甚么？大喜啊！"我愕然道："婶娘说甚么？喜从何来？"婶娘对我姊姊说道："你看他一心只巴结做生意，把自己的事，全然不管，连问他也装做不知道了。"姊姊道："这件事来

121

往信,一切都是我经理的,难怪他不知道。"婶娘道:"难道继之也不向他提一句?"姊姊道:"他们在外面遇见时,总有正经事谈,何必提到,况且继之那里知道我们瞒着他呢。"说着,又回头对我道:"你从前定下的亲,近来来了好几封信催娶了,已经定了明年三月的日子。这里过了年,就要动身回去办喜事。瞒着你,是伯娘的主意。说你起服那一年,伯娘和你说过好几遍,要回去娶媳妇儿,你总是推三阻四的。所以这回不和你商量,先定了日子,到了时候,不由你不去。"我笑着站起来道:"我明年过了年,正月里便到宜昌去看伯父,住他一年半载才回来。"说着,走了下楼。

光阴荏苒,转瞬又到了年下。正忙着各处的帐目,忽然接到伯父的回信。我拆开一看,上面敷衍了好些不相干的话,末后写着说"我因知王姐香在湘省办捐,吾侄之款,被其久欠不还,屡次函催,伊总推称汇兑不便,故托其即以此款,代捐一功名,以为吾侄他日出山之地,不图其以废照塞责。今姐香已死,虽剖吾心,无以自明。惟有俟吾死后,于九泉之下,与之核算"云云。我看了,只好付之一笑。到了晚上回家,给姊姊看了,姊姊也是一笑。

腊月的日子格外易过,不觉又到了新年。过年之后,便商量动身。继之老太太也急着要带撒儿回家谒祖,一定要继之同去。继之便把一切的事,都付托了管德泉,退了住宅房子,一同上了轮船。

在路走了四天,回到家乡。真是河山无恙,桑梓依然。在上海时,先已商定由继之处拨借一所房子给我居住。好在继之房子多,尽拨得出来。所以起岸之后,一行人轿马纷纷,都向继之家中进发。伯衡接着,照应一切行李。当日草草在继之家中歇了一天。次日,继之把东面的一所三开间、两进深的宅子,指拨给我。我道:"我住不了这些房子啊。"继之道:"住是住不了,然而办起喜事来,却用得着。并且家母和你老太太同住热闹惯了,住远了不便。我自己这房子后面一所花园,却跨到那房子的后面,只要在那边开个后门,内眷们便可以不出大门一步,从花园里往来了。这是家母的意思,你就住了罢。"我只得依了。继之又请伯衡和我过去,叫人扫除一切。

原来这所房子,是继之祖老太爷晚年习静之处。正屋是三开间、两进深;西面还有一个小小院落,一间小小花厅,带着一间精雅书房;东面另有一间厨房,位置得十分齐整。伯衡帮着忙,扫除了一天,便把行李一切搬了过来。动用的木器家伙,还是我从前托伯衡寄存的,此时恰好应用,不够的便添置起来。母亲住了里进上首房间,婶娘暂时住了花厅,姊姊急着回婆家去了。我这边张罗办事,都是伯衡帮忙。安顿了三天,我才到各族长处走了一次,于是大家都知道我回来娶亲了。自此便天天有人到我家里来,这个说来帮忙,那个说来办事,我和母亲都一一谢去了。

有一天，要配两件零碎首饰。我暗想尤云岫向来开着一家首饰店的，何不到他那里去买，也顺便看看他。想罢，便一路走去。久别回乡的人，走到路上，看见各种店铺，各种招牌，以及路旁摆的小摊，都是似曾相识，如遇故人，心中另有一种说不出的情景。走到云岫那店时，谁知不是首饰店了，变了一家绸缎店。暗想，莫非我走错了？仔细一认，却并未走错。只得到左右邻居店家去问一声，是搬到那里去了。谁知都说不是搬去，却是关了。我暗想，云岫这个人，何等会算计，何等尖刻，何至好好的一家店关了呢？只得到别家去买。这条街，本是一个热闹所在，走不上多少路，就有了首饰店，我进去买了。因为他们同行，或者知道实情，顺便问问云岫的店为甚么关了。一个店伙笑道："没有关。"说着，把手往南面一指道："搬到那边去了。往南走出了栅栏，路东第一家，便是他的宝号。"我听了，又暗暗诧异，怎么他的旧邻又说是关了呢。

　　谢过了那店伙，便向南走去。走出半里多路，到了栅栏，踱了过去，向路东第一间一望，只是这间房子，统共不过一丈开阔，还不到五尺深，地下摆了两个矮脚架子，架着两个玻璃扁匣，匣里面摆着些残旧破缺的日本要货；匣旁边坐着一个老婆子，脸上戴着黄铜边老花眼镜，在那里糊自来火匣子，连柜台也没有一张。回过头来一看，却有一张不到三尺长的柜台，柜台上面也放着一个玻璃扁匣，匣里零零落落的放着几件残缺不全的首饰，旁边放着一块写在红纸贴在板上的招牌，是"包金法蓝"四个字。柜台里面坐着一个没有留胡子的老头子，戴了一顶油腻腻的瓜皮小帽，那帽顶结子，变了黑紫色的了，露出那苍白短头发，足有半寸多长，犹如洋灰鼠一般，身上穿了一件灰色洋布棉袄，肩上襟前，打了两个大补钉。仔细一看，正是尤云岫，不过面貌憔悴了好些。我跨进去一步，拱拱手，叫一声世伯。他抬起头来。我道："世伯还认得我么？"云岫连忙站起来弯着腰道："嗄！咦！啊！唔！哦！哦！哦！认得，认得！到那里去，请坐，请坐！"我见他这种神气，不觉忍不住要笑。

　　正要答话，忽听得后面有人叫我。我回头一看，却是伯衡。我便对云岫道："我有一点事，回来再谈罢。"弯了弯腰，辞了出来，问伯衡甚么事。伯衡道："继之老太太要送你一套袍褂，叫我剪料，恰好遇了你，请你同去看看花样颜色。"我道："这个随便你去买了就是，那有我自己去拣之理！"伯衡道："既如此，买了穿不得的颜色，你不要怨我。"我道："又何苦要买穿不得的颜色呢！"伯衡道："不是我要买，老太太交代，袍料要出炉银颜色的呢。"我笑道："老太太总还当我是小孩子。在他跟前，穿得老实点，他就不欢喜。今年新年里，还送我一条洒花腰带，硬督着要我束上，你想怎好拂他的意思！这样罢，袍料你买了蜜色的罢，只说我自己欢喜的。他老人家看了，也不算老实，我还可以穿得出。就劳了你驾罢，我要和云岫谈谈去。”

伯衡答应去了，我便回头再到云岫那里。云岫见了我，连忙站起来道："请坐，请坐！你几时回来的？我这才想起来了。你头回来，我实在茫然。后来你临去那一点头，一呵腰，那种神气，活像你尊大人，我这才想起来了。请坐，请坐！"我看他只管说请坐，柜台外面却并没一把椅子。正是：剩有阶前盈尺地，不妨同作立谈人。柜台外面既没有椅子，不知坐到那里，且待下回再记。

一盛一衰世情商冷暖　忽从忽违辩语出温柔

云岫一口气说了六七句"请坐"，猛然自己觉着柜台外面没有凳子，连忙弯下腰去，要把自己坐的凳子端出来。我忙道："不必了，我们到外面去谈谈罢。但不知这里要看守不？"云岫道："好，好，我们外面去谈，这里不要紧的。"于是一同出来，拣了一家酒楼要上去。云岫道："到茶楼上去谈谈，省点罢。"我道："喝酒的好。"于是相将登楼，拣了坐位，跑堂的送上酒菜。

云岫问起我连年在外光景。我约略说了一点，转问他近年景况。云岫叹口气道："我不料到了晚年，才走了坏运，接二连三的出几件事，便弄到我一败涂地！上前年先母见背下来，不上半年，先兄、先嫂，以及内人、小妾，陆续的都不在了。半年工夫，我便办了五回丧事。正在闹的筋疲力尽，接着小儿不肖，闯了个祸，便闹了个家散人亡！直是令我不堪回首！"我道："此刻宝号里生意还好么？"云岫道："这个那里好算一个店？只算个摊罢了！并且也没有货物，全靠代人家包金、法蓝，赚点工钱，那里算得个生意？"我道："那个老婆子又是甚么人？"云岫："我租了那一点点地方，每年租钱要十元洋钱。在这个时候，那里出得起，因此分租给他，每年也得他七元，我只要出三元就够了。"说时不住的歔欷叹息。我道："这个不过暂屈一时，穷通得失，本来没有一定。像世伯这等人，还怕翻不过身来么！"云岫道："这么一把年纪，死期也要到快了，才闹出个朝不谋夕的景况来，不饿死就好了，还望翻身么？"我道："世伯府上，此时还有甚人？"云岫见问，摇头不答，好像就要哭出来的样子。

我也不便再问，让他吃酒吃菜。又叫了一盘炒面，他也就不客气，风卷残云的吃起来，一面又诉说他近年的苦况，竟是断炊的日子也过过了。去年一年的租钱还欠着，一文不曾付过；分租给人家的七元，早收来用了。我见他穷得着实可怜，在身边摸一摸，还有几元洋钱。两张钞票。洋钱留着，恐怕还要买东西，拿出那两张钞票一看，却是十元一张的，便递了给他道："身边不曾多带得钱，世伯不嫌亵渎，请收了这个，一张清了房钱，一张留着零用罢。"云岫把脸涨得绯红，说道："这个怎好受你的！"我道："这个何须客气。朋友本来有通财之义，何况我们世交。这缓急相济，更是平常的事了。"云岫方才收了，叹道："人情冷暖，说来实是可叹！想我当日光景好的时候，一切的乡绅世族，那一家那一个不和我结交？办起大事来，那一家不请我帮忙？就是你们贵族里，无论红事、白事，那一回少了我的？自从倒败下来，一个个都掉头不顾。先母躺了下来，还是很热闹的。及至内人死后，散出讣帖去，应酬的竟就寥寥了。到了今日，更不必说了。难得你这等慷慨，真是有其父必有其子。你老翁在家时，我就受他的惠不少，今天又叨扰你了。到底出门人，市面见得多，手段是两样的。"说着，不住的恭维。一时吃完了酒，我开发了酒钱，吃得他醺然别去。我也就回家。

晚上没事，我便到继之那边谈天，可巧伯衡也在书房里。我谈起云岫的事，不觉代他叹息。伯衡道："你便代他叹息，这里的人看着他败下来，没有一个不拍手称快呢。你从前年纪小，长大了就出门去了，所以你不知道他。他本是一个包揽词讼，无恶不作的人啊！"我道："他好好的一家铺子，怎样就至于一败涂地？"伯衡道："你今天和他谈天，有说起他儿子的事么？"我道："不曾说起。他儿子怎样？"伯衡道："杀了头了！"我猛吃了一大惊道："怎样杀的？"伯衡笑道："杀头就杀了，还有多少样子的么？"我道："不是，是我说急了，为甚么事杀的？"伯衡道："他家老大没有儿子，云岫也只有这一个庶出儿子，要算是兼祧两房的了，所以从小就骄纵得非常。到长大了，便吃喝嫖赌，没有一样不干。没钱花，到家来要；赌输了，也到家来要。云岫本来是生性悭吝的，如何受得起！无奈他仗着祖母疼爱，不怕云岫不依。及至云岫丁了忧，便想管束他，那里管束得住？接着他家老大夫妻都死了，手边未免拮据，不能应他儿子所求。他那儿子妙不可言，不知跑到那里弄了点闷香来，把他夫妻三个都闷住了，在父母身边搜出钥匙，把所有的现银首饰，搜个一空。又搜出云岫的一本底稿来，这本底稿在云岫是非常秘密的，内中都是代人家谋占田产，谋夺孀妇等种种信札，与及诬捏人家的呈子。他儿子得了这个，欢喜的了不得，说道：'再不给我钱用，我便拿这个出首去！'云岫虽然闷住，心中眼中是很明白的，只不过说不出话来，动弹不得。他儿子去了许久，方才醒来，任从气恼暴跳，终是无法可施。他儿子从此可不回家来了，有时到店里去走走，也不过匆匆的就去了。你道他

125

外面做甚么？原来是做了强盗了！抢了东西，便拿到店里。店里本有他的一个卧房，他便放在自己卧房里面。有一回，又纠众打劫，拒伤事主，告发之后，被官捉住了。追问赃物窝藏所在，他供了出来。官派差押着到店里起出赃物，便把店封了，连云岫也捉了去，拿他的同知职衔也详革了。罄其所有打点过去，方才仅以身免。那家店就此没了。因为案情重大，并且是积案累累的，就办了一个就地正法。云岫的一妻一妾，也为这件事，连吓带痛的死了。到了今日，云岫竟变了个孤家寡人了。"我听了，方才明白日里我问他还有甚人，他现出了一种凄惶样子的缘故。当下又谈了一会，方才告别回去。

这几天没事，我便到族中各处走走。有时谈到尤云岫，却是没有一个不恨他的。我暗想虽然云岫为人可恶，然而还是人情冷暖之故。记得我小的时候，云岫那一天不到我们族中来，那一个不和他拉相好？既然知道他不是个好人，为甚么那时候不肯疏远他，一定要到了此时才恨他呢？这种行径，虽未尝投井，却是从而下石了。炎凉之态，想着实在可笑可怕。

闲话少题。不知不觉，已到了三月初旬，娶亲的吉期了。到了这天，云岫也还备了蜡烛、花爆等四式礼物送来。我想他穷到这个样子，那里还好受他的？然而这些东西，我纵然退了回去，他却不能退回店家的了，只得受了下来，交代多给他脚钱。又想到这脚钱是来人得的，与他何干，因检出一张五元的钞票，用信封封固了，交与来人，只说是一封要紧信，叫他带回去交与云岫。这里的拜堂、合卺、闹房、回门等事，都是照例的，也不必细细去说他了。

匆匆过了喜期，继之和我商量道："我要先回上海去了。你在家里多住几时。从此我们两个人替换着回家。我到上海之后，过几时写信来叫你；等你到了，我再回来。"我道："这个倒好，正是瓜时而往，及瓜而代呢。"继之道："我们又不是戍兵，何必约定日子，不过轮流替换罢了。"商量既定，继之便定了日子，到上海去了。

一天，云岫忽然着人送一封信来，要借一百银子。我回信给他，只说我的钱都放在上海，带回来有限，办喜事都用完了。回信去后，他又来了一封信，说甚么"尊翁去世时，弟不远千里，送足下到浙，不无微劳，足下岂遂忘之"云云。我不禁着了恼，也不写回信，只对来人说知道了。来人道："尤先生交代说，要取回信呢。"我道："回信明日送来。"那人才去了。我暗想："你要和我借钱，只诉诉穷苦还好；若提到前事，我巴不得吃你的肉呢！此后你莫想我半文。当日若是好好的彼此完全一个交情，我今日看你落魄到此，岂有不帮忙之理。"到了明日，云岫又送了信来。我不觉厌烦了，叫人把

126

原信还了他，回说我上坟修墓去了，要半个月才得回来。

从此我在家里，一住三年。婶娘便长住在我家里。姊姊时常归宁。住房后面，开了个便门，通到花园里去，便与继之的住宅相通，两家时常在花园里聚会。这日子过得比在南京、上海，又觉有趣了。撖儿已经四岁，生得雪白肥胖，十分乖巧，大家都逗着他顽笑，更不寂寞，所以日子更容易过了。

直到三年之后，继之才有信来叫我去。我便定了日子，别过众人，上轮船到了上海，与继之相见。德泉、子安都来道候。盘桓了两天，我问继之几时动身回去。继之道："我还不走，都要请你再走一遍。"我道："又到那里？"继之道："这三年里面，办事倒还顺手。前年去年，我亲到汉口办了两年茶，也碰了好机会。此刻打算请你到天津、京城两处去走走，察看那边的市面能做些甚么。"我道："几时去呢？"继之道："随便几时，这不是限时限刻的事。"

说话之间，文述农来了，大家握手道契阔。说起我要到天津的话，述农道："你到那边很好。舍弟杏农在水师营里，我写封信给你带去，好歹有个人招呼招呼。"我道："好极！你几时写好，我到你局里来取。"述农道："不必罢，那边路远。今天是礼拜，我才出来，等再出来，又要一礼拜了，我就在这里写了罢。"说罢，就在帐桌上一挥而就，写了交给我，我接过来收好了。

大家谈些别后之事。我又问问别后上海的情形。述农道："你到了两天，这上海的情形，总有人告诉过你了。我来告诉你我们局里的情形罢。你走的那年夏天，我们那位总办便高升了，放了上海道。换了一个总办来，局里面的风气就大变了。前头那位总办是爱朴素的，满局里的人，都穿的是布长褂子、布袍子。这一位是爱阔的，看见这个人朴素，便说这个人没用，于是乎大家都阔起来。他爱穿红色的，到了新年里团拜，一色的都是枣红摹本缎袍子。有一个委员，和他同姓，出来嫖，窑姐儿里都叫他大人。到了节下，窑姐儿里照例送节礼给嫖客。那送给委员的到了局里，便问某大人。须知局子里，只有一个总办是大人。那看栅门的护勇见问，便指引他到总办公馆里去了。底下人回上去，他却茫然，叫了来人进去问，方知是送那委员的。他还叫底下人带了他到委员家去。若是前头那位总办，还了得么！"

我道："那么说，这位总办也嫖的了？"述农道："怎么不嫖，还嫖出笑话来呢。我们局里的议价处，是你到过的了。此刻那议价处没了权了，不过买些零碎东西。凡大票的煤铁之类，都归了总办自己买。有一个甚么洋行的买办，叫做甚么舒淡湖，因为做生意起见，竭诚尽瘁的巴结。有一回，请总办吃酒，代他叫了个局，叫甚么金红玉。总办一见了，便赏识的了不得，当堂给了他一百元的钞票;到第二回吃酒,又叫了他,不住口的赞好。舒淡湖便在自己家里,拾掇了一间密室,把总办请到家里来,把金红玉叫到家里来,由他两个去鬼混了两次。我们这位总办着了迷了,一定要娶他。舒淡湖便挺了腰子,揽在身上,去和金红玉说。往返说了几遍,说定了身价,定了日子要娶了。谁知金红玉有一个客人,听见红玉要嫁人,便到红玉处和他道喜,说道:'恭喜你高升了,做姨太太了! 只是有一件事,我很代你担心。'红玉问:'担心甚么?'客人道:'我是担心做官的人,脾气不好,况且他们湖南人,长毛也把他杀绝了,你看凶的还了得么!'红玉笑道:'我又不是长毛,他未必杀我。况且杀长毛是一事,娶妾又是一事,怎么好扯到一起去说呢?'客人道:'话是不错。只是做官的人家,与平常人家不同,断不能准你出入自由的。况且他五十多岁的人,已经有了六七房姬妾了。今天欢喜了你,便娶了去;可知你进门之后,那六七个都冷淡的了。你保得住他过几时不又再看上一个,又娶回去么? 须知再娶一个回去时,你便和这六七个今天一样了。若在平常人家,或者还可以重新出来,或者嫁人,或者再做生意;他们公馆里,能放你出来么? 还不是活着在那里受冷淡! 我是代你担心到这一层,好意来关照你,随你自己打主意去。'红玉听了,总如冷水浇背一般,唇也青了,面也白了,做声不得。等那客人去了,便叫外场去请舒淡湖。舒淡湖是认定红玉是总办姨太太的了,莫说请他他不敢不来,就是传他他也不敢不来。来了之后,恭恭敬敬的请示。红玉劈头一句便道:'我不嫁了!'舒淡湖吃了一惊道:'这是甚么话?'红玉道:'承某大人的情,抬举我,我有甚不愿意之理。但是我想来想去,我的娘只有我一个女儿,嫁了去,他便举目无亲了。虽说是大人赏的身价不少,但是他几十岁的一个老太婆,拿了这一笔钱,难保不给歹人骗去,那时叫他更靠谁来!'舒淡湖道:'我去和大人说,接了你娘到公馆里,养他的老,不就好了么?'红玉道:'便是我何尝不想到这一层? 须知官宦人家,看那小老婆的娘,不过和老妈子一样,和那丫头、老妈子同食同睡。我嫁了过去,便那般锦衣玉食,却看着亲生的娘这般作践,我心里实在过不去。若说和亲戚一般看待呢,莫说官宦人家没有这种规矩,便是大人把我宠到头顶上去,我也不敢拿这种非礼的事去求大人啊。我十五岁出来做生意,今年十八岁了,这几年里面,只挣了两付金镯子。'说着,便在手上每付除下一只来,交给舒淡湖道:'这是每付上面的一只,费心舒老爷,代我转送给大人,做个纪念,以见我金红玉不是忘恩负义的人。上海标致女人尽多着,大人一定要娶个人,怕少了比我好的么?'舒淡湖听了一番言语,竟是无可挽回的了,就和红玉刚才听了那客人的话一般,唇也青了,面也白了,如水浇背,做声不得,接了金镯子,快快回去。暗想：'只恨不曾先下个定，倘是下了定，凭他怎样，也不能悔议。此刻弄到这个样子，别的不打紧，倘使总办恼了，说我不会办事，以后的生意便难做了。'这件事竟急了他一天一夜，在床上翻来覆去想法子，总不得个善法。直至天明，忽然想了一条妙计，便一跃而起。"只因这一条妙计，有分教：谵语不如蛮语妙，解铃还是系铃人。不知是一条甚么妙计，且待下回再记。

妙转圜行贿买蛮言　猜哑谜当筵宣谑语

"舒淡湖一跃而起，匆匆梳洗了，藏好了两只金镯子，拿了一百元的钞票，坐了马车，到四马路波斯花园对过去，找着了《品花宝鉴》上侯石翁的一个孙子，叫做侯翱初的，和他商量。

"这侯翱初是一家甚么报馆的主笔，当下见了淡湖，便也斜着眼睛，放出那一张似笑非笑的脸来道：'好早啊！有甚么好意？你许久不请我吃花酒了，想是军装生意忙？'淡湖陪笑道：'一向少候。今日特来，有点小事商量。'翱初拍手道：'你进门我就知道了。你们这一班军装大买办，平日眼高于天，何尝有个朋友在心上！所以你一进门，我就知道你是有为而来的了。这才是无事不登三宝殿啊。'淡湖被他一顿抢白，倒没意思起来。搭讪了良久，方才说道：'我有件事情和你商量，求你代我设一个善法，我好好的谢你。'翱初摇手道：'莫说，莫说！说到谢字，怄得死人！前回一个朋友代人家来说项了一件事，你道是甚么事呢？是一个赌案里面牵涉着三四个体面人，恐怕上出报来，于声名有碍，特地来托我，请我不要上报。我念朋友之情，答应了他，更兼代他转求别家报馆，一齐代他讳了。到了案结之后，他却送我一份"厚礼"，用红封套封了，签子上写了"袍金"两个字。我一想，也罢了，今年恰好我狐皮袍子要换面子，这一封礼，只怕换两个面子也够了。及至拆开一看，却是一张新加坡甚么银行的五元钞票。这个钞票上海是不流通的，拿出去用，每元要贴水五分，算起来只有四元七角半到手。我想这回我的狐皮袍子倒了运了，要靠着他，只怕换个斗纹布的面子还不够呢。你说可要怄死人！'

"舒淡湖道：'翱翁，你不要骂人，我可不是那种人。你若不放心时，我先谢了你，再商量事体也使得。'说罢，拿出一百元钞票来，摆在桌上道：'我们是老朋友。我也不客气，不用甚么封套、签子，也不写甚么袍金、褂金。

简直是送给你用的,听凭你换面子也罢,换里子也罢。'翱初看见了一百元钞票,便登时眉花眼笑起来,说道:'淡翁,有事只管商量,我们老朋友,何必客气。'淡湖方才把金红玉一节事,详详细细,诉说了一遍。翱初耸起了一面的肩膀,侧着脑袋听完了,不住口的说:'该死,该死!此刻有甚法子挽回呢?'淡湖道:'此刻那里还有挽回的法子?只要设法弄得那一边也不要讨就好了!'翱初道:'这有甚么法子呢?'淡湖便坐近一步,向翱初耳边细细的说了两句话。翱初笑道:'亏你想得好法子,却来叫我无端诬谤人。'淡湖站起来一揖到地,说道:'求你老哥成全了我,我生生世世不忘报答!'翱初看在一百元的面子上,也就点头答应了。淡湖又叮嘱明天要看见的,翱初也答应了。淡湖才欢天喜地而去。这一天心旷神怡的过去了。

"到了次日,一早起来,便等不得送报人送报纸来,先打发人出去买了一张报纸,略略看了一遍,欢天喜地的坐了马车,到总办公馆里去。总办还没有起来,好得他是走拢惯的,一切家人,又都常常得他的好处,所以他到了,绝无阻挡,先引他到书房里去坐。一直等到十点钟,那总办醒了,知道淡湖到了,想来是为金红玉的事,便连忙升帐,匆匆梳洗,踱到书房相见。淡湖那厮,也亏他真做得出,便大人长、大人短的乱恭维一阵,然后说是:'娶新姨太太的日子近了,一切事情,卑职都预备了。他们向来是没有妆奁的,新房里动用物件,卑职也已经敬谨预备。那个马桶,卑职想来桶店里买的,又笨重,又不雅相,卑职亲自到福利公司去买了一个洋式白瓷的,是法兰西的上等货。今天特地来请大人的示,几时好送到公馆里来,专等大人示下,卑职好遵办。'

"总办听了,也是喜欢,便道:'一切都费心得很!明后天随便都可以送来。至于用了多少钱,请你开个帐来,我好叫帐房还你。'淡湖道:'卑职孝敬大人的,大人肯赏收,便是万分荣耀,怎敢领价!到了喜期那天,大人多赏几钟喜酒,卑职是要领吃的。'一席话,说的那一位总办大人,通身松快,便留他吃点心。

"这时候,家人送进三张报纸来,淡湖故意接在手里,自己拿着两张,单把和侯翱初打了关节的那张,放在桌上。总办便拿过来看,看了一眼,颜色就登时变了;再匆匆看了一会,忽然把那张报往地下一扔,跳起来大骂道:'这贱人,还要得么!'淡湖故意做成大惊失色的样子,连忙站起来,垂了手问道:'大人为甚么忽然动气?'那总办气喘如牛的说道:'那贱人我不要了!你和我去回绝了他,叫他还是嫁给马夫罢!至于这个情节,我不要谈他!'说时,又指着扔下的报纸道:'你自己看罢!'淡湖又装出一种惶恐样子,弯下腰,拾起那张报来一看,那论题是'论金红玉与马夫话别事'。这个论题,本是他自己出给侯翱初去做的,他早起在家已是看过的了。此时见了,又装出许多诧异神色来,说道:'只怕未必罢。'又唠唠叨叨的说道:'上海同名的妓女,也多得很呢。'总办怒道:'他那篇论上,明明说是将近嫁人,与马夫话别。难道别个金红玉,也要嫁人了么?'淡湖得了这句话,便放下报纸不看,垂了手道:'那么,请大人示下办法。'总办啐了他一口道:'不要了,有甚么办法!'

"他得了这一句话,死囚得了赦诏一般,连忙辞了出来。回到家中,把那两只金镯子,秤了一秤,足有五两重,金价三十多换,要值到二百多洋钱。他虽给了侯翱初一百元,还赚着一百多元呢。"

述农滔滔而谈,大家侧耳静听。我等他说完了,笑道:"依你这样说,那舒淡湖到总办公馆里的情形,算你近在咫尺,有人传说的;那总办在外面吃酒叫局的事,你又从何得知?况且舒淡湖的设计一层,只有他心里自己知道的事,你如何也晓得了?这事未必足信,其中未免有些点染出来的。"述农道:"你那里知道,那舒淡湖后来得了个疯瘫的毛病,他的儿子出来滥嫖,到处把这件事告诉人,以为得意的,所以我们才知道啊。"

继之道:"你们不必分辩了。这些都是人情险恶的去处,尽着谈他作甚么?我们三个人,多年没有畅叙,今日又碰在一起,还是吃酒罢。明天就是中秋,天气也甚好,我们找一个甚么地方,去吃酒消遣他半夜,也算赏月。"述农道:"是啊,我居然把中秋忘记了。如此说,我明天也还没有公事,不要到局,正好陪你们痛饮呢。"我道:"这里上海,红尘十丈,有甚么好去处,莫若就在家里的好。子安、德泉都是好量,若是到外面去,他们两个人总不能都去,何不就在家里,大家在一起呢。"继之道:"这也好,就这么办罢。"德泉听说,便去招呼厨房弄菜。

我对继之道:"离了家乡几年,把故园风景都忘了,这一次回去,一住三年,方才温熟了。说起中秋节来,我想起一件事。那打灯谜不是元宵的事么?原来我们家乡,中秋节也弄这个顽意儿的。"继之道:"你只怕又看了好些好灯谜来了。"我道:"看是看得不少,好的却极难得,内中还有粗鄙不堪的呢。我记得一个很有趣的,是'一画,一竖,一画,一竖,一画,一竖;一竖,一画,一竖,一画,一竖,一画',打一个字。大哥试猜猜。"继之听了,低头去想。述农道:"这个有趣,明明告诉了你一竖一画的写法,只要你写得出来就好了。"金子安、管德泉两个,便伸着指头,在桌子上乱画,述农也仰面寻思。我看见子安等乱画,不觉好笑。继之道:"自然要依着你所说写起来,才猜得着啊,这有甚么好笑?"我道:"我看见他两位拿指头在桌子上写字,想起我们在南京时所谈的那个旗人上茶馆吃烧饼蘸芝麻,不觉好笑起来。"

继之笑道:"你单拿记性去记这些事!"述农道:"我猜着一半了。这个字一定是'弓'字旁的。这'弓'字不是一画,一竖,一画,一竖,一画,一竖的么?"我道:"弓字多一个钩,他这个字并没有钩的。"继之道:"'曹'字可惜多了一画,不然都对了。"于是大家都伸出指头把"曹"字写了一回。述农笑道:"只可以向那做灯谜的人商量,叫他添一画算了'曹'字罢。我猜不着了。"金子安忽然拍手道:"我猜着了,可是个'亞'字?"我道:"正是,被子翁猜着了。"大家又写了一回,都说好。

述农道:"还有好的么?"我道:"还有一个猜错的,比原做还好的。是一个不成字的谜面,'川',打一句'四书';原做的谜底是'一介不以与人'。你猜那猜错的是甚么?"子安道:"我们书本不熟,这个便难猜了。"继之道:"这个做的本不甚好,多了一个'以'字;若这句书是'一介不与人'就好了。"说话间,酒菜预备好了,继之起来让坐。坐定了,述农便道:"那个猜错的,你也说了出来罢。此刻大家正要吃酒下去,不要把心呕了出来。"我道:"那猜错的是'是非之心'。"继之道:"好,却是比原做的好,大家赏他一杯。"

吃过了,继之对述农道:"你怕呕心出来,我却想要借打灯谜行酒令呢。"述农未及回言,子安先说道:"这个酒令,我们不会行。打些甚么书句,我们肚子里那里还掏得出来,只怕算盘歌诀还有两句。"继之笑道:"会打谜的打谜,不会的只管行别的令,不要紧。"述农道:"既如此,我先出一个。"继之道:"我是令官,你如何先出?"我道:"不如指定要一个人猜,猜不出,罚一杯;猜得好,大家贺一杯;倘被别人先猜出了,罚说笑话一个。"德泉道:"好,好,我们听笑话下酒。"继之道:"就依这个主意。我先出一个给述农猜。我因为去年被新任藩台开了我的原缺,通身为之一快。此刻出一个是:'光绪皇帝有旨,杀尽天下暴官污吏。'打'四书'一句。"我拍手道:"大哥自己离开了那地位,就想要杀尽他们了。但不知为甚么事开的缺,何以家信中总没有提及?"继之道:"此刻吃酒猜谜,你莫问这个。"述农道:"这一句倒难猜,孔、孟都没有这种辣手段。"我道:"猜谜不能这等老实,总要从旁面着想。其中虚虚实实,各具神妙;若要刻舟求剑,只能用朱注去打'四书'的了。"说到这里,我忽然触悟起来,道:"我倒猜着了。"述农道:"你且莫说出来,我不会说笑话。"继之道:"你猜着了,何妨说出来,看对不对。"我道:"今之从政者殆而。"述农拍手道:"妙,妙!是骂尽了也!只是我不会说笑话。我情愿吃三杯,一发请你代劳了罢。"说罢,先自吃了三杯。

德泉道:"我们可有笑话听了。你不要把《笑林广记》那个听笑话的说了出来,可不算数的。"继之道:"他没有这种粗鄙的话,你请放心,并且老笑话也不算数。"我道:"玉皇大帝一日出巡,群仙都在道旁舞蹈迎驾;只有李铁拐坐在地下,偃蹇不为礼。玉皇大怒道:'你虽然跛了一只脚,却还站得起来,何敢如此傲慢?'拐仙奏道:'臣本来只跛一只脚,此刻却两只都跛了也。'玉皇道:'这却为何?'拐仙道:'下界的画家,动辄喜欢画八仙,那七个都画的不错,只有画到臣像,有个画臣跛的左脚,有个画臣跛的右脚,岂非两脚全跛了么?'"众人笑了一笑。

继之道:"你猜着了,应该还要你出一个给我们猜。"我道:"有便有一个,我说出来,大家猜,不必限定何人。猜着了,我除饮酒之外,再说一个笑话助兴。"述农道:"这一定是好的,快说出来。"我道:"'含情迷问郎。''四书'一句、唐诗一句。"述农道:"好个旖旎风光的谜儿!娶了亲,领略过温柔乡风味,作出这等好灯谜来了。"继之道:"他这一个谜面,倒要占两个谜底呢。我们大家好好猜着他的,好听他的笑话。"述农道:"这个要往温柔那边着想。"继之道:"'四书'里面,除了一句'宽裕温柔',那里还有第二句?只要从问的口气上着想,只怕还差不多。"述农道:"如此说,我猜着了。'四书'是'夫子何为',唐诗是'夫子何为者'。"继之道:"这个又妙,活画出美人香口来,传神得很!我们各贺一大杯,听他的笑话。"

我道:"观音菩萨到玉皇大帝处告状,说:'我本来是西竺国公主,好好一双大脚,被下界中国人搬了我去,无端裹成一双小脚,闹的筋枯骨烂,痛彻心脾。求请做主!'玉皇攒眉道:'我此刻自顾不暇,焉能再和你做主呢!'观音诧问何故。玉皇道:'我要下凡去嫁老公了。'观音大惊道:'陛下是个男身,如何好嫁人?'玉皇道:'不然,不然,我久已变成女身了。'观音不信。玉皇道:'你如果不信,只要到凡间去打听那一班惧内的朋友,没有一个不叫老婆做玉皇大帝的。'"说的合席大笑。述农道:"只怕你是叫惯了玉皇大帝的,所以知道。"

我道:"你不要和我取笑。你猜着了我的,你快点出一个我们猜。"述农道:"有便有一个,只怕不好。我们江南的话,叫拿尖利的兵器去刺人,叫做'戳'。我出一句上海俗话:'戳弗杀。'打《西厢》一句,请你猜。"我道:"这有何难猜,我一猜就着了,是'银样蜡枪头'。"述农道:"我也知道这个不好,太显了,我罚一杯。"

我道:"我出一个晦的你猜:'大会于孟津。'《孟子》二字。"述农道:"只有两个字倒难了,不然就可以猜'武王伐纣'。"我道:"这两个字其实也是一句,所以不说一句,要说二字的缘故,就怕猜到那上头去。"继之道:"这个谜好的,我猜着了,是'征商'。"子安道:"妙,妙,今夜尽有笑话听呢。"

述农道:"我向不会说笑话,还是那一位代我说个罢。"我道:"你吃十

133

杯，我代你说一个。"述农道："只要说得发笑，便是十杯也无妨。"我道："你先吃了，包你发笑。"述农道："你只会说菩萨，若再说了菩萨，虽笑也不算数。"我道："只要你先吃了，我不说菩萨，说鬼如何？"

一言未了，忽听得门外人声嘈杂。大众吃了一惊，停声一听，仿佛听说是火，于是连忙同到外面去看。只见胡同口一股浓烟，冲天而起，火星飞满一天。不多一会，救火的到了。幸而是夜没有风，火势不大，不久便灭了。大家回到里面，酒意都吓退了，也无心吃饭，叫打杂的且收过去。

过了几天，我便料理动身到天津去。到了天津，我便带了述农给我的信，到三岔河水师营去访文杏农。我在天津住了十多天，料理定了几桩正事，方才进京。连日料理各种正事，伯述有时也来谈谈。

光阴迅速，不觉到了八月。我要回上海，便到伯述那边辞行。恰好伯述也要到上海去，于是约定同行。一直到了天津，仍在佛照楼住下。伯述性急，碰巧有了上海船，便先行了。我因为天津还有点事，未曾同行。再过几天，我的正事了理清楚，也就附轮回上海去。见了继之，不免一番叙别。

我从这一次回到上海之后，便就在上海住了半年。继之趁我在上海，便亲自到长江各处走了一趟，直到次年二月，方才回来。我等继之到了上海，便附轮船回家去走一转。喜得各人无恙，撒儿更加长大了。我姊姊已经择继了一个六岁的侄儿子为嗣，改名念椿，天天和撒儿一起，跟着我姊姊认字。我在家又盘桓了半年光景，继之从上海回来了，我和继之叙了两天之后，便回了上海。

刚去得上海，便接了芜湖的信，说被人倒了一笔帐，虽不甚大，却也得去设法。我就附了江轮到芜湖去，耽搁了十多天，吃点小亏，把事情弄妥了，便到九江走了一趟。见诸事都还妥当，没甚耽搁，便附了上水船到汉口。考察过一切之后，看看没甚事，我便坐了下水船，到芜湖、南京、镇江各处走了一趟，没甚耽搁，回到上海。恰好继之也到了，彼此相见。我把各处的正事述了一遍，检出各处帐略，交给管德泉收贮。

一日，我和继之等正在谈天，忽见门外跨进一个人，直向客堂里去。我一眼瞥见这个人，十分面善，却一时想不起来。正要问继之，只见一个茶房走进来道："苟大人来了。"我听得这话，不觉恍然大悟，这个是许多年前见过的苟才。继之当时即到外面去招呼他。正是：座中方论欺天事，户外何来阔别人？不知苟才来有何事，且待下回再记。

遇恶姑淑媛受苦　设密计观察谋差

原来苟才的故事,先两天继之说过。说他自从那年贿通了督宪亲兵,得了个营务处差事,阔了几年。就这几年里头,弥补以前的亏空,添置些排场衣服,还要外面应酬,面子上看得是极阔。无奈他空子太多,穷得太久,他的手笔又大,因此也未见得十分裕如。何况这几年当中,他又替他一个十六岁的大儿子娶了亲。

这媳妇是杭州驻防旗人。父亲本是一个骁骑校,早年已经去世,只有母亲在侍。凭媒说合,把女儿嫁给苟大少爷。过门那年,只有十五岁,却生得有沉鱼落雁之容,闭月羞花之貌。苟观察带了大少爷到杭州就亲。喜期过后,回门、会亲诸事停当,便带了大少爷、少奶奶,一同回了南京。少奶奶拜见了婆婆,三天里头,还没话说。过了三天之后,那苟太太便慢慢发作起来。起初还是指桑骂槐,指东骂西;再过几天,便渐渐骂到媳妇脸上来了。少奶奶早起请早安,上去早了,便骂:"大清老早的,跑来闹不清楚,我不要受你那许多礼法规矩,也用不着你的假惺惺。"少奶奶听说,到明天,便捱得时候晏点才上去,他又骂:"小蹄子不害臊,搂着汉子睡到这咱才起来!咱们家的规矩,一辈比一辈坏了!我伏伺老太爷、老太太的时候,早上、中上、晚上,三次请安,那里有不按着时候的?早晚两顿饭,还要站在后头伏伺添饭、送茶、送手巾。如今晚儿是少爷咧、少奶奶咧,都藏到自己屋里享福了,老两口子,管他咽住了也罢,呛出来了也罢,谁还管谁的死活!我看,这早安免了罢,到了晚上一起来罢,省得少奶奶从南院里跑到北院里,一天到晚,辛苦几回。"

苟才在旁,也听不过了,便说道:"夫人算了罢!你昨天嫌他早;他今天上来迟些,就算听你命令的了。他有甚么不懂之处,慢慢的声起来。"苟太太听了,兀的跳起来骂道:"连你也帮着派我的不是了!这公馆里都是你们的世界,我在这里是你们的眼中钉!我也犯不上死赖在这里讨人嫌,明儿你就打发我回去罢!"苟才也怒道:"我在这里好好儿的劝你!大凡一家人家过日子,总得要和和气气,从来说'家和万事兴',何况媳妇又没犯甚么事!"这句话还未说完,苟太太早伸手在桌子上一拍,大吼道:"吓!你简直的帮着他们派我犯法了!"少奶奶看见公公、婆婆一齐反目,连忙跪在地下告求。那边少爷听见了,吓得自己不敢过来见面,却从一个夹弄里绕到后面,找他姨妈。

原来这一位姨妈,便是苟太太的嫡亲姊姊。嫁的丈夫,也是一个知县,早年亡故了。身后只剩了两吊银子,又没个儿子。那年恰好是苟才过了道班,要办引见,凑不出费用,便托苟太太去和他借了来凑数。说明白到省之后,迎他到公馆同住。除了一得了差缺,即连本带利清还外,还答应养老他,将来大家有福同享,有祸同当。那位姨妈自己想想,举目无亲,就是搂了这两吊银子,也怕过不了一辈子,没个亲人照应,还怕要被人欺负呢,因此答应了。等苟才办过引见之后,便一同到了南京。苟才穷到吃尽当光的那两年,苟太太偶然有应酬出门,或有个女客来,这位姨妈曾经践了有祸同当之约,充过几回老妈子的了。此刻苟才有了差使,便拨了后面一间房子,给他居住。

当下大少爷找到姨妈跟前,叫声:"姨妈,我爹合我妈,不知为甚吵嘴。小丫头来告诉我,说媳妇跪在地下求告,求不下来。我不敢过去碰钉子,请姨妈出去劝劝罢。"说着,请了一个安。姨妈道:"哼!你娘的脾气啊!"只说了这一句,便往前面去了。大少爷仍旧从夹弄绕到自己院里,悄悄的打发小丫头去打听。直等到十点多钟,才看见少奶奶回房。大少爷接着问道:"怎样了?"少奶奶一言不发,只管抽抽噎噎的哭。大少爷坐在旁边,温存了一会。少奶奶良久收了眼泪,仍是默默无言。大少爷轻轻说道:"我娘脾气不好,你受了委屈,少不得我来陪你的不是。你心里总得看开些,不要郁出病来。照这个样子,将来贤孝两个字的名气,是有得你享的。"大少爷只管泪泪而谈,不料有一个十二岁的小少爷——就是那年吃了油麻团,一双油手抓脏了赁来衣服的那宝货——在旁边听了去,便飞跑到娘跟前,一五一十的尽情告诉了。苟太太手里正拿着茶碗喝茶,听了这话,恨得把茶碗向地下尽命的一摔,豁啷一声,茶碗摔得粉碎。跳起来道:"这还了得!"又喝叫小丫头:"快给我叫他来!"小丫头站着,垂手不动。苟太太道:"还不去吗!"小丫头垂手道:"请太太的示:叫谁?"苟太太伸手劈拍的打了一个巴掌道:"你益发糊涂了!"此时幸得姨妈尚在旁边,因劝道:"妹妹你的火性也太利害了!是叫大少爷,是叫少奶奶,也得你吩咐一声。你单说叫他来,他知道叫谁呢?"苟太太这才喝道:"给我叫那畜生过来!"姨妈又加了一句道:"快去请大少爷来,说太太叫。"那小丫头才回身去了。

一会儿,大少爷过来,知道母亲动了怒,一进了堂屋,便双膝跪下。苟太太伸手向他脸蛋上劈劈拍拍的先打了十多下。打完了,又用右手将他的左耳,尽力的扭住,说道:"我今天先扭死了你这小崽子再说!我问你,是《大清律例》上那一条的例,你家祖宗留下来的那一条家法,宠着媳妇儿,派娘的罪案？你老子宠媳灭妻，你还要宠妻灭母，你们倒是父是子！"说到这里，指着姨妈道："须知我娘家有人在这里，你们须灭我不得！"一面说，一面下死劲往大少爷耳朵上拧，拧得大少爷痛很了，不免两泪交流，又不敢分辩一句。幸得姨妈在旁边，竭力解劝，方才放手。大少爷仍旧屈膝低头跪着，一动也不敢动，从十点多钟跪起，足足跪到十二点钟。

小丫头来禀命开饭，苟太太点点头。一会儿先端出杯、筷、调羹、小碟之类，少奶奶也过来了。原来少奶奶一向和大少爷两个在自己房里另外开饭，苟才和太太、姨妈另在一所屋子里同吃。今天早起，少奶奶听了婆婆说他伏侍老太爷、老太太时，要站在后头伺候的，所以也要还他公婆这个规矩，吩咐丫头们打听，上头要开饭，赶来告诉。此刻得了信，赶着过来伺候，仍是和颜悦色的，见过姨妈、婆婆，便走近饭桌旁边，分派杯筷小碟，在怀里取出雪白的丝巾，一样样的擦过。苟太太大喝道："滚你妈的蛋！我这里用不着你在这里献假殷勤！"吓得少奶奶连忙垂手站立，没了主意。姨妈道："少奶奶先过去罢。等晚上太太气平了，再过来招呼罢。"少奶奶听说，便退了出来。

苟才今天闹过一会之后，就到差上去了。他每每早起到了差上，便不回来午饭，因此只有姨妈、苟太太两个带着小少爷同吃。及至开出饭来，大少爷仍是跪着。姨妈道："饶他起来吃饭去罢。我们在这里吃饭，边旁跪着个人，算甚么样子！"苟太太道："怕甚么！饿他一顿，未见得就饿死他！"姨妈道："旁边跪着个人，我实在吃不下去。"苟太太道："那么看姨妈的脸，放他起来罢。"姨妈忙接着道："那么快起来罢。"大少爷对苟太太磕了三个头，方才起来。又向姨妈叩谢了。苟太太道："要吃饭在我这里吃，不准你到那边去！"大少爷道："儿子这会还不饿，吃不下。"苟太太猛的把桌子一拍道："敢再给我赌气！"姨妈忙劝道："算了罢！吃不下，少吃一口儿。丫头，给大少爷端座过来。"大少爷只得坐下吃饭。

一时饭毕，大少爷仍不敢告退。苟太太却叫大丫头、老妈子们捡出一分被褥来，到姨妈的住房对过一间房里，铺设下来。姨妈也不知他是何用意。一天足足扣留住大少爷，不曾放宽一步。到了晚上九点钟时候，姨妈要睡觉了，他方才把大少爷亲自送到姨妈对过的房里，叫他从此之后，在这里睡。又叫人把夹弄门锁了，自己掌了钥匙。可怜一对小夫妻，成婚不及数月，从此便咫尺天涯了。

可巧这位大少爷，犯了个童子痨的毛病。这个毛病，说也奇怪，无论男女，当童子之时，一无所觉；及至男的娶了，或者女的嫁了，不过三五个月，那病就发作起来，任是甚么药都治不好，一定是要死的。并且差不多的医生,还看不出他的病源,回报不出他的病名来,不过单知道他是个痨病罢了。这位大少爷从小得了这个毛病,娶亲之后,久要发作,恰好这天当着一众丫头、仆妇、家人们,受了这一番挫辱,又活活的把一对热剌剌的恩爱夫妻拆开,这一夜睡到姨妈对过房里,便在枕上饮泣了一夜。到得下半夜,便觉得遍身潮热;及至天亮,要起来时,只觉头重脚轻,抬身不得,只得仍旧睡下。丫头们报与苟太太。苟太太还当他是假装的,不去理会他。姨妈来看过,说是真病了,苟太太还不在意。倒是姨妈不住过来问长问短,又叫人代他熬了两回稀饭,劝他吃下。足足耽误了一天。直到晚上十点多钟,苟才回来问起,亲到后面一看,只见他当真病了,周身上下,烧得就和火炭一般,不觉着急起来,立刻叫请医生,连夜诊了,连夜服药,足足忙了一夜。苟太太却行所无事,仍旧睡他的觉。

有话便长,无话便短。大少爷一病三月,从来没有退过烧。医生换过二三十个,非但不能愈病,并且日见消瘦。那苟太太仍然向少奶奶吹毛求疵,但遇了少奶奶过来,总是笑啼皆怒;又不准少奶奶到后头看病,一心一意,只要隔绝他小夫妻。究竟不知他是何用意,做书人未曾钻到他肚子里去看过,也不便妄作悬拟之词。只可怜那位少奶奶,日夕以眼泪洗面罢了。又过了几天,大少爷的病越发沉重,已经晕厥过两次。经姨妈几番求情,苟太太才允了,由得少奶奶到后头看病。少奶奶一看病情凶险,便暗地里哀求姨妈,求他在婆婆跟前再求一个天高地厚之恩,准他昼夜侍疾。姨妈应允,也不知费了多少唇舌,方才说得准了。从此又是一个来月,任凭少奶奶衣不解带,目不交睫,无奈大少爷寿元已尽,参术无灵,竟就呜呼哀哉了!

少奶奶伤心哀毁,自不必说。苟才痛子心切,也哭了两三天。惟有苟太太,虽是以头抢地的哭,那嘴里却还是骂人。苟才因是个卑幼之丧,不肯发讣成礼。谁知同寅当中,一人传十,十人传百,已经有许多人知道他遭了"丧明之痛"。及至明日,辕门抄上刻出了"苟某人请期服假数天",大家都知道他儿子病了半年,这一下更是通国皆知了,于是送奠礼的,送祭幛的,都纷纷来了。这是他遇了红点子,当了阔差使之故。若在数年以前,他在黑路上的时候,莫说死儿子,只怕死了爹娘,还没人理他呢。

闲话少提。且说苟才料理过一场丧事之后,又遇了一件意外之事。真是福无重至,祸不单行!你道遇了一件甚么事?原来京城里面有一位都老爷,是南边人。这年春上,曾经请假回籍省亲,在江南一带,很采了些舆论,察得江南军政、财政两项,都腐败不堪,回京销假之后,便参了一本,军政参了十八款,财政参了十二款。奉旨派了钦差,驰驿到江南查办。钦差到了南京,照例按着所参各员,咨行总督,一律先行撤差、撤任,听候查办。苟才恰在先行撤差之列。他自入仕途以来，只会耍牌子，讲应酬，至于这等风险，却向来没有经过。这回碰了这件事情，犹如当头打了个闷雷一般，吓得他魂不附体！幸而不在看管之列，躲在公馆里，如坐针毡一般，没了主意。

一连过了三四天，才想起一个人来。你道这人是谁？是一个候补州同，现当着督辕文巡捕的，姓解，号叫芬臣。这个人向来与苟才要好。芬臣是个极活动的人，大凡省里当着大差的道府大人们，他没有一个不拉拢的，苟才自然也在拉拢之列。苟才却因他是个巡捕，乐得亲近亲近他，四面消息都可以灵通点。这回却因芬臣足智多谋，机变百出，而且交游极广，托他或有法子好想。定了主意，等到约莫散辕之后，便到芬臣公馆里，将来意说知。芬臣道："大人来得正好。卑职正要代某大人去斡旋这件事，就可以顺便带着办了，但是这里头总得要点缀点缀。"苟才道："这个自然。但不知道要多少？"芬臣道："他们也是看货要价的：一、看官阶大小；二、看原参的轻重；三、他们也查访差缺的肥瘠。"苟才道："如此，一切费心了。"说罢辞去。

从此之后，苟才便一心一意，重托了解芬臣，到底化了几万银子，把个功名保全了。从此和芬臣更成知己。只是功名虽然保全，差事到底撤了。他一向手笔大，不解理财之法，今番再干掉了几万，虽不至于像从前吃尽当光光景，然而不免有点外强中干了。所以等到事情平静以后，苟才便天天和解芬臣在一起，钉着他想法子弄差使。芬臣道："这个时候最难。合城官经了一番大调动，为日未久，就是那钦差临行时交了两个条子，至今也还想不出一个安插之法，这是一层；第二层是最标致、最得宠的五姨太太，前天死了。"苟才惊道："怎么外面一点信息没有？是几时死的？"芬臣道："大人千万不要提起这件事。老师就恐怕人家和他举动起来，所以一概不叫知道。前天过去了，昨天晚上盛的殓。在花园里那竹林子旁边，盖一个小房子停放着，也不抬出来，就是恐怕人知的意思。为了此事，他心上正自烦恼，昨天今天，连客也没会，不要说没有机会，就是有机会，也碰不进去。"苟才道："我也不急在一时，不过能够快点得个差使，面子上好看点罢了。"又问："这五姨太太生得怎么个脸蛋？老师共有几房姨太太？何以单单宠他？"芬臣道："姨太太共是六位。那五姨太太，其实他没有大不了的姿色，我看也不过'情人眼里出西施'罢了，不过有个人情在里面。"苟才道："有甚人情？"芬臣道："这位五姨太太是现任广东藩台鲁大人送的。那时候老师做两广，鲁大人是广西候补府。自从送了这位姨太太之后，便官运亨通起来，一帆风顺，直到此刻地位。"苟才听了，默默如有所思。闲谈一会，便起身告辞。

回到公馆，苟太太正在那里骂媳妇呢。骂道："你这个小贱人，命带扫帚星！进门不到一年，先扫死了丈夫，再把公公的差使扫掉了！"刚刚骂到这里，苟才回来，接口道："算了罢！这一案南京城里撤差的，单是道班的也七八个。全案算起来，有三四十人。难道都讨了命带扫帚星的媳妇么？"苟太太道："没有他，我没得好赖；有了他，我就要赖他！"苟才也不再多说，由他骂去。到了晚上，夫妻两个，切切私议了一夜。

次日是辕期。苟才照例上辕，却先找着了芬臣，和他说道："今日一点钟，我具了个小东，叫个小船，喝口酒去。你我之外，并不请第三个人。在问柳（酒店名）下船。我也不客气，不具帖子了。"芬臣听说，知道他有机密事，点头答应。到了散辕之后，便回公馆，胡乱吃点饭，便坐轿子到问柳去。进得门来，苟才先已在那里，便起来招呼，一同在后面下船。把自己带来的家人留下，道："你和解老爷的管家，都在这里伺候罢，不用跟来了。解老爷管家，怕没吃饭，就在这里叫饭叫菜请他吃，可别走开。"说罢，挽了芬臣，一同跨上船去。酒菜自有伙食船跟去。苟才吩咐船家，就近点把船放到夫子庙对岸那棵柳树底下停着。芬臣心中暗想，是何机密大事，要跑到那人走不到的地方去。正是：要从地僻人稀处，设出神机鬼械谋。未知苟才邀了芬臣，有何秘密事情商量，且待下回再记。

劝堕节翁姑齐屈膝　谐好事媒妁得甜头

当下苟才一面叫船上人剪好烟灯，通好烟枪，和芬臣两个对躺下来，先说些别样闲话。苟才的谈锋，本来没有一定，碰了他心事不宁的时候，就是和他相对终日，他也只默默无言；若是遇了他高兴头上，那就滔滔汩汩，词源不竭的了。他盘算了一天一夜，得了一个妙计，以为非但得差，就是得缺升官，也就是在此一举的了。今天邀了芬臣来，就是要商量一个行这妙法的线索。大凡一个人心里想到得意之处，虽是未曾成事，他那心中一定打算这件事情一成之后，便当如何布置，如何享用，如何酬恩，如何报怨，越想越远，就忘了这件事未曾成功，好像已经成了功的一般。世上痴人，每每如此，也不必细细表他。

单表苟才原是痴人一流。他的心中，此时已经无限得意，因此对着芬臣，东拉西扯，无话不谈。芬臣见他说了半天，仍然不曾说到正题上去，忍耐不住，因问道："大人今天约到此地，想是有甚正事赐教？"苟才道："正是。我是有一件事要和阁下商量，务乞助我一臂之力，将来一定重重的酬谢！"芬臣道："大人委办的事，倘是卑职办得到的，无有不尽力报效。此刻事情还没办，又何必先说酬谢呢？先请示是一件甚么事情。"苟才便附到他耳边去，如此这般的说了一遍。

芬臣听了，心中暗暗佩服他的法子想得到。这件事如果办成了功，不到两三年，说不定也陈臬开藩的了。因说道："事情是一件好事，不知大人可曾预备了人？"苟才道："不预备了，怎好冒昧奉托！"又附着耳，悄悄的说了几句。又道："咱们是骨肉至亲，所以直说了，千万不要告诉外人！"芬臣道："卑职自当效力。但恐怕卑职一个人办不过来，不免还要走内线。"苟才道："只求事情成功，但凭大才调度就是了。"芬臣见他不省，只得直说道："走了内线，恐怕不免要多少点缀些。虽然用不着也说不定，但卑职不能不声明在前。"苟才道："这个自然是不可少的，从来说'欲成大事者，不惜小费'啊。"两人谈完了这一段正事，苟才便叫把酒菜拿上来。两个人一面对酌，一面谈天，倒是一个静局。等饮到兴尽，已是四点多钟，两个又叫船户，仍放到问柳登岸。苟才再三叮嘱，务乞鼎力，一有好消息，望即刻给我个信。芬臣一一答应，方才各自上轿分路而别。

苟才回到公馆，心中上下打算，一会儿又想发作，一会儿又想到万一芬臣办不到，我这里冒冒失失的发作了，将来难以为情，不如且忍耐一两天再说。从这天起，他便如油锅上蚂蚁一般，行坐不安。一连两天，不见芬臣消息，便以上辕为由，去找芬臣探问。芬臣让他到巡捕处坐下，悄悄说道："卑职再三想过，我们倒底说不上去，无奈去找了小跟班祁福。祁福是天天在身边的，说起来希冀容易点。谁知那小子不受抬举，他说是包可以成功，但是他要三千银子，方才肯说。"苟才听了，不觉一棱，慢慢的说道："少点呢，未尝不可以答应他；太多了，我如何拿得出！就是七拼八凑给了他，我的日子又怎生过呢！不如就费老哥的心，简直的说上去罢。"芬臣道："大人的事，卑职那有个不尽心之理？并且事成之后，大人步步高升，扶摇直上，还望大人栽培呢！但是我们说上去，得成功最好；万一碰了，连弯都没得转，岂不是弄僵了么？还是他们帮忙容易点，就是一下子碰了，他们意有所图，不消大人吩咐，他们自会想法子再说上去。卑职这两天所以不给大人回信的缘故，就因和那小子商量少点，无奈他丝毫不肯退让。到底怎样办法，请大人的示。在卑职愚见，是不可惜这个小费，恐怕反误了大事。"苟才听了，默默寻思了一会道："既如此，就答应了他罢。但必要事情成了，赏收了，才能给他呢。"芬臣道："这个自然。"苟才便辞了回去。

又等了两天，接到芬臣一封密信，说"事情已妥，帅座已经首肯。惟事不宜迟,因帅意急欲得人,以慰岑寂也"云云。苟才得信大喜,便匆匆回了个信,略谓"此等事亦当择一黄道吉日,况置办奁具等,亦略须时日,当于十天之内办妥"云云。打发去后,便到上房来,径到卧室里去,招呼苟太太也到屋子里,悄悄的说道:"外头是弄妥了,此刻赶紧要说破。但是一层,必要依我的办法,方才妥当,万万不能用强的。你可千万牢记了我的说话,不要又动起火来,那就僵了。"苟太太道:"这个我知道。"便叫小丫头去请少奶奶来。

一会儿,少奶奶来了,照常请安侍立。苟太太无中生有的找些闲话来说两句,一面支使开小丫头。再说不到几句话,自己也走出房外去了。房中只剩了翁媳二人。苟才忽然问立起来,对着少奶奶双膝跪下。这一下子,把个少奶奶吓的昏了!不知是何事故,自己跪下也不是,站着又不是,走开又不是,当了面又不是,背转身又不是,又说不出一句话来。苟才更磕下头去道:"贤媳,求你救我一命!"少奶奶见此情形,猛然想起,莫非他不怀好意,要学那"新台故事"?想到这里,心中十分着急。要想走出去,怎奈他跪在当路。在他身边走过时,万一被他缠住,岂不是更不成事体!急到无可如何,便颤声叫了一声婆婆。苟太太本在门外,并未远去,听得叫,便一步跨了进去。大少奶奶正要说话,谁知他进得门来,翻身把门关上,走到苟才身边,也对着少奶奶扑咚一声双膝跪下。少奶奶又是一惊,这才忙忙对跪下来道:"公公婆婆有甚么事,快请起来说。"苟太太道:"没有甚么话,只求贤媳救我两个的命!"少奶奶道:"公公婆婆有甚差事,只管吩咐。快请起来!这总不成个样子!"苟才道:"求贤媳先答应了,肯救我一家性命,我两个才敢起来。"少奶奶道:"公公婆婆的命令,媳妇怎敢不遵!"苟才夫妇两个,方才站了起来。苟太太一面搀起了少奶奶,捺他坐下。苟才也凑近一步坐下,倒弄得少奶奶蹋躇不安起来。

苟才道:"自从你男人得病之后,迁延了半年,医药之费,化了几千。得他好了倒也罢了,无奈又死了。唉!难为贤媳青年守寡!但得我差使好呢,倒也不必说他了,无端的又把差使弄掉。我有差使的时候,已是寅支卯粮的了。此刻没了差使才得几个月,已经弄得百孔千疮,背了一身亏累。家中亲丁虽然不多,然而穷苦亲戚弄了一大窝子,这是贤媳知道的。你说再没差使,叫我以后的日子怎生过得?所以求贤媳救我一救!"少奶奶当是一件甚么事,苟才说话时,便拉长了耳朵去听。听他说头一段自己丈夫病死的话,不觉扑簌簌的泪落不止;听他说到诉穷一段,觉得莫名其妙,自己一家人,何以忽然诉起穷来!听到末后一段,心里觉得奇怪,莫不是要我代他谋差使?这件事我如何会办呢!听完了便道:"媳妇一个弱女子,能办得了甚么事？就是办得到的，也要公公说出个办法来，媳妇才可以照办。"

苟才向婆子丢个眼色。苟太太会意，走近少奶奶身边，猝然把少奶奶捺住。苟才正对了少奶奶，又跪下去。吓得少奶奶要起身时，却早被苟太太捺住了。况且苟太太也顺势跪下，两只手抱住了少奶奶双膝。苟才却摘下帽子，放在地下，碰了三个响头。原来本朝制度，见了皇帝，是要免冠叩首的。所以在旗的仕宦人家，遇了元旦祭祖，也免冠叩首，以表敬意。除此之外，随便对了甚么人，也没有行这个大礼的。所以当下少奶奶一见如此，自己又动弹不得，便颤声道："公公这是甚么事？可不要折死儿媳啊！"苟才道："我此刻明告诉了媳妇，望媳妇大发慈悲，救我一救！这件事除了媳妇，没有第二个可做的。"少奶奶急道："你两位老人家怎样啊？那怕要媳妇死，媳妇也去死，媳妇就遵命去死就是了！总得要起来好好的说啊。"苟才仍是跪着不动道："这里的大帅，前个月没了个姨太太，心中十分不乐。常对人说，怎生再得一个佳人，方才快活。我想媳妇生就的沉鱼落雁之容，闭月羞花之貌，大帅见了，一定欢喜的。所以我前两天托人对大帅说定，将媳妇送去给他做了姨太太。大帅已经答应下来，务乞媳妇屈节顺从，这便是救我一家性命了。"

少奶奶听了这几句话，犹如天雷击顶一般，头上轰的响了一声，两眼顿时漆黑，身子冷了半截，四肢登时麻木起来。歇了半晌方定，不觉抽抽咽咽的哭起来。苟才还只在地下磕头。少奶奶起先见两老对他下跪，心中着实惊慌不安，及至听了这话，倒不以为意了。苟才只管磕头，少奶奶只管哭，犹如没有看见一般。苟太太扶着少奶奶的双膝劝道："媳妇不要伤心。求你看我死儿子的脸，委屈点，救我们一家，便是我那死儿子，在地底下也感激你的大恩啊！"少奶奶听到这里，索性放声大哭起来。一面哭，一面说："天啊！我的命好苦啊！爸爸啊！你撇得我好苦啊！"苟才听了，在地下又碰起头来，双眼垂泪道："媳妇啊！这件事办的原是我的不是。但是此刻已经说了上去，万难挽回的了。无论怎样，总求媳妇委屈点，将就下去。"

此时少奶奶哭诉之声，早被门外的丫头老妈子听见，推了推房门，是关着的，只得都伏在窗外偷听。有个寻着窗缝往里张的，看见少奶奶坐着，老爷、太太都跪着，不觉好笑，暗暗招手，叫别个来看。内中有个有年纪的老妈子，恐怕是闹了甚么事，便到后头去请姨妈出来解劝。姨妈听说，也莫名其妙，只得跟到前面来，叩了叩门道："妹妹开门！甚么事啊？"苟太太听得是姨妈声音，便起来开门。苟才也只得站了起来。少奶奶兀自哭个不止。姨妈跨进来便问道："你们这是唱的甚么戏啊？"苟太太一面仍关上门，一面请姨妈坐下，一面如此这般，这般如此的告诉了一遍。又道："这都是天杀的在外头干下来的事,我一点也不晓得。我要是早点知道,那里肯由得他去干!此刻事已如此,只有委屈我的媳妇就是了。"姨妈沉吟道:"这件事怕不是我们做官人家所做的罢。"苟才道:"我岂不知道!但是一时糊涂,已经做了出去,如果媳妇一定不答应,那就不好说了。大人先生的事情,岂可以和他取笑!答应了他,送不出人来,万一他动了气,说我拿他开心,做上司的要抓我们的错处容易得很,不难栽上一个罪名,拿来参了,那才糟糕到底呢!"说着,叹了一口气。姨妈看见房门关着,便道:"你们真干的好事!大白天的把个房门关上,好看呢!"苟太太听说,便开了房门。当下四个人相对,默默无言。丫头们便进来伺候,装烟啬茶。少奶奶看见开了门,站起来只向姨妈告辞了一声,便扬长的去了。

苟太太对苟才道:"干他不下来,这便怎样?"苟才道:"还得请姨妈去劝劝他,他向来听姨妈说话的。"说罢,向姨妈请了一个安道:"诸事拜托了。"姨妈道:"你们干得好事,却要我去劝!这是各人的志向,如果他立志不肯,又怎样呢?我可不担这个干系。"苟才道:"这件事,他如果一定不肯,认真于我功名有碍的。还得姨妈费心。我此刻出去,还有别的事呢。"说罢,便叫预备轿子,一面又央及了姨妈几句。姨妈只得答应了。苟才便出来上轿,吩咐到票号里去。

且说这票号生意,专代人家汇划银钱及寄顿银钱的。凡是这些票号,都是西帮所开。这里头的人最是势利,只要你有二钱银子存在他那里,他见了你时,便老爷唎、大人唎,叫得应天响;你若是欠上他一厘银子,他向你讨起来,你没得还他,看他那副面目,就是你反叫他老爷、大人,他也不理你呢。当时苟才虽说是撤了差穷了,然而还有几百两银子存在一家票号里。这天前去,本是要和他别有商量的。票号里的当手姓多,叫多祝三,见苟才到了,便亲自迎了出来,让到客座里请坐。一面招呼烟茶,一面说:"大人好几天没请过来了,公事忙?"苟才道:"差也撤了,还忙甚么,穷忙罢唎。"多祝三道:"这是那里的话!看你老人家的气色,红光满面,还怕不马上就有差使,不定还放缺呢。小号这里总得求大人照应照应。"

苟才道:"咱们不说闲话。我今日来要和你商量,借一万两银子。利息呢,一分也罢,八厘也罢。左右我半年之内,就要还的。"多祝三道:"小号的钱,大人要用,只管拿去好了,还甚么利不利。但是上前天才把今年派着的外国赔款,垫解到上海,今天又承解了一笔京款,藩台那边的存款又提了好些去,一时之间,恐怕调动不转呢。"苟才道:"你是知道我的,向来不肯乱花钱。头回存在宝号的几万,不是为这个功名,甚么查办不查办,我也不至于尽情提了去,只剩得几百零头,今天也不必和你商量了。因为我的一个丫头，要送给大帅做姨太太，由文巡厅解芬臣解大老爷做的媒人，一切都说妥了。你想给大帅的，与给别人的又自不同。咱们老实的话，我也望他进去之后，和我做一个内线，所以这一分妆奁，是万不能不从丰的。我打算赔个二万，无奈自己只有一万，才来和你商量。宝号既然不便，我到别处张罗就是了。"苟才说这番话时，祝三已拉长了耳朵去听。听完，忙道："不，因为这两天，东家派了一个伙计来查帐。大人的明见，做晚的虽然在这里当手，然而他是东家特派来的人，既在这里，做晚的凡事不能不和他商量商量。他此刻出去了，等他回来，做晚的和他说一声，先尽了我的道理，想来总可以办得到的。办到了，给大人送来。"苟才道："那么，行不行你给我一个回信，好待我到别处去张罗。"祝三一连答应了无数的"是"字，苟才自上轿回去。那多祝三送过苟才之后，也坐了轿子，飞忙到解芬臣公馆里来。

原来那解芬臣自受了苟才所托之后，不过没有机会进言，何尝托甚么小跟班？不过遇了他来讨回信，顺口把这句话搪塞他，也就顺便诈他几文用用罢了。在芬臣当日，不过诈得着最好，诈不着也就罢了。谁知苟才那厮，心急如焚，一诈就着。芬臣越发上紧，因为办成了，可以捞他三千，又是小跟班扛的名气，自己又还送了个交情，所以日夕在那里体察动静。

那天，他正到签押房里要回公事，才揭起门帘，只见大帅拿一张纸片往桌子上一丢，重重的叹了一口气。芬臣回公事时，便偷眼去瞧那纸片。原来不是别的，正是那死了的五姨太太的照片儿。芬臣心中暗喜，回过了公事，仍旧垂手站立。大帅道："还有甚么事？"芬臣道："苟道苟某人，他听说五姨太太过了，很代大帅伤心。因为大帅不叫外人知道，所以不敢说起。"大帅拿眼睛看了芬臣一眼，道："那也值得一回？"芬臣道："苟道还说，已经替大帅物色着一个人，因为未曾请示，不敢冒昧送进来。"大帅道："这倒费他的心。但不知生得怎样？"芬臣道："倘不是绝色的，苟道未必在心。"这位大帅，本是个色中饿鬼，上房里的大丫头，凡是稍为生得干净点的，他总有点不干净的事干下去，此刻听得是个绝色，如何不欢喜？便道："那么你和他说，叫他送进来就是了。"芬臣应了两个"是"字，退了出去，便给信与苟才。

此时正在盘算那三千头，可以稳到手了。正在出神之际，忽然家人报说，票号里的多老办来了，芬臣便出去会他。先说了几句照例的套话，祝三便说道："听说解老爷代大帅做了个好媒人。这媒人做得好，将来姨太太对了大帅的劲儿，媒人也要有好处的呢。我看谢媒的礼，少不了一个缺。应得先给解老爷道个喜。"说罢，连连作揖。芬臣听了，吃了一惊，一面还礼不迭，一面暗想，这件事除了我和大帅及苟观察之外，再没有第四个人知道。

我回这话时,并且旁边的家人也没有一个,他却从何得知呢?因问道:"你在那里听来的?好快的消息!"祝三道:"姨太太还是苟大人那边的人呢,如何瞒得了我!"芬臣是个极机警的人,一闻此语,早已了然胸中。因说道:"我是媒人,尚且可望得缺,苟大人应该怎样呢?你和苟大人道了喜没有?"祝三道:"没有呢。因为解老爷这边顺路,所以先到这边来。"芬臣正色道:"苟大人这回只怕官运通了。前回的参案参他不动,此刻又遇了这么个机会。那女子长得实在好,大帅一定得意的。"祝三听了,敷衍了几句,辞了出来,坐上轿子,飞也似的回到号里,打了一张一万两的票子,亲自送给苟才。正是:奸刁市侩眼一孔,势利人情纸半张。未知祝三送了银票与苟才之后,还有何事,且待下回再记。

舌剑唇枪难回节烈　忿深怨绝顿改坚贞

南京地方辽阔。苟才接得芬臣的信,已是中午时候,在家里胡闹了半天,才到票号里去。多祝三再到芬臣处转了一转,又回号里打票子,再赶到苟才公馆,已是掌灯时候了。苟才回到家中,先向婆子问:"劝得怎样了?"苟太太摇摇头。苟才道:"可对姨妈说,今天晚上起,请他把铺盖搬到那边去,一则晚上劝劝他;二则要防到他有甚意外。"苟太太此时,自是千依百顺,连忙请姨妈来,悄悄说知。姨妈自无不依之理。

苟才正在安排一切,家人报说票号里多先生来了。苟才连忙出来会他。祝三一见面,就连连作揖道:"耽误了大人的事,十分抱歉!我们那伙计方才回来,做晚的就忙着和他商量大人这边的事。大人猜,我们那伙计说甚么来?"苟才道:"不过不肯信付我们这背时的人罢了。"祝三拍手道:"正是,大人猜着了也!做晚的倒很很儿给他埋怨一顿,说:'亏你是一号的当手,眼睛也没生好!像苟大人那种主儿,咱们求他用钱,还怕苟大人不肯用;此刻苟大人亲自赏光,你还要活活的把一个主儿推出去!就是现的垫空了,咱们那里调不动万把银子?还不赶着给苟大人送去!'大人,你老人家替我想想,做晚的不过小心点待他,倒反受了他的一阵埋怨,这不是冤枉吗!做晚的并没有丝毫不放心大人的意思,这是大人可以谅我的。下回如果大人驾到小号,见着了他,还得请大人代做晚的表白表白。"说罢,在怀里掏出一个洋皮夹子,在里面取出一张票子来,双手递与苟才道:"这是一万两,请大人先收了。如果再要用时,再由小号里送过来。"

苟才道："这个我用不着,请你先拿了回去罢。"祝三吃了一惊,道："想大人已经向别家用了?"苟才道："并不。"祝三道："那么还是请大人赏用了,左右谁家的都是一样用。"苟才道："我用这个钱,并不是今天一下子就要用一万,是要来置备东西用的。三千一处也不定,二千一处也不定,就是几百一处、几十一处,都是论不定的。你给我这一张整票子,明天还是要到你那边打散,何必多此一举呢?"祝三道："是,是,是,这是做晚的糊涂。请大人的示,要用多少一张的? 或者开个横单子下来,做晚的好去照办。"苟才道："这个那里论得定?"祝三道："这样罢,做晚的回去,送一分三联支票过来罢,大人要用多少支多少,这就便当了。"苟才道："我起意是要这样办,你却要推三阻四的,所以我就没脸说下去了。"祝三道："大人说这是那里话来! 大人不怪小人错,准定就照那么办。明天一早,再送过来就是了。"苟才点头答应,祝三便自去了。

苟才回到上房,恰好是开饭时候,却不见姨妈。苟才问起时,才知道在那边陪少奶奶吃去了。原来少奶奶当日本是夫妻同吃的。自从苟太太拆散他夫妻之后,便只有少奶奶一个人独吃。那时候,已是早一顿、迟一顿的了。到后来大少爷死了,更是冷一顿、热一顿,甚至有不能下箸的时候。少奶奶却从来没过半句怨言,甘之若素。却从苟才起了不良之心之后,忽然改了观。管厨房的老妈,每天还过来请示吃甚么菜。少奶奶也不过如此。这天中上,闹了事之后,少奶奶一直在房里嘤嘤啜泣。姨妈坐在旁边,劝了一天。等到开出饭来,丫头过来请用饭。少奶奶说："不吃了,收去罢。"姨妈道："我在这里陪少奶奶呢,快请过来用点。"少奶奶道："我委实吃不下,姨妈请用罢。"姨妈一定不依,劝死劝活,才劝得他用茶泡了一口饭,勉强咽下去。饭后,姨妈又复百般劝慰。

今天一天,姨妈所劝的话,无非是埋怨苟才夫妻岂有此理的话,绝不敢提到劝他依从的一句。直到晚饭之后,少奶奶的哭慢慢停住了。姨妈才渐渐入起毂来,说道："我们这个妹夫,实在是个糊涂虫! 娶了你这么个贤德媳妇,在明白点的人,岂有不疼爱得和自己女儿一般的? 却在外头去干下这没天理的事情来! 亏他有脸,当面说得出! 我那妹子呢,更不用说,平常甚么规矩咧、礼节咧,一天到晚闹不清楚,我看他向来没有把好脸色给媳妇瞧一瞧。他男人要干这没天理的事情,他就帮着腔,也柔声下气起来了。"少奶奶道："岂但柔声下气,今天不是姨妈来救我,几乎把我活活的急死了! 他两老还双双的跪在地下呢! 公公还摘下小帽,咯嘣咯嘣的碰头。"姨妈听了笑道："只要你点一点头,便是他的宪太太了,再多碰几个,也受得他起。"少奶奶道："姨妈不要取笑。这等事,岂是我们这等人家做出来的!"

姨妈道："啊唷！不要说起！越是官宦人家，规矩越严，内里头的笑话越多。我还是小时候听说的，苏州一家甚么人家，上代也是甚么状元宰相，家里秀才举人，几几乎数不过来。有一天，报到他家的大少爷点了探花了，家中自然欢喜热闹，开发报子赏钱，忙个不了。谁知这个当刻，家人又来报，三少奶奶跟马夫逃走了。你想，这不是做官人家的故事？直到前几年，那位大少爷早就扶摇直上，做了军机大臣。那位三少奶奶，年纪也大了，买了七八个女儿，在山塘灯船上当老鸨，口口声声还说我是某家的少奶奶；军机大臣某人，是我的大伯爷。有个人在外面这样胡闹，他家里做官的还是做官。如今晚儿的世界，是只能看外面，不能问底子的了。"少奶奶道："这是看各人的志气，不能拿人家来讲的。"姨妈道："天唷！天底下有几个及得来我的少奶奶的！唷！老天爷也实在糊涂！越是好人，他越给他磨折得利害！像少奶奶这么个人，长得又好，脾气又好，规矩、礼法、女红、活计，那一样输给人家？真正是谁见谁爱，谁见谁疼的了。却碰了我妹子那么个糊涂蛋的婆婆，一年到晚，我看你受的那些委屈，我也不知陪你淌了多少眼泪！他们索性顽出这个把戏来了！少奶奶啊，方才我替你打算过来，不知你这一辈子的人怎么过呢！他们在外头丧良心、没天理的干出这件事来。我听说已经把你的小照送给制台看过，又求了制台身边的人上去回过，制台点了头，并且交代早晚就要送进去的，这件事就算已经成功的了。少奶奶却依着正大道理做事，不依从他，这个自是神人共敬的。但是你公公这一下子交不出人来，这个钉子怕不碰得他头破血流！如今晚儿做官的，那里还讲甚么能耐，讲甚么才情？会拉拢、会花钱就是能耐，会巴结就是才情。你向来不来拉拢，不来巴结，倒也罢了；拉拢上了，巴结上了，却叫他落一个空，晓得他动的是甚么气！不要说是差缺永远没望，说不定还要干掉他的功名。他的功名干掉了，是他的自作自受，极应该的。少奶奶啊，这可是苦了你了！他功名干掉了，差使不能当了，人家是穷的，这里没面子再住了，少不得要回旗去。咱们是京旗，一到了京里，离你的娘家更远了。你婆婆的脾气，是你知道的，不必再说了；到了那时候，说起来，公公好好的功名，全是给你干掉的，你这一辈子的磨折，只怕到死还受不尽呢！"说着，便淌下泪来。少奶奶道："关到名节上的事情，就是死也不怕，何况受点折磨？"姨妈道："能死得去倒也罢了，只怕死不去呢！老实对你说，我到这里陪你，就是要监守住你，防到你有三长两短的意思。你想，我手里的几千银子，被他们用了，到此刻不曾还我，他委托我一点事情，我那里敢不尽心！你又从何死起？唉！总是运气的原故。你们这件事闹翻了，他们穷了，又是终年的闹饥荒，连我养老的几吊棺材本，只怕从此拉倒了。这才是'城门失火,殃及池鱼'呢!"

少奶奶听了这些话,只是默默无言。姨妈又道:"我呢,大半辈子的人了,就是没了这几吊养老本钱,好在有他们养活着我。我死了下来,这几根骨头,怕他们不替我收拾!"说到这里,也淌下眼泪来。又道:"只是苦了少奶奶,年纪轻轻的,又没生下一男半女,将来谁是可靠的?你看那小子(指小少爷也),已经长到十二岁了,一本《中庸》还没念到一半,又顽皮又笨,那里像个有出息的样子!将来还望他来顾嫂嫂?"说到这里,少奶奶也抽抽咽咽的哭了。姨妈道:"少奶奶,这是你一辈子的事,你自己过细想想看。"当时夜色已深,大众安排睡觉。一宵晚景休题。

且说次日,苟才起来,梳洗已毕,便到书房里找出一个小小的文具箱,用钥匙开了锁,翻腾了许久,翻出一个小包、一个纸卷儿,拿到上房里来。先把那小包递给婆子道:"这一包东西,是我从前引见的时候,在京城里同仁堂买的。你可交给姨妈,叫他吃晚饭时候,随便酒里茶里,弄些下去,叫他吃了。"说罢,又附耳悄悄的说了那功用。苟太太道:"怪道呢!怨不得一天到晚在外头胡闹,原来是备了这些东西。"苟才道:"你不要这么大惊小怪,这回也算得着了正用。"说罢,又把那纸卷儿递过去道:"这东西也交代姨妈,叫他放在一个容易看见的地方。左右姨妈能说能话,叫他随机应变罢了。"苟太太接过纸卷,要打开看看,才开了一开,便涨红了脸,把东西一丢道:"老不要脸的!那里弄了这东西?"苟才道:"你那里知道!大凡官照、札子、银票等要紧东西里头,必要放了这个,作为镇压之用。凡我们做官的人,是个个备有这样东西的。"苟太太也不多辩论,先把东西收下。觑个便,邀了姨妈过来,和他细细说知,把东西交给他。姨妈一一领会。

这一天,苟才在外头置备了二三千银子的衣服首饰之类,作为妆奁。到得晚饭时,姨妈便蹑手蹑脚,把那小包子里的混帐东西,放些在茶里面。饭后仍和昨天一般,用一番说话去旁敲侧击。少奶奶自觉得神思昏昏,老早就睡下了。姨妈觑个便,悄悄的把那一个小纸卷儿,放在少奶奶的梳妆抽屉里。这一夜,少奶奶竟没有好好的睡,翻来覆去,短叹长吁,直到天亮,只觉得人神困倦。盥洗已毕,临镜理妆,猛然在梳妆抽屉里看见一个纸卷儿,打开一看,只羞得满脸通红,连忙卷起来。草草梳妆已毕,终日纳闷。姨妈又故意在旁边说些今日打听得制军如何催逼,苟才如何焦急等说话,翻来覆去的说了又说。到了晚上,又如法泡制,给他点混帐东西吃下。自己又故意吃两钟酒,借着点酒意,厚着脸面,说些不相干的话。又说:"这件事,我也望少奶奶到底不要依从。万一依从了,我们要再见一面,就难上加难了。做了制台的姨太太,只怕候补道的老太太还不及他的威风呢。何况我们穷亲戚,要求见一面,自然难上加难了。"少奶奶只不做声。如此一连四五天,苟才的妆奁也办好了,芬臣也来催过两次了。

姨妈看见这两天少奶奶不言不语,似乎有点转机了,便出来和苟太太说知,如此如此。苟太太告诉了苟才。苟才立刻和婆子两个过来,也不再讲甚么规矩,也不避甚么丫头老妈,夫妻两个,直走到少奶奶房里,双双跪下。吓得少奶奶也只好陪着跪下,嘴里说道:"公公婆婆,快点请起,有话好说。"苟才双眼垂泪道:"媳妇啊!这两天里头叫人家逼死我了!我托了人和制台说成功了,制台就要人,天天逼着那代我说的人。他交不出人,只得来逼我。这个是要活活逼死我的了!'救人一命,胜造七级浮屠',望媳妇大发慈悲罢!"

少奶奶到了此时,真是无可如何,只得说道:"公公婆婆,且先请起,凡事都可以从长计议。"苟才夫妇方才起来。姨妈便连忙来搀少奶奶起来,一同坐下。苟才先说道:"这件事本来是我错在前头,此刻悔也来不及了。古人说的:'一失足成千古恨,再回头是百年身。'我也明知道对不住人,但是叫我也无法补救。"少奶奶道:"媳妇从小就知妇人从一而终的大义,所以自从寡居以后,便立志守节终身。况且这个也无须立志的,做妇人的规矩,本是这样,原是一件照例之事。却不料变生意外!"说到这里,不说了。苟才站起来,便请了一个安道:"只望媳妇顺变达权,成全了我这件事。我苟氏生生世世,不忘大恩!"少奶奶掩面大哭道:"只是我的天唷!"说着,便大放悲声。姨妈连忙过来解劝。苟太太一面和他拍着背,一面说道:"少奶奶别哭,恐怕哭坏了身子啊。"少奶奶听说,咬牙切齿的跺着脚道:"我此刻还是谁的少奶奶唷!"苟太太听了,也自觉得无味,要待发作他两句,无奈此时功名性命,都靠在他身上,只得忍气吞声,咽了一口气下去。少奶奶哭够多时,方才住哭,望着姨妈道:"我恨的父母生我不是个男子,凡事自己作不动主,只得听从人家摆布。此刻我也没有话说了,由得人家拿我怎样便怎样就是了。但是我再到别人家去,实在没脸再认是某人之女了。我爸爸死了,不用说他。我妈呢,苦守了几年,把我嫁了。我只有一个遗腹兄弟,常说长大起来,要靠亲戚照应的。我这一去,就和死了一样,我的娘家叫我交付给谁?我是死也张着眼儿的!"苟才站起来,把腰子一挺道:"都是我的!"

少奶奶也不答话,站起来往外就走,走到大少爷的神主前面,自己把头上簪子拔了下来,把头一颠,头发都散了,一弯腰,坐在地下,放声大哭起来,一面哭,一面诉。这一哭,直是哭得一佛出世,二佛涅槃。任凭姨妈、丫头、老妈子苦苦相劝,如何劝得住,一口气便哭了两个时辰。哭得伤心过度了,忽然晕厥过去。吓的众人七手八脚,先把他抬到床上,掐人中,灌开水,灌姜汤，一泡子乱救，才救了过来。一醒了，便一咕噜趴起来坐着，叫声："姨妈，我此刻不伤心了。甚么三贞九烈，都是哄人的说话；甚么断鼻割耳，都是古人的呆气！唱一出戏出来，也要听戏的人懂得，那唱戏的才有精神，有意思。戏台下坐了一班又聋又瞎的，他还尽着在台上拼命的唱，不是个呆子么！叫他们预备香蜡，我要脱孝了。几时叫我进去，叫他们快快回我。"

苟才此时还在房外等候消息，听了这话，连忙走近门口，垂手道："宪太太再将息两天，等把哭的嗓子养好了，就好进去。"少奶奶道："哼！只要炖得浓浓儿的燕窝，吃上两顿就好了，还有工夫慢慢的将息！"苟太太在旁边，便一叠连声叫："快拣燕窝！要拣得干净，落了一根小毛毛儿在里头，你们小心抠眼睛、拶指头！"丫头们答应去了。这里姨妈招呼着和少奶奶重新梳裹已毕。少奶奶到大少爷神主前，行过四跪八肃礼，便脱去素服，换上绸衣，独自一个在那里傻笑。

过得一天，苟才便托芬臣上去请示。谁知那制台已是急得了不得，一听见请示，便说是："今天晚上抬了进来就完了，还请甚么，示甚么！"苟才得了信，这一天下午，便备了极丰盛的筵席，饯送宪太太。先是苟才，次是苟太太和姨妈，捱次把盏。宪太太此时乐得开怀畅饮，以待新欢。等到筵席将散时，已将交二炮时候。苟才重新起来，把了一盏。宪太太接杯在手，往桌上一搁道："从古用计，最利害的是'美人计'。你们要拿我去换差换缺，自然是一条妙计。但是你们知其一，不知其二。可知道古来祸水也是美人做的？我这回进去了，得了宠，哼！不是我说甚么……"苟才连忙接着道："总求宪太太栽培！"宪太太道："看着罢咧！碰了我高兴的时候，把这件事的始末，哭诉一遍，怕不断送你们一辈子！"说着，拿苟才把的一盏酒，一吸而尽。苟才听了这个话，犹如天雷击顶一般。苟太太早已当地跪下。姨妈连忙道："宪太太大人大量，断不至于如此，何况这里还答应招呼宪太太的令弟呢。"

原来苟才也防到宪太太到了衙门时，贞烈之性复起，弄出事情来，所以后来把那一盏酒，重重的和了些那混帐东西在里面。宪太太一口吸尽，慢慢的觉得心上有点与平日不同。勉强坐定了一回，双眼一饧，说道："酒也够了，东西也吃饱了，用不着吃饭。要我走，我就走罢！"说着，站起来，站不稳，重又坐下。姨妈忙道："可是醉了？"宪太太道："不，打轿子罢。"苟才便喝叫轿子打进来。苟太太还兀自跪在地下呢，宪太太早登舆去了，所有妆奁也纷纷跟着轿子抬去。这一去，有分教：宦海风涛惊起落，侯门显赫任铺张。不知后事如何，且待下回再记。

差池臭味郎舅成仇　巴结功深葭莩复合

苟才自从送了自己媳妇去做制台姨太太之后，因为他临行忽然有祸水出自美人之说，心中着实后悔。夫妻两个，互相埋怨。从此便怀了鬼胎，恐怕媳妇认真做弄手脚，那时候真是"赔了夫人又折兵"了。一会儿，又转念媳妇不是这等人，断不至于如此。只要媳妇不说穿了，大帅一定欢喜的，那就或差或缺，必不落空。如此一想，心中又快活起来。

次日，解芬臣又来说，那小跟班祁福要那三千头了。苟才本待要反悔，又恐怕内中多一个作梗的，只得打了三千票子，递给芬臣，说道："费心转交过去，并求转致前路，内中有甚消息，大帅还对劲不，随时给我个信。"芬臣道："这还有甚不对劲的！今天本是辕期，忽然止了辕。'九点钟时候，祁福到卑职那里要这个，卑职问他：'为甚么事止的辕？'祁福说：'并没有甚事，我也不知道为甚止辕的。'卑职又问：'大帅此刻做甚么?'祁福说：'在那里看新姨太太梳头呢。'大人的明见，想来就是为这件事止的辕了，还有不得意的么！"苟才听了，又是忧喜交集。

官场的事情，也真是有天没日，只要贿赂通了，甚么事都办得到的。不出十天，苟才早奉委了筹防局、牙厘局两个差使。苟才忙得又要谢委，又要拜客，又要到差，自以为从此一帆顺风，扶摇直上的了。却又恰好遇了苏州抚台要参江宁藩台的故事，苟才在旁边倒得了个署缺。这件事是个甚么原因？先要把苏州抚台的来历表白了，再好叙下文。

这苏州抚台姓叶，号叫伯芬，本是赫赫侯门的一位郡马。起先捐了个京职，在京里住过几年，学了一身的京油子气。他有一位大舅爷，是个京堂，倒是一位严正君子，每日做事，必写日记。那日记当中，提到他那位叶妹夫，便说他年轻而纨绔习气太重，除应酬外，乃一无所长，又性根未定，喜怒无常云云。伯芬的为人，也就可想而知了。他在京里住的厌烦了，大舅爷又不肯照应，他便忿忿出京，仗着一个部曹，要在外省谋差事。一位赫赫侯府郡马，自然有人照应，委了他一个军装局的会办。这军装局局面极阔，向来一个总办，一个会办，一个襄办，还有两个提调。总办向来是道台，便是会办、襄办也是个道台，就连两个提调都是府班的。他一个部曹，戴了个水晶顶子去当会办，比着那红蓝色的顶子，未免相形见绌。何况这局里的委员，蓝顶子的也很有两个，有甚么事聚会起来，如新年团拜之类，他总不免跼踏不安,人家也就看他不起。那总办,更是当他小孩子一般看待。伯芬在局里觉得难以自容,便收拾行李,请了个假,出门去了。

你道他往那里去来?原来他的大舅爷放了外国钦差,到外国去了,所以他也跟踪而去。以为在京时你不肯照应我罢了,此刻万里重洋的寻了去,虽然参赞、领事所不敢望,一个随员总要安置我的。谁知千辛万苦,寻到了外洋,访到中国钦差衙门,投了帖子进去,里面马上传出来请,伯芬便进去相见。钦差一见了他,行礼未完,便问道:"你来做甚么?"伯芬道:"特地来给大哥请安。"钦差道:"哼!万里重洋的,特地为了请安而来,头一句就是撒谎!"伯芬道:"顺便就在这里伺候大哥,有甚么差使,求赏一个。"钦差道:"亏你还是仕宦人家出身,怎么连这一点节目都不懂得!这钦差的随员,是在中国时逐名奏调的;等到了此地,还有前任移交下来的人员,应去应留,又须奏明在案。某人派某事,都要据实奏明的,你当是和中国督抚一般,可以随时调剂私人的么?"伯芬棱了半天,说不出话来。此时他带来的行李,早已纷纷发到,家人上来请钦差的示,放在那里。钦差道:"我这衙门里没地方放,由他搁过一边,回来等他找定了客店搬去。"伯芬听说,更觉棱了。钦差道:"我这里,一来地方小,住不下闲人;二来我定的例,早晚各处都要点名。早上点过名才开大门,晚上也点过名才关门,不许有半个闲人在衙门里面。所以你这回来了,就是门房里也住你不下,你可赶紧到外头去找地方。你是见机的,就附了原船回去;要是不知起倒,当作在中国候差委一般候着,我可不理的。这里浇裹又大,较之中国要顶到一百几十倍,你自己打算便了。我这里有公事,不能陪你,你去罢。"

伯芬无奈,只得退了出来,便拿片子去拜衙门里的各随员。谁知各随员都受了钦差严谕,不敢招呼,一个个都回出来说挡驾。伯芬此时急的要哭出来,又是悔,又是恨,又是恼,又是急,一时心中把酸咸苦辣都涌了上来。到了此地,人生路不熟,又不懂话,正不知如何是好。幸得带来的家人曾贵,和一个钦差大臣带来的二手厨子认得,由曾贵去央了那二手厨子出来,代他主仆两个,找定了一所客店,才把行李搬了过来住下。天天仍然到钦差衙门来求见,钦差只管不见他。到第三天去见时,那号房简直不代他传帖子了,说是:"递了上去就碰钉子,还责骂我们,说为甚不打出去。姑老爷,你何苦害我们捱骂呢!"伯芬听了,真是有苦无处诉。带来的盘费,看看用尽了,恰好那坐来的船,又要开到中国了,伯芬发了急,便写一封信给钦差,求他借盘缠回去。到了下午,钦差打发人送了回信来,却是两张三等舱的船票。

伯芬真是气得涨破了肚皮,只得忍辱受了。附了船仍回中国,便去销假，仍旧到他军装局的差。在老婆跟前，又不便把大舅子待自己的情形说出，更不敢露出忿恨之色，那心中却把大舅爷恨的犹如不共戴天一般。又因为局里众人看不起他是个部曹，好得他家里有的是钱，他老太爷做过两任广东知县，很刮了些广东地皮回家，便向家里搬这银子出来，去捐了个候补道，加了个二品顶戴，入京引过见，从此他的顶子也红了。人情势利，大抵如此。局里的人看见他头上换了颜色，也就不敢看他不起了。伯芬却是恨他大舅爷的心事，一天甚似一天。每每到睡不着觉时，便打算，我有了个道班做底子，怎样可以谋放缺，怎样可以升官，几年可以望到督抚，怎样设法可以调入军机。那时候，大舅爷的辫子自然在我手里，那时便可以如何报仇，如何雪恨了。每每如此胡思乱想，想到彻夜不寐。

他却又一面广交声气，凡是有个红点子的人，他无有不交结的。一天正在局子里闲坐，忽然家人送上一张帖子，说是赵大人来拜。原来这赵大人也是一个江南候补道，号叫啸存，这回进京引见，得了内记名出来。从前在京时，叶伯芬本来是相识的，这回出京路过上海，便来拜访。伯芬见了片子，连忙叫请。两人相见之下，照例寒暄几句，说些契阔的话。在赵啸存无非是照例应酬；在叶伯芬，看见赵啸存新得记名，便极力拉拢。等啸存去后，便连忙叫人到聚丰园定了座位，一面坐了马车去回拜啸存，当面约了明日聚丰园。及至回到局里，又连忙备了帖子，开了知单送去，啸存打了知字回来。

伯芬到了次日下午五点钟时，便到聚丰园去等候。他所请的，虽不止赵啸存一人，然而其余的人都是与这书上无干的，所以我也没工夫去记他的贵姓台甫了。客齐之后，伯芬把酒入席。坐席既定，伯芬便说，闷饮寡欢，不如叫两个局来谈谈。同席的人，自然都应允。只有啸存道："兄弟是个过路客，又是前天才到，意中实在无人。不啊，就请伯翁给我代一个罢。"

伯芬一想，自己只有两个人：一个是西荟芳陆藕舫，一个是东棋盘街吴小红。藕舫是一向有了交情的，誓海盟山，已有白头之约。并且藕舫又亲自到过伯芬公馆，叩见过叶太太。叶太太虽是满肚醋意，十分不高兴，面子上却还不十分露出来。倒是叶老太太十分要好，大约年老人欢喜打扮得好的，自己终年在公馆里，所见的无非丫头老妈，忽然来了个花枝招展的，自是高兴，因此和他十分亲热。这些闲话，表过不提。

且说伯芬当时暗想，吴小红到底是个么二，又只得十三岁，若荐给啸存，恐怕他不高兴。好在他是个过客，不多几天就要走的，不如把藕舫荐给他罢。想定了主意，便提笔写了局票发出去。一会儿各人的局，陆续来了。陆藕舫来到，伯芬指给啸存。啸存一见，十分赏识，赞不绝口。伯芬又使个眼色给蘅舫,叫他不要转局。蘅舫是吃甚么饭的人,自然会意。

席散之后,啸存定要到蘅舫处坐坐,伯芬只得奉陪。啸存高兴,又在那里开起宴来。席中与伯芬十分投契,便商量要换帖。伯芬暗想,他是个新得记名的人,不久就可望得缺的;并且他这回的记名,是从制台密保上来的,纵使一时不能得缺,他总是制台的一个红人,将来用他之处正多呢。想到这里,自然无不乐从。互相问了年纪,等到席散,伯芬便连忙回到公馆,将一分帖子写好,次日一早,便差一个家人送到啸存寓所。又另外备了一分请帖知单,请今天晚上在吴小红处。不一会,啸存在知单上打了知字回来。

且慢,叶伯芬他虽不肖,也还是一个军装局会办,虽是纯乎用钱买来的,却叫名儿也还是个监司大员,何以顽到么二上去?这么二妓院人物,都是些三四等货,局面尤其狭小,只有几个店家的小伙计们去走动走动的。岂不是做书的人撒谎也撒得不像么?不知非也!这吴小红本是姊妹两个:小红居长,那小的叫吴小芳。小红十一岁,小芳十岁的时候,便出来应局。有叫局的,他姊妹两个总是一对儿同来,却只算一个局钱,这名目叫做"小双挡"。此时已经长到十六七岁了,却都出落得秋瞳剪水,春黛衔山。小红更是生得粉脸窝圆,朱唇樱小。那时候东棋盘街有一座两楼两底的精巧房子。房子里面,门扇窗格,一律是西洋款式。房子外面,却是短墙曲绕,芳草平铺,还种了一棵枇杷树,一棵七里香。小红的娘,带着两个女儿,就租了那所房子,自开门户。这是当时出名的叫做"小花园"。因为东西棋盘街都是么二妓女麇聚之所,众人也误认了他做么二。其实他与那一个妓院聚了四五十个妓女的么二妓院,有天渊之隔呢。不信,但问老于上海的人,总还有记得的。表过不提。

且说啸存下午也把帖子送到伯芬那里。到了晚上,便在吴小红那里畅叙了一宵。啸存年长,做了盟兄;伯芬年少,做了盟弟,非常热闹。到了次日,啸存又请在陆蘅舫处闹了一天。这两天闹下来,大哥老弟,已叫得十分亲热的了。加以旁边的朋友,以贺喜为名,设席相请,于是又一连吃了十多天花酒。每有酒局,啸存总是带蘅舫,伯芬总是叫小红。他两个也是你叫我大伯娘,我叫你小婶婶的,好不有趣。

一连二十多天混下来,啸存便和蘅舫落了交情,两个十分要好。啸存便打算要娶他,来和伯芬商量。伯芬和蘅舫虽曾订约,却没有说定,此时听得啸存要娶,也就只好由他。况且官场中纷纷传说,啸存有放缺消息,便索性把醋意捐却,帮着他办事,一面托人和老鸨说定了身价,一面和啸存租定公馆。到了吉期那天,非但自己穿了花衣前去道喜,并且因为啸存客居上海,没有内眷,便叫自己那位郡主太太,奉了老太太,到赵公馆里去招呼一切。等新姨太太到来,不免逐一向众客见礼。到得上房,便先向叶老太太和叶太太行礼。这一双婆媳,因他是勾阑出身,嘴里虽连说"不敢当,还礼还礼",却并不曾还礼。忙了一天,成其好事。不多几时,啸存便带了新姨太太晋省。得过记名的人,真是了不得,不上一年多,啸存便奉旨放了上海道。伯芬应酬得更为忙碌。

可巧这个时候,他的大舅爷钦差任满回华,路过上海。此时伯芬的主意,早已改换了。从前把大舅爷恨入骨髓,后来屡阅京报,见大舅爷虽在外洋钦差任上,内里面却是接二连三的升官,此时已升到侍郎了。伯芬心上一想,要想报仇是万不能的了,不如还是借着他的势子,升我的官。主意打定,等大舅爷到了上海之后,便天天到行辕里伺候。大舅爷本来挈眷同行的,伯芬是郎舅至亲,与别的官员不同,上房唎、签押房唎,他都可以任意穿插。又先把自己太太送到行辕里去,兄妹相见,自有一番友于之谊。伯芬又设法先把一位舅嫂巴结上了,没事的时候,便衣到上房,他便拿出手段去伺候,比自己伺候老太太还殷勤,茶唎、烟唎,一天要送过十多次。舅太太是个妇道人家,懂得甚么,便口口声声总说姑老爷是个独一无二的好人。他在外面巴结大舅爷呢,却又另外一副手段,见了大舅爷,不是请教些政治学问,便是请教些文章学问。大舅爷写字是写魏碑的,他写起字来,也往魏碑一路摹仿。大舅爷欢喜做诗,近体欢喜学老杜,古体欢喜学晋、魏、六朝。他大舅爷偶然把自己诗稿给他看,他便和了两首律诗,专摹少陵;又和了两首古风,专仿晋、魏。大舅爷能画画,花卉、翎毛、山水,样样都来。他虽不懂画,却去买了两部《画征录》来,连夜去看,及至大舅爷和他谈及画理,他也略能回报一二。因此也骗动了大舅爷,说他与前大不相同了。

叶伯芬自从巴结上大舅爷之后,慢慢的也就起了红点子,几年功夫居然放了海关道。又过得几时,江西巡抚被京里都老爷参了一本,降了四品京堂,奉旨把福建巡抚调了江西。从此不到五六年,伯芬便扶摇直上,一直升到苏州抚台。过了些时日,新疆巡抚出了缺,军机处奉了谕旨,新疆巡抚着叶某人调补。这个电报到了南京,头一个是藩台快活,阖城文武印委员,纷纷禀贺。制台因为新藩台来,尚须时日,便先委巡道署理了藩台,好等升抚交代藩篆,先去接印,却委苟才署了巡道。旧抚台叶伯芬交过印之后,万里长征的到了新疆,哪知上任不到半年,被人参了,革了职,好不气恼!

且说苟才自从署了巡道后,署了两个多月,及至新制台接印,便交卸藩篆,仍回署任。新督宪到任三个月之后,用"行止龌龊,无耻之尤"八个字考语,把苟才参掉了。苟才便料理起程到天津去,下了客栈,将息一天,到总

156

督衙门去禀见制台。制台说起苟才被革一事，道："你只管候着罢，有了机会，我再来知照。"苟才候到八个月光景，得了一个河工上的公事，即日到任，虽没薪水，却批了每月一百两的夫马费。

过了三四个月，河工合龙了，制台的保折出去了，苟才赏还原官、原衔，并赏了一枝花翎。过了两天，他南京家眷到了，忙了两天，才把公馆收拾停当。那位苟太太却在路上受了风寒，缠绵了一个多月，竟呜呼哀哉了。后来，苟才又做了银元局总办，却不知为了何事再到上海，且待下回再记。

苟观察就医游上海　少夫人拜佛到西湖

苟才自从当了两年银元局总办之后，腰缠也满了。这两年当中，弄了五六个姨太太。等那小儿子服满之后，也长到十七八岁了，又娶了一房媳妇。此时银子弄得多，他也不想升官得缺了，只要这个银元局总办由得他多当几年，他便心满意足了。

不料当到第三年上，忽然来了个九省钦差，是奉旨到九省地方清理财赋的。那钦差奉旨之后，便按省去查。这一天到了安庆，自抚台以下各官，无不懍懍栗栗。第一是个藩台，被他缠了又缠，弄得走投无路，甚么厘金啊、杂捐啊、钱粮啊，查了又查，驳了又驳。后来藩台走了小路子，向他随员当中去打听消息，才知道他是个色厉内荏之流，外面虽是雷厉风行，装模作样，其实说到他的内情，只要有钱送给他，便万事全休的了。藩台得了这个消息，便如法炮制，果然那钦差马上就圆通了，回上去的公事，怎样说怎样好，再没有一件驳下来的了。

钦差初到的时候，苟才也不免栗栗危惧，后来见他专门和藩台为难，方才放心。后来藩司那边设法调和了，他却才一封咨文到抚台处，叫把银元局总办苟道先行撤差，交府厅看管，俟本大臣彻底清查后，再行参办。这一下子，把苟才吓得三魂去了二魂，六魄剩了一魄！他此时功名倒也不在心上，一心只愁两年多与童佐阍狼狈为奸所积聚的一注大钱，万一给他查抄了去，以后便难于得此机会了。当时奉了札子，府经厅便来请了他到衙门里去。他那位小少爷，名叫龙光，此时已长到十七八岁了，虽是娶了亲的人，却是字也不曾多认识几个，除了吃喝嫖赌之外，一样也不懂得。此刻他老子苟才撤差看管，他倘是有点出息的，就应该出来张罗打点了，他却还是昏天黑地，一天到晚，躲在赌场妓馆里胡闹。苟才打发人把他找来，和他商量，叫他到外头打听打听消息。龙光道："银元局差事又不是我当的，怎么样的做弊，我又没经过手，这会儿出了事，叫我出来打听些甚么！"苟才大怒，着实把他骂了一顿，然而于实事到底无济，只好另外托人打听。幸得他这两年出息的好，他又向来手笔是阔的，所有在省印委候补各员，他都应酬得面面周到，所以他的人缘还好。自从他落了府经厅之后，来探望他、安慰他的人，倒也络绎不绝。便有人暗中把藩台如何了事的一节，悄悄地告诉了他。苟才便托了这个人，去代他竭力斡旋。足足忙了二十多天，苟才化了六十万两银子，好钦差，就此偃旗息鼓的去了。苟才把事情了结之后，虽说免了查办，功名亦保住了，然而一个银元局差使却弄掉了。化的六十万虽多，幸得他还不在乎此，每每自己宽慰自己道："我只当代他白当了三个月差使罢了。"

　　幸得抚台宪眷还好，钦差走后，不到一个月，又委了他两三个差使，虽是远不及银元局的出息，面子上却是很过得去的了。如此又混了两年，抚台调了去，换了新抚台来，苟才便慢慢的不似从前的红了。幸得他宦囊丰满，不在乎差使的了。闲闲荡荡的过了几年，觉得住在省里没甚趣味，兼且得了个怔忡之症，夜不成寐，闻声则惊，在安庆医了半年，不见有效，便带了全眷，来到上海。在静安寺路租了一所洋房住下，遍处访问名医。医了两个月，也不见效，所以又来访继之，也是求荐名医的意思。已经来过多次，我却没有遇着，不过就听得继之谈起罢了。

　　当下继之到外面去应酬他，我自办我的正事。等我的正事办完，还听得他在外面高谈阔论。我不知他谈些甚么，心里熬不住，便走到外面与他相见。他已经不认得我了，重新谈起，他方才省悟，又和我拉拉扯扯，说些客气话。我道："你们两位在这里高谈阔论，不要因我出来了打断了话头，让我也好领教领教。"苟才听说，又回身向继之泪泪而谈，直谈到将近断黑时，方才起去。我又问了继之他所谈的上半截，方才知道是苟才那年带了大儿子到杭州去就亲，听来的一段故事，今日偶然提起了，所以谈了一天。

　　你道他谈的是谁？原来是当日做两广总督汪中堂的故事。那位汪中堂是钱塘县人，正室夫人早已没了，只带了两个姨太太赴任，其余全眷人等，都住在钱塘原籍。把自己的一个妹子，接到家里来当家。他那位妹子，是个老寡妇了，夫家没甚家累，哥哥请他回去当家，自然乐从。汪府中上下人等，自然都称他为姑太太。中堂的大少爷早已亡故，只剩下一个大少奶奶。还有一个孙少爷，年纪已经不小，已娶过孙少奶奶的了。那位大少奶奶，向来治家严肃，内外界限极清，是男底下人，都不准到上房里去；丫头除了有事跟上人出门之外，不准出上房一步，因此家人们上他一个徽号，叫他迁奶奶。自从中堂接了姑太太来家之后,迁奶奶把他待得如同婆婆一般,万事都禀命而行,教训儿子也极有义方,因此内外上下,都有个贤名。只有一样未能免俗之处,是最相信的菩萨,除了家中香火之外,还天天要入庙烧香。别的妇女人庙烧香起来,是无论甚么庙都要到的,迁奶奶却不然,只认定了一个甚么寺,是他烧香所在,其余各庙,他是永远不去的。

有一天,他去烧香回来,轿子进门时,看见大门上家里所用的裁缝,手里做着一件实地纱披风,便喝停住了轿,问那披风是谁叫做的。裁缝连忙垂手,禀称是孙少爷叫做的,大约是孙少奶奶用的。迁奶奶便不言语。等轿子抬了进去,回到上房之后,把儿子叫来。孙少爷不知就里,连忙走到。迁奶奶见了,劈面就是一个巴掌,问道:"你做纱披风给谁?"孙少爷被打了一下,吃了一惊,不知何故。及至迁奶奶问了出来,方才知道,回道:"这是媳妇要用的,并不是给谁。"迁奶奶道:"他没有这个?"孙少爷道:"有是有的,不过是三年前的东西,不大时式了,所以再做一件。"迁奶奶听说,劈面又是一个巴掌,吓得孙少爷连忙跪下。孙少奶奶知道了,也连忙过来跪着陪不是。迁奶奶只是不理。

旁边的丫头老妈看见了,便悄悄的去报知姑太太。姑太太听了,便过来说情。迁奶奶道:"这些贱孩子,我平日并不是不教训他,他总拿我的话当做耳边风!出去应酬的衣裳,有了一件就是了,偏是时式咧,不时式咧,做了又做。三年前的衣服,就说不时式了,我穿的还是二十年前的呢!不要说是自己没能耐,不能进学中举,自己混个出身去赚钱,吃的穿的,都是祖老太爷的;就是自己有能耐做了官,赚了钱,也要想想朱柏庐先生《治家格言》的话,'一丝一缕,当思来处不易'。这些话,我少说点,一天也有四五遍教他们。他们拿我的话不当话,你说气人不气人!"姑太太道:"少奶奶说了半天,倒底谁做了甚么来啊?"迁奶奶道:"那年办喜事,我们盘里是四季衣服都全的。他那边陪嫁过来的,完全不完全,我可没留神。就算他不完全罢,有了我们盘里的,也就够穿了,叫甚么少奶奶嫌式子老了,又在那里做甚么实地纱披风了。你说他们阔不阔!"姑太太道:"年轻孩子们,要时式,要好看,是有的。少奶奶教训过就是了,饶了他们叫起去罢,叫他们下回不要做就是了。"迁奶奶道:"呀!姑太太!这句话可宠起他们来了!甚么叫做年轻小孩子,就应该要时式,要好看?我也从年轻小孩子上过来的,不是下娘胎就老的,我可没那样过。我偏不饶他们,看拿我怎么!"

姑太太无端碰了这么个钉子,心里老大不快活,冷笑道:"不要说我们这种人家,多件把披风算不了甚么;就是再次一等的人家,只要做起来不拿他瞎糟挞,也就算得一丝一缕,想到来处不易的了。要是天下人都像了少奶奶的脾气,只怕那开绸缎铺子的人,都要饿死了!"迁奶奶听了,并不答姑太太的话,却对着儿子、媳妇道:"好,好!怨得呢,你们是仗了硬腰把子来的!可知道你们终究是我的儿子、媳妇,凭你腰把子再硬点,是没用的!"姑太太听了,越发气了上来,说道:"少奶奶这是甚么话!他是姓汪的人,化他姓汪的钱,再化多点,也用不着我旁人做甚么腰把子!"迁奶奶道:"就是这个话!我嫁到了姓汪的就是姓汪的人,管得着姓汪的事!我可没管到别姓人家的去!"姑太太这一气,更是非同小可!要待和他发作起来,又碍着家人仆妇们看着不像样,暂时忍了这口气不再理他。回到自己房里,把迁奶奶近年的所为,起了个电稿,用自己家里的密码,编了电报,叫家人们送到电报局,发到广东。

那位两广制军得了电报,心里闷闷不乐,想了半天,才发一个电报给钱塘县。这里钱塘县知县,无端接了广东一个头等印电,心中惊疑不定,不知是何事故,连忙叫师爷译了出来。原来是:"某寺僧名某某,不守清规,祈作访闻,提案严办,余俟函详。"共是二十二个字。其余便是收电人名、发电人名及一个印字。知县看了,十分惶惑,不知这位老先生为了甚事,老远的从广东打个电报来,办一个和尚?这和尚又犯了甚么事?杭州城里多少绅士都不来告发,却要劳动他老先生老远的告起来?又叫我作为访案,又叫我严办,却又只说得他"不守清规"四个字,叫我怎样严办呢?办到甚么地步才算严呢?便拿了这封电报,和刑名老夫子商量。老夫子道:"据晚生看来,我们这位老中堂,是一位'阿弥陀佛'的人。听说他在广东杀一回强盗,他还代那强盗念一天《往生咒》呢。他有到电报要办的人,所犯的罪,一定是大的;不啊,便怕有关涉到他汪府上的事。据晚生的意思,不如一面先把和尚提了来,一面打个电报,请示办法。好得他有'余俟函详'一句,他墨信里头,总有一个办法在内,我们就照他办就是了。老父台以为如何?"知县也没甚说得,只好照他的办法,立刻出了票子,传了值日差役,去提和尚,说马上要人问话。不一会提到了,知县意思要先问一堂,回想这件事又没个原告,那电报又叫我作为访案的,叫我拿甚么话问他呢。没奈何,叫把他先押起来,明天再问。

谁知到了明天,大清老早,知县才起来,门上来报汪府上大少奶奶来了。知县吃了一惊,便叫自己孺人迎接款待。迁奶奶行过礼之后,便请见老父台。知县在房中听见,十分诧异,只得出来相见。见礼毕,迁奶奶先开口道:"听说老父昨天把某寺的某和尚提了来,不知他犯了甚么事?"知县听说,心中暗想:"刑席昨天料说这和尚关涉他家的事,这句话想是对了。此刻他问到了,叫我如何回答呢?若说是我访拿的,他更要钉着问他犯的是甚么罪,那更没得回答了。"迂奶奶见知县不答话,又追问一句道:"这个案,又是谁的原告?"知县道:"原告么,大得很呢!"嘴里这么说,心里想道:"不如推说上司叫拿的,他便不好再问。"回想又不好:"他们那等人家,那个衙门他不好去?我顶多不过说抚台叫拿的,万一他走到抚台那里去问,我岂不是白碰钉子。"迂奶奶又顶着问道:"到底那个的原告?大到那么个样子,也有个名儿?"知县此时主意已定,便道:"是闽浙总督,昨天电札叫拿的。"迂奶奶吃了一惊道:"他有甚么事犯到福建去,要那边电札来拿他?"知县道:"这个侍生那里知道?大约福建那边有人把他告发了。"迂奶奶低头一想道:"不见得。"知县道:"没有人告发,何至于惊动到督帅呢?"

迂奶奶道:"这么罢,此刻还不知道他犯的是甚么罪,老父台也不便问他,拿他搁在衙门里,倒是个累赘。念他是个佛门子弟,准他交了保罢。"知县道:"这是上宪电拿的犯人,似乎不便交保。"迂奶奶道:"交一个靠得住的保人,随时要人,随时交案,似乎也不要紧。"知县道:"那么侍生回来叫保出去就是。"迂奶奶道:"叫谁保呢?"知县道:"那得要他自己找出人来。"迂奶奶道:"就是我来保了他罢。"知县心中只觉好笑,因说道:"府上这等人家,少夫人出面保个和尚,似乎叫旁人看着不大好看;不如少夫人回去,叫府上一个管家来保去罢。"迂奶奶脸上也不觉一红,说道:"那就叫我的轿夫具个名,可使得?"知县道:"这也使得。"迂奶奶便叫跟来的老妈子,出去叫轿夫阿三具保状,马上保了和尚出去。知县便道:"如此,少夫人请宽坐,侍生出去发落了他们。"说罢,便到外头去,叫传地保。原来知县心中早就打了主意,知道这里面一定有点蹊跷,不过看着那迂奶奶也差不多有五十岁的人,疑心不到那里去就是了。但是叫他们保了去,万一将来汪中堂一定要人,他们又不肯交,未免要怪我办理不善。所以特地出来传了地保,硬要他在保状上也具个名字,并交代他切要留心,"如果被他走了,追你的狗命!"那地保无端背了这个干系,只得自认晦气,领命下去。

这件事,早又传到姑太太耳朵里去了,不觉又动了怒,详详细细的,又是一个电报到广东去。此时钱塘县也有电报去了。不一日,就有回电来,和尚仍请拿办,并请到西湖边某图某堡地方,额镌某某精舍屋内,查抄本宅失赃,并将房屋发封云云。知县一见,有了把握,立刻饬差去提和尚,立时三刻就要人;一面亲自坐了轿子,带了差役书吏,叫地保领路,去查赃封屋。到得那里,入门一看,原来是三间两进的一所精致房屋,后面还有一座两亩多地的小花园。外进当中,供了一尊哥窑观音大士像,有几件木鱼钟磬之类。人到内进,只见一律都是红木家伙,摆设的都是夏鼎商彝。墙上的字画,十居其九是汪中堂的上款。再到房里看时,红木大床,流苏熟罗帐子,妆奁器具，应有尽有，甚至便壶马桶，也不遗一件。衣架上挂着一领袈裟，一顶僧帽，床下又放着一双女鞋。还有一面小镜架子，挂着一张小照，仔细一看，正是那个迁奶奶。知县先拿过来，揣在怀里。书吏便一一查点东西登记。差役早把一个十二三岁的小和尚，及两个老妈、一个丫头拿下了。查点已毕，便打道回衙，一面发出封条，把房屋发封。

知县回到衙门时，谁知迁奶奶已在上房了。见了面，就问道："听说老父台把我西湖边上一所别墅封了，不知为着何事？"知县回来时，本要到上房更衣歇息，及见了迁奶奶，不觉想起一桩心事来，便道："侍生是奉了老中堂之命而行。回来问过了，果然是少夫人的，自然要送还。此刻侍生要出去发落一件稀奇古怪的案件，就在二堂上问话。"又对孺人道："你们可以到屏风后面看看。"说着，匆匆出去了。正是：只为遭逢强令尹，顿教愧煞少夫人。不知那钱塘县出去发落甚么稀奇古怪案件，且待下回再记。

教供辞巧存体面　　写借据别出心裁

原来那钱塘县知县未发迹时，他的正室太太不知与和尚有了甚么事，被他查着凭据，欲待声张，却又怕面子有碍，只得咽一口气，写一纸休书，把老婆休了，再娶这一位孺人的。此刻恰好遇了这个案子，那迁奶奶又自己碰了来，他便要借这个和尚出那个和尚的气，借迁奶奶出他那已出老婆的丑。

当时坐了二堂，先问："和尚提到了没有？"回说："提到了。"又叫先提小和尚上来，问道："你有师父没有？"回说："有。"又问："叫甚名字？"回说："叫某某。"又问："你还有甚么人？"回说："有个师太。"问："师太是甚么人？"回说："师太就是师太，不知道是甚么人。"问："师父师太，可是常住在那里？"回说："不是，他两个天天来一遍就去了。"问："天天甚时候来？"回说："或早上，或午上，说不定的。"问："他们住在那里？"回说："师父住在某庙里，师太不知道住在那里。"问："他们天天来做甚么？"回说："不知道。来了便都到里面去了，我们都赶在外面，不许进去，不知他们做甚么。"知县喝道："胡说！"随在身边取出那张小照，叫衙役递给小和尚，问他："这是谁？"小和尚一看见便道："这就是我的师太。"知县叫把小和尚带下去，把和尚带上来。知县叫抬起头来。和尚抬起头，知县把惊堂一拍道："你知罪么？"和尚道："僧人不知罪。"知县冷笑道："好个不知罪！本县要打到你知罪呢!"把签子往下一撒,差役便把和尚按倒,褪下裤子,一口气打了五百板,打得他血肉横飞,这才退堂。人到上房,只见那迂奶奶脸色青得和铁一般,上下三十二个牙齿一齐叩动,浑身瑟瑟乱抖。

原来知县说是发落稀奇古怪案子,又叫他孺人去看,孺人便拉了迂奶奶同去。迂奶奶就有点疑心,不肯去,无奈一边尽管相让。迂奶奶回念一想,那和尚已经在保,今天未听见提到,或者不是这件事也未可知,不妨同去看看。原来那和尚被捉时,他一党的人都不在寺里,所以没人通信;及至同党的人回来知道了,赶去报信,迂奶奶已先得了封房子的信,赶到衙门里来了,所以不知那和尚已经提到。当下走到屏风后头,往外一张,见只问那小和尚,心中虽然吃了一惊,回想:"小和尚不知我的姓氏,问他,我倒不怕。谅他也不敢叫我去对质!"后来见知县拿小照给小和尚看,方才颜色大变,身上发起抖来。

孺人不知就里,见此情形,也吃了一惊,忙叫丫头仍扶了到上房去。再三问他觉得怎么,他总是一言不发。又叫:"打轿子我回去。"谁知这县衙门宅门在二堂之后,若要出去,必须经过二堂。堂上有了堂事,是不便出去的。迂奶奶愈加惊怪,以为知县故意和他为难。又听得老妈子们来说:"老爷好古怪!问了小和尚的话,却拿一个大和尚打起来,此刻打的要死快了!"迂奶奶听了,更是心如刀刺,又是羞,又是恼,又是痛,又是怕:羞的是自己不合到这里来当场出丑;恼的是这个狗官不知听了谁的唆使,豪不留情;痛的是那和尚的精皮嫩肉,受此毒刑;怕的是那知县虽然不敢拿我怎样,然而他退堂进来,着实拿我挖掘一顿,又何以为情呢!有了这几个心事,不觉越抖越利害,越见得脸青唇白,慢慢的通身抖动起来,吓得孺人没了主意。

恰好知县退堂进来,他的本意是要说两句挖掘话给他受受的,及至见了他如此光景,也就不便说了。连忙叫人去拿姜汤来,调了定惊丸灌下去。歇了半晌,方才定了,又不觉一阵阵的脸红耳热起来。知县道:"少夫人放心!这件事只怪和尚不好。别人不打紧,老中堂脸上,侍生是要顾着的。将来办下去,包管不碍着府上丝豪的体面。"迂奶奶此时,说谢也不是,说感激也不是,不知说甚么好,把一张脸直红到颈脖子上去。知县便到房里换衣服去了。迂奶奶无奈,只得搭讪着坐轿回府。

这边知县却叫人拿了伤药去替和尚敷治,说:"用完了再来拿,他的伤好了来回我。"家人拿了出去,交代明白。过了几天,却不见来取伤药。知县心里疑惑,打发人去问,回说是已经有人从外头请了伤科医生,天天来诊治了。知县不觉一笑。等过了半个月,人来说和尚的伤好了,他又去坐堂,提上来喝叫打，又打了一百板押下去。那边又请医调治。等治得差不多好了，他又提上来打。如此四五次，那知县借这个和尚出那个和尚的气，也差不多了，然后叫人去给那和尚说："你犯的罪，你自己知道。你到了堂上，如果供出实情，你须知汪府上是甚么人家，只怕你要死无葬身之地呢！我此刻教你一个供法：你只说向来以化斋为名，去偷人家的东西。并且不要说都是偷姓汪的。只拣那有款的字画，说是偷姓汪的。其余一切东西，偷张家的，偷李家的，胡乱供一阵。如此，不过办你一个积窃，顶多不过枷几天就没事了。"和尚道："他提了我上去，一向也不问就是打，打完了就带下来，叫我从何供起！"那人道："包你下次上去不打了。你只照我所教的供，是不错的。"和尚果然听了他的话，等明日问起来，便照那人教的供了。知县也不再问，只说道："据你所供东西是偷来的，是个贼。但是你做和尚的，为甚又置备起妇人家的妆奁用具来，又有女鞋在床底下？显见得是不守清规了。"喝叫拖下去打，又打了三百板，然后判了个永远监禁。一面叫人去招呼汪家，叫人来领赃，只把几张时人字画领了去；一面写个禀帖禀复汪中堂，也只含含糊糊的，说和尚所偷赃物，已讯明由府上领去，和尚不守清规，已判定永远监禁。汪中堂还感激他办得干净呢。他却是除了汪府领去几张字画之外，其余各赃，无人来领，他便声称存库，其实自行享用了。更把那一所甚么精舍，充公召卖，却又自己出了二百吊钱，用一个旁人出面来买了，以为他将来致仕时的菟裘。

苟才和继之谈的，就是这么一桩故事。我分两橛听了，便拿我的日记簿子记了起来。

天已入黑了。我问继之道："苟才那厮，说起话来，没有从前那么乱了。"继之道："上了年纪了，又经过多少阅历，自然就差得多了。"我道："他来求荐医生，不知大哥可曾把端甫荐出去？"继之道："早十多天我就荐了。吃了端甫的药，说是安静了好些。他今天来，算是谢我的意思。"说话间，已开夜饭。忽然端甫走了来。继之便问吃过饭没有。端甫道："没有呢。"继之道："那么不客气，就在这里便饭罢。"端甫也就不客气，坐下同吃。

饭后，端甫对继之道："今天我来，有一件奇事奉告。"继之忙问："甚么事？"端甫道："自从继翁荐我给苟观察看病后，不到两三天，就有一个人来门诊，说是有了个怔忡之症，夜不成寐，闻声则惊，求我诊脉开方。我看他六脉调和，不像有病的，便说你六脉里面，都没有病象，何以说有病呢？就随便开了个安神定魄的方子把他。他又问这个怔忡之症会死不会。我对他说：'就是真正得了怔忡之症，也不见得一时就死，何况你还不是怔忡之症呢。'他又问忌嘴不忌，我回他说不要忌的，他才去了。不料明天他又来，仍旧是觑觑琐琐的问，要忌嘴不要，怕有甚么吃了要死的不。我只当他一心怕死，就安慰他几句。谁知他第三天又来了，无非是那几句话。我倒疑心他得了痰病了。及至细细的诊他脉象，却又不是，仍旧胡乱开了个宁神方子给他。叫他缠了我六七天。上前天我到苟公馆里去，可巧巧儿碰了那个人。他一见了我，就涨红了脸，回身去了。当时我还不以为意，后来仔细一想，这个情形不对。他来看病时，口口声声说的病情，和苟观察一样的，却又口口声声只问要忌嘴不要，吃了甚么是要死的，从来没问过吃了甚么快好的话。这个人又是苟公馆里的人，不觉十分疑惑起来。要等他明天再来问他，谁知他从那天碰了我之后，就一连两天没来了。真是一件怪事！我今天又细细的想了一天，忽然又想起一个疑窦来。他天天来诊病，所带来的原方，从来是没有抓过药的。大凡到药铺里抓药，药铺里总在药方上盖个戳子，打个码子的。我最留神这个，因为常有开了要紧的药，那病人到那小药铺子里去抓。继翁，你看这件事奇不奇！"

　　我和继之听了，都不觉棱住了。我想了一想道："这个是他家甚么人，倒不得明白。"端甫道："他家一个少爷，一个书启老夫子，一个帐房，我都见过的。并且我和他帐房谈过，问他有几位同事，他说只有一个书启，并无他人。"我道："这样说来，难道是底下人？"端甫道："那天我在他们厅上碰见他，他还手里捧着个水烟袋抽烟，并不像是个下人。"继之道："他来的穷亲戚本来极多，然而据他说，早都打发完了。"端甫道："不问他是谁，我今天是过来给继翁告个罪，那个病我可不敢看了。他家有了这种人，不定早晚要出个甚么岔子，不要怪到医生头上来。"继之道："这又何必呢？端翁只管就病治病，再知照他忌吃甚么。他要在旁边出个甚么岔子，可与你医生是不相干的。"端甫道："好在他的病，也不差甚么要痊愈了。明天他再请我，我告诉他要出门去了，叫他吃点丸药。他那种阔佬，知道我动了身，自然去请别人。等别人看熟了，他自然就不请我了。"说罢，又谈了些别的话，方才辞去。

　　我和继之参详这个到底是甚么人，听那个声口，简直是要探听了一个吃得死的东西，好送他终呢。继之道："谁肯作这种事情，要就是他的儿子。"我道："干是旁人是不肯干这个的。干到这个，无非为的是钱。旁人干了下来，钱总还在他家里，未必拿得动他的。要说是儿子呢，未必世上真有这种枭獍。"继之道："这也难说，我已经见过一个差不多的了。这里上海有一个富商，是从极贫寒、极微贱起家的。年轻时候，不过提个竹筐子，在街上叫卖洋货，那出身就可想而知了。不多几时便发了财，到此刻是七八家大洋货铺子开着。其余大行大店，他有股份的，也不知多少。生下几个儿子,都长大成人了。内中有一个最不成器的,终年在外头非嫖即赌。他老子知道了,便限定他的用钱,每月叫帐房支给他二百洋钱。这二百块钱,不定他两三个时辰就化完了,那里够他一个月的用?闹到不得了,便在外头借债用。起初的时候,仗着他老子的脸,人家都相信他,商定了利息,订定了日期,写了借据;及至到期向他讨时,非但本钱讨不着,便连一分儿厘的利钱也付不出。如此搅得多了,人家便不相信他了。他可又闹急了,找着一个专门重利盘剥的老西儿,要和他借钱。老西儿道:'咱借钱给你是容易的。但是你没有还期,咱有点不放心,所以啊,咱就不借了。'他说道:'我和你订定一个日子,说明到期还你。如果不还,凭你到官去告,好了罢?'老西儿道:'哈哈!咱老子上你的当呢?打到官司,多少总要化两文,这个钱叫谁出啊!你说罢,你说订个甚期限罢?'他说道:'一年如何?'老西儿摇头不说话。他道:'半年如何?'老西儿道:'不对,不对。'他道:'那么准定三个月还你。'老西儿哈哈大笑道:'你越说越不对了。'他想这个老西儿,倒不信我还的日子,我就约他一个远期,看他如何。他要我订远期,无非是要多刮我几个利钱罢了,好在我不在乎此。因说:'短期你不肯,我就约你的长期。三年五年,随便你说罢。'老西儿摇摇头。他急道:'那么十年八年,再长久了,恐怕你没命等呢!'老西儿仍是摇头不语。他着了气道:'长期又不是,短期又不是,你不过不肯借罢了。你既然不肯借,为甚不早说,耽搁我这半天!'老西儿道:'咱老子本说过不借的啊。但是看你这个急法儿,也实在可怜,咱就借给你。但是还钱的日期,要我定的。'他道:'如此要那一天还?你说!'老西儿道:'咱也不要你一定的日子,你只在借据上写得明明白白的,说我借到某人多少银子,每月行息多少,这笔款子等你的爸爸死了,就本利一律清算归还,咱就借给你了。'他听了一时不懂,问道:'我借你的钱,怎么要等你的爸爸死了还钱?莫非你这一笔款子,是专预备着办你爸爸丧事用的么?'老西儿道:'呸!咱说是等你的爸爸死了,怎么错到咱的爸爸头上来!呸,呸,呸!'他心中一想,这老西儿的主意却打得不错。我老头子不死,无论约的那一年一月,都是靠不住的。不如依了他罢。想罢,便道:'这倒依得你。你可以借一万给我么?'老西儿道:'你依了咱,咱就借你一万,可要五分利的。'他嫌利息太大。老西儿说道:'咱这个是看见款子大,格外相让的。咱平常借小款子给人家,总是加一加二的利钱呢。'两个人你争多,我论少,好容易磋磨到三分息。那老西儿又要逐月滚息,一面不肯,于是又重新磋磨,说到逐年滚息,方才取出纸笔写借据。可怜那位富翁的儿子,从小不曾好好的读书,提起笔来,要有十来斤重。好容易写出了'某人借到某人银一万两'几个字,以后便不知怎样写法。没奈何,请教老西儿。老西儿道：'咱是不懂的，你只写上等爸爸死了还钱就是。'他一想，先是爸爸两个字，非但不会写，并且生平没有见过。不要管他，就写个父亲罢。提起笔来先写了一个'父'字，却不曾写成'艾'字，总算他本事的了。又写了半天，写出一个'亲'字来，却把左半边写了个'幸'字底下多了两点，右半边写成一个'页'字，又把底下两点变成个'兀'字。自己看看有点不像，也似乎可以将就混过去了。又想一想，就写'死了'两个字，总不成文理，却又想不出个甚么字眼来。拿着笔，先把写好的念了一遍。偏又在'父'字上头，漏写了个'等'字，只急得他满头大汗。没奈何，放下笔来说道：'我写不出来。等我去找一个朋友商量好稿子，再来写罢。'老西儿没奈何，由他去。他一走走到一家烟馆里，是他们日常聚会所在，自有他的一班嫖朋赌友。他先把缘由叙了出来，叫众人代他想个字眼。一个道：'这有甚么难！只要写"等父亲死后"便了。'一个说：'不对，不对。他原是要避这个"死"字，不如用"等父亲殁后"。'一个道：'也不好。我往常看见人家死了父母，刻起讣帖来，必称孤哀子，不如写"等做孤哀子后"罢。'"正是：局外莫讥墙面子，此中都是富家郎。不知到底闹出个甚么笑话，且待下回再记。

孝堂上伺候竞奔忙　亲族中冒名巧顶替

　　"内中有一个稍为读过两天书的，却是这一班人的笺片，起来说道：'我倒想了四个字，很好的，包你合用。但是古人一字值千金，我虽不及古人，打个对折是要的。'他屈指一算，四个字是二千银子，便说道：'承你的情，打了对折，却累我借来的款就打了八折了，如何使得！'于是众人做好做歹，和他两个说定，这四个字，一百元一个字，还要那人跟了他去代笔。那人应允了，才说出是'待父天年'四个字。

　　"那人代笔写了，老西儿又不答应，说一定要亲笔写的，方能作数。他无奈又辛辛苦苦的对临了一张，签名画押，式式齐备。老西儿自己不认得字，一定要拿去给人家看过，方才放心。他又恐怕老西儿拿了借据去不给他钱，不肯放手。于是又商定了，三人同去。请一位客人看。那客人看了一遍，把借据向桌子上一拍道：'这是那一个没天理，没王法，不入人类的混帐畜生忘八旦干出来的！'老西儿未及开口，票号里的先生见那客人忽然如此臭骂，当是一张甚么东西，连忙拿起来再看，一面问道：'到底写的是甚么？我们看好像是一张借据啊。'那客人道：'可不是个借据！他却拿老子的性命抵钱用了,这不是放他妈的狗臭大驴屁!'票号里的先生不懂道:'是谁的老子,可以把性命抵得钱用?'客人道:'我知道是那个枭獍干出来的?他这借据上写着等他老子死了还钱,这不是拿他老子性命抵钱吗!'一席话,当面骂得他置身无地,要走又走不得。幸得老西儿听了,知道写的不错,连忙取回借据,辞了出来,去划了一万银子给他。那人坐地分了四百元。他还问道:'方才那个客人拿我这样臭骂,为甚又忽然说我孝敬呢?'那人不懂道:'他几时说你孝敬?'他道:'他明明说着"孝敬"两个字,不过我学不上他那句话罢了。'那人低头细想,方悟到'枭獍'二字被他误作'孝敬',不觉好笑,也不和他多辩,乐得拿了四百元去享用。这个风声传了出去,凡是曾经借过钱给他的,一律都拿了票子来,要他改做了待父天年的期。他也无不乐从,免得人家时常向他催讨。据说他写出去的这种票子,已经有七八万了。"

我听了不禁吐舌道:"他老子有多少钱,禁得他这等胡闹!"继之道:"大约分到他名下,几十万总还有。然而照他这样闹,等他老子死下来,分到他名下的家当,只怕也不够还债了。"说话时夜色已深,各自安歇。

过得几天,便是那陈榍农开吊之期。我和他虽然没甚大不了的交情,但是从他到上海以来,我因为买铜的事,也和他混熟了,况且他临终那天,我还去看看他,所以他讣帖来了,我亦已备了奠礼过去。到了这天,不免也要去磕个头应酬他,借此也看看他是甚么场面。吃过点心之后,便换了衣服,坐个马车,到寿圣庵去。我一径先到孝堂去行礼。只见那孝帐上面,七长八短,挂满了挽联,当中供着一幅电光放大的小照。可是没个亲人,却由缪法人穿了白衣,束了白带,戴了摘缨帽子,在旁边还礼谢奠。我行过礼之后,回转身,便见计醉公穿了行装衣服,迎面一揖。我连忙还礼,同到客座里去。座中先有两个人,由醉公代通姓名,一个是莫可文,一个是卜子修。这两位的大名,我是久仰得很的,今日相遇了,真是闻名不如见面。可惜我一枝笔不能叙两件事,一张嘴不能说两面话,只能把这开吊的事叙完了,再补叙他们来历的了。

当下计醉公让坐送茶之后,又说道:"当日我们东家躺了下来,这里道台知道榍翁在客边,没有人照应,就派了卜子翁来帮忙。子翁从那天来了之后,一直到今天,调排一切,都是他一人之力,实在感激得很!"卜子修接口道:"那里的话!上头委下来的差事,是应该效力的。"我道:"子翁自然是能者多劳。"醉公又道:"今天开吊,子翁又荐了莫可翁来,同做知客。一时可未想到,今天有好些官场要来的。他二位都是分道差委的人员,上司来起来,他二位招呼,不大便当。阁下来了最好,就奉屈在这边多坐半天,吃过便饭去,代招呼几个客。"说罢,连连作揖道:"没送帖子,不恭得很。"我道:"不敢,不敢。左右我是没事的人,就在这里多坐一会,是不要紧的。"卜子修连说:"费心,费心。"

我一面和他们周旋,一面叫家人打发马车先去,下半天再来,一面卸了玄青罩褂,一面端详这客座。只见四面挂的都是挽幛、挽联之类,却有一处墙上,粘着许多五色笺纸。我既在这里和他做了知客,此刻没有客的时候,自然随意起坐,因走到那边仔细一看,原来都是些挽诗,诗中无非是赞叹他以身殉母的意思。我道:"讣帖散出去没有几天,外头吊挽的倒不少了。"醉公道:"我是初到上海,不懂此地的风土人情。幸得卜子翁指教,略略吹了个风到外面去,如果有人作了挽诗来的,一律从丰送润笔。这个风声一出去,便天天有得来,或诗、或词、或歌、或曲,色色都有。就是所挂的挽联,多半也是外头来的。他用诗笺写了来,我们自备绫绸重写起来的。"我道:"这件事情办得好,陈槲翁从此不朽了!"醉公道:"这件事已经由督、抚、学三大宪联衔出奏,请宣付史馆,大约可望准的。"

说话之间,外面投进帖子来,是上海县到了。卜、莫两个,便连忙跑到门外去站班。我做知客的,自不免代他迎了出去,先让到客座里。这位县尊是穿了补褂来的,便在客座里罩上玄青外褂,方到灵前行礼。卜、莫两个,早跑到孝堂里,笔直的垂手挺腰站着班。上海县行过礼之后,仍到客座里,脱去罩褂坐下,才向我招呼,问贵姓台甫。此时我和上海县对坐在炕上;卜、莫两个,在下面交椅上,斜签着身子,把脸儿身子向里,只坐了半个屁股。上海县问:"道台来过没有?"他两个齐齐回道:"还没有来。"忽然外面轰轰放了三声大炮,把云板声音都盖住了,人报淞沪厘捐局总办周观察、糖捐局总办蔡观察同到了。上海县便站起来到外头去站班迎接,卜、莫两个,更不必说了。这两位观察却是罩了玄青褂来的,径到孝堂行礼,他三个早在孝帐前站着班了。行礼过后,我招呼着让到客座升炕。他两个就在炕上脱去罩褂,自有家人接去。略谈了几句套话,便起身辞去。大家一齐起身相送。到得大门口时,上海县和卜、莫两个先跨了出去,垂手站了个出班。等他两个轿子去后,上海县也就此上轿去了,卜、莫两个,仍旧是站班相送。从此接连着是会审委员、海防同知、上海道、及各局总办、委员等,纷纷来吊。卜、莫两个,但是遇了州县班以上的,都是照例站班,计醉公又未免有些琐事,所以这知客竟是我一个人当了。幸喜来客无多,除了上海几个官场之外,就没有甚么人了。

忙到十二点钟之后,差不多客都到过了。开上饭来,醉公便招呼升冠升珠,于是大众换过小帽,脱去外褂,法人也脱去白袍。因为人少,只开了一个方桌，我和卜、莫两个各坐了一面，缪、计二人同坐了一面。醉公起身把酒。我正和莫可文对坐着，忽见他襟头上垂下了一个二寸来长的纸条儿，上头还好像有字。因为近视眼，看不清楚，故意带上眼镜，仔细一看，上头确是有字的，并且有小小的一个红字，像是木头戳子印上去的。我心中莫名其妙，只是不便做声。席间谈起来，才知道莫可文现在新得了货捐局稽查委员的差使。卜子修是城里东局保甲委员，这是我知道的。大家因是午饭，只喝了几杯酒就算了。

吃过饭后，莫可文先辞了去。我便向卜子修问道："方才可翁那件袍子襟上，拴着一个纸条儿，上头还有几个字，不知是甚道理？"卜子修愕然，棱了一棱，才笑道："我倒不留神，他把那个东西露出来了。"醉公道："正是。我也不懂，正要请教呢。那纸条儿上的字，都是不可解的，末末了还有个甚么四十八两五钱的码子。"卜子修只是笑。我此时倒省悟过来了。禁不住醉公钉着要问，卜子修道："莫可翁他空了多年下来了，每有应酬，都是到兄弟那边借衣服用。今天的事，兄弟自己也要用，怎么能够再借给他呢？兄弟除了这一身灰鼠之外，便是羔皮。褂子是个小羔，还可以将就用得，就借给了他。那件袍子，可是毛头太大了，这个天气穿不住。叫他到别处去借罢，他偏又交游极少，借不出来。幸得兄弟在东局多年，彩衣街一带的衣庄都认得的，同他出法子，昨天去拿了两件灰鼠袍子来，说是代朋友买的，先要拿去看过，看对了才要；可是这个朋友在吴淞，要送到吴淞去看，今天来不及送回来，要耽搁一天的。那衣庄上看兄弟的面子，自然无有不肯的，不过交代说，钮绊上的码子是不能解下来的，解了下来，是一定要买的。其实解了下来，穿过之后，仍旧替他拴上，有甚要紧？这位莫可翁太老实了，恐怕他们拴的有暗记，便不敢解下来。大约因为有外褂罩住，想不到要宽衣吃饭，穿上时又不曾掖进去，就露了人眼，真是笑话！"醉公听了方才明白。

坐了一会，家人来说马车来了，我也辞了回去。换过衣服，说起今天的情形，又提到陈樨农要宣付史馆一节。说话之间，外面有人来请继之去有事。继之去了，我又和金子安们说起今天莫可文袍子上带着纸条儿的事，大家说笑一番。

过了两天，苟才又病了，去请端甫，端甫推辞不去。他请继之去找端甫，继之没能说动。两人说话时，苟才儿子龙光走进来，和继之请过安，便对苟才道："前天那个人又来了，在那屋里等着。"苟才便让龙光陪继之，自出去了。继之忽然心中一动，问龙光道："尊大人除了咳喘怔忡，还有甚病？近来请那一位先生？"龙光道："一向是请的是王端甫先生。这两天请他,不知怎的,不肯来了。昨天今天都是请的朱博如先生。"继之又想了一想道:"尊大人这个病是不要紧的,不过千万不要吃错了东西。据我听见的,这个咳喘怔忡之症,最忌的是鲍鱼。"刚说完了话,苟才已来了。继之和苟才略谈了一会,也就辞回号里。

光阴似箭,转瞬又过了一礼拜。继之便叫我写请客帖子,请的苟才是正客,其次便是王端甫,余下就是自己几个人。大家列坐谈天。苟才央及端甫诊脉。端甫道:"诊脉是可以,方子可不敢开,因为近来心绪不宁,恐怕开出来方子不对。"苟才道:"不开方不要紧,只要赐教脉象如何?"端甫便在苟才两手上诊了一会道:"脉象都和前头差不多,不过两尺沉迟一点,这是年老人多半如此,不要紧的。"

一会儿,席面摆好了,继之起身把盏让坐。酒过三巡,便上一碗清燉鲍鱼,继之亲自一一敬上两片。苟才道:"可惜这东西,我这两天吃的腻了。"继之听了,颜色一变。苟才不曾觉着;我虽觉着了,因为继之此时,尚没有把对龙光说的话告诉我,所以也莫名其妙。只听继之问苟才道:"公子年纪也不小了,何不早点代他弄个功名,叫他到外头历练历练?"苟才道:"我也有这个意思,并且他已经有个同知在身上。等过了年,打算叫他进京办个引见,好出去当差。"继之道:"何必一定要明年呢?"苟才笑道:"年里头也没有甚么日子了。"谈谈说说,不觉各人都有了点酒意,于是吃过稀饭散坐。苟才因是有病的人,先辞去了。

次日,继之便专诚去找苟才。谁知他的家人回道:"老爷昨天赴宴回来,身子不大爽快,此刻还没起来。"继之只得罢了。过一天再去,又说是这两天厌烦得很,不会客,继之也只得罢休。谁知自此以后,一连几次,都是如此。继之十分疑心,却也无可如何。

光阴如驶,又过了新年。到了正月底边,忽然接了一张报丧条子,是苟才死了。大家都不觉吃了一惊。继之和他略有点交情,不免前去送殡,顺便要访问他那致死之由,谁知一点也访不出来。

到了春分左右,这边号里接到京里的信,叫派人去结算去年帐目。我便附了轮船,取道天津。此时张家湾、河西务两处所设的分号,都已收了,归并到天津分号里。天津管事的是吴益臣,就是吴亮臣的兄弟。此时京里分号,已将李在兹辞了,由吴亮臣一个人管事。我算了两天帐目,没甚大进出,不过核对了几条出来,叫亮臣再算。

我在京又耽搁了几天,接了上海的信,说继之就要往长江一带去了,叫我早回上海。我看看京里没事,就料理动身,到天津住了两天,附轮船回上海。在轮船上却遇见了符弥轩,和他七拉八扯谈了些天。船到了上海,方才分手。我自回到号里，知道继之前天已经动身了，先到杭州，由杭州到苏州，由苏州到镇江，这么走的。

歇息了一天，德泉交给我一封继之留下的长信，道："说是苟才致死的详细来历，都在上头，叫我交给你，等你好做笔记材料。是我忘了，不曾给你。"我听了，便连忙要了来，拿到自己房里，挑灯细读。

原来龙光的老婆有一个隐疾，是害狐臭的，所以龙光与他不甚相得。倒是一个妻舅，名叫承辉的，龙光与他十分相得，郎舅两个终日在一处厮闹。承辉虽是读书不成，若要他设些不三不四的诡计，却又十分能干，就和龙光两个，干了些没天理的事情出来。龙光时时躲在六姨屋里，承辉却和五姨最知己。四个人商量天长地久之计，承辉便想出一个无毒不丈夫的法子来。恰好遇了苟才把全眷搬到上海来就医，龙光依旧把承辉带了来，却不叫苟才知道。到了上海，起先端甫去看病时，承辉便天天装了病，到端甫那里门诊，病情说得和苟才一模一样，只问忌吃甚么，回去好叫病人吃了速死。过了两天，端甫忽然辞了不来。承辉、龙光心中暗喜，以为医生都辞了，这病是不起的了。谁知苟才按着端甫的旧方调理起来，日见痊愈。承辉又悄悄的和五姨商量，凡饮食起居里头，都出点花样，年老人禁得几许食积，禁得几次劳顿，所以不久那旧病又发了，龙光便和承辉商议，请来了朱博如。承辉一连到博如处去了几天，朱博如看出神情，便用言语试探，彼此渐说渐近，不多几天，便说合了龙。

这天继之去看苟才的病，故意对龙光说忌吃鲍鱼，龙光便连忙告诉了承辉，承辉告诉五姨。五姨交代厨子："有人说老爷这个病，要多吃鲍鱼才好。"从此便顿顿是鲍鱼。继之请客那天，正是承辉、龙光、朱博如定计的那天。三人约定在四马路青莲阁烟间里，会齐商量办法，并说定了给博如一万两银子。博如又和承辉私下再三磋商，言定了博如七折收数，以三成归承辉。议定后，三人再次聚齐。承辉问博如道："据你看起来，那老头子到底几时才可以死得？"博如道："至迟明年二月里，总可以成功了。"承辉便请教博如法子。博如道："要办这件事，第一要紧不要叫他见人，恐怕有人见愈调理病愈深，要疑心起来。你们自己再做些手脚。我天天开的药方，你们只管撮了来煎，却不可给他吃。我每天另外给你们两个方子，分两家药店去撮，回来和在一起给他吃。"龙光又道："何必分两家撮呢？"博如道："两个方子是寒热绝不相对的，恐怕药店里疑心。"

从次日起，他们便如法泡制起来，无非是寒热兼施，攻补并进，拿着苟才的脏腑，做他药石的战场。上了年纪的人，如何禁受得起！从年前十二月，捱到新年正月底边，就此呜呼哀哉了。三天成殓之后，龙光就自己当家，陆续把些姨娘先打发出去。打发到五姨，却预先叫承辉在外面租定房子，然后打发五姨出去，只有六姨留着。又把家中所用男女仆人等，陆续开除了，另换新人；开过吊之后，便连书启、帐房两个都换了。

谁知事成之后，博如来要银子，承辉却只给他七十两。原来，当初三人以借钱办丧事为名，立有借据，龙光嫌"萬"字笔画多，便写了"万"，被那承辉一撇一钩的当中，加了两点，变成个"百"字了。博如这一怒非同小可，一手便把那借据抢在手里，要到上海县去告。说话时龙光走了进来，一见了博如，便扬言要把博如抓到巡捕房里去。博如吃了一大惊道："二爷，这是那一门？"龙光也不理他，叫家人拿了一迭药方来。龙光接在手里，指给王二说道："这个都是前天上海县官医看过了的。你看哪，这一张是石膏、羚羊、犀角，这一张是附子、肉桂、炮姜，一张一张都是你不对我，我不对你的。上海县方大老爷前天当面说过，叫把这忘八蛋扭交捕房，解新衙门，送县办他。你可拿好着，这方子上都盖有他的姓名图书，是个真凭实据。"王二一一答应了。龙光又指着博如对王二道："他就交给你，不要放跑了！"说着伴长而去。

博如急得手足无措，向承辉深深一揖道："这是那一门的话？求大爷替我转个圜罢！"承辉冷笑道："你可肯写下一张伏辩来，我替你想法子。"朱博如当下被承辉布置的机谋所窘，便由得承辉说甚么是甚么。承辉便起了个伏辩稿子来，要他照写。无非是："具伏辩人某某，不合妄到某公馆无理取闹，被公馆主人饬仆送捕。幸经某人代为求情，从宽释出。自知理屈，谨具伏辩，从此不敢再到某公馆滋闹，并不敢在外造言生事。如有前项情事，一经察出，任凭送官究治"云云。博如一一照写了，连那七十两还了回去，承辉方才放他出去。他们办了这件事之后，自以为神不知鬼不觉的了。谁知他打发出来的几个姨娘，与及开除的男女仆人，不免在外头说起，更有那朱博如，那股怨气如何消得了，总不免在外头逢人伸诉。旁边人听了这边的，又听了那边的，四面印证起来，便知得个清清楚楚。我仔仔细细把继之那封信看了一遍，把这件事的来历透底知道了，方才安歇。

此次我到了上海之后，就住了两年多，得见龙光和符弥轩两个演出一场怪剧。龙光本来是个混蛋，加以结识了弥轩，更加昏天黑地起来，化钱犹如泼水一般。弥轩屡次要想龙光的法子，因看见承辉在那里管着帐。承辉这个人，甚是精明强干，而且一心为顾亲戚，每每龙光要化些冤枉钱，都是被他止住，因此弥轩不敢下手。暗想总要设法把他调开了，方才妥当。一次，龙光偶然说起，嫌这个同知太小，打算过个道班。弥轩便乘机竭力怂恿，又说："徒然过个道班，仍是无用，必要找一个精明强干，又要靠得住的人，到京里去设法走路子，最少也要弄个内记名，不然就弄个特旨班才好。"
龙光道："我就叫我舅爷去，还怕靠不住么！"即日就和承辉商量这件事。承
辉无不答应，托人荐了一个人来做公馆帐房，便到京里去了。

弥轩见调虎离山之计已行，便向龙光动手，说道："令舅进京走路子，将
来一定是恭喜的。然而据我看来，还有一件事要办的。"龙光问是什么事。
弥轩道："无论是记名，是特旨，外面的体面是有了，所差的就是一个名气。
否则将来上司见了，难保不拿你当绔裤相待。"龙光道："名气有甚么法子可
以弄出来的？"弥轩道："依我看，不如开个书局，一面著时务书，一面翻译西
书，只当老弟自己著的译的，一齐印起来发卖。如此一来，老弟的名气也出
去了，书局还可以赚钱，岂不是名利兼收么？"龙光大喜，便托弥轩开办。

弥轩和龙光订定了合同，便租起五楼五底的房子来；乱七八糟，请了十
多个人；一面向日本人家定机器，定铅字。各人都开支薪水。他认真给人
家几个钱一月，不得而知；他开在帐上，总是三百一月，五百一月的，闹上七
八千银子一月开销。他自己又三千一次，二千一次的，向龙光借用。折腾
了大半年，只是不见半本书。龙光有点疑心，便和帐房先生商量。帐房先
生道："为今之计，只有先去查一查帐目，看是怎样的再说。"龙光只得就叫
这个帐房先生去查。

次日一早，便去查帐。弥轩问知来意，把脸色一变道："这个局子是东
家交给我办的，要查帐，应得东家自己来查。"帐房先生碰了一鼻子灰，只得
回去告诉龙光，道："他不服查帐，非但是有弊病，一定是存心不良的了。此
刻已到年下，且等过了年，想个法子收回自办罢。"龙光也只好如此。

光阴荏苒，又过了新年，龙光又和帐房先生商量这件事。帐房先生道：
"此刻的世界，只有外国人最凶；不如弄个外国人去收他回来，谅他见了外
国人，也只得软下来了。"龙光道："就是这个主意罢！"帐房先生便去找了
一个外国人来，带了翻译，来见龙光。龙光言明收回这家书局之后，就归外
国人管事，以一年为期，每月薪水五百两。外国人又叫龙光写一张字据，好
向弥轩收取，龙光便写了，递给外国人。外国人拿了字据，去见弥轩，说明
来意。弥轩道："龙大人虽然有凭据叫你接办，却没有凭据叫你退办，我不
能承认你那张凭据。"外国人道："东家的凭据，你那里有权可以不承认？"
弥轩道："我自然有权。我和龙大人订定了合同，办这个书局，合同上面没
有载定限期，这个书局我自然可以永远办下去。就是龙大人不要我办了，
也要预先知照我，等我清理一切帐目，然后约了日子，注销了合同，你才可
以拿了凭据来接收啊。"外国人说他不过，只得去回复龙光。龙光吃了一
惊，也没了法子了。过了三天，那外国人开了一篇帐来，和龙光要六千银

子,说是讲定在前,承办一年,每月薪水五百,一年合了六千,此刻是你不要我办,并不是我不替你办,这一年薪水是要给我的。龙光没奈何,只得给了他。又打个电报,请承辉先回来。

这边的符弥轩,自从那外国人来过之后,便处处回避,不与龙光相见,却拿他的钱,格外撒泼的支用起来,又天天去和他的相好鬼混。他的相好妓女,名叫金秀英,年纪已在二十岁外了;身边挣了有万把银子金珠首饰,然而所背的债差不多也有万把。符弥轩是一个小白脸。从来姐儿爱俏,弥轩也垂涎他的首饰,便一个要娶,一个要嫁起来。但是果然要娶他,先要代他还了那笔债,弥轩又不肯出这一笔钱,只有天天下功夫去媚秀英,甜言蜜语去骗他。骗得秀英千依百顺,两个人样样商量妥当,只待时机一到,即刻举行的了。

可巧他们商量妥当,承辉也从京里回来。龙光便和他说知弥轩办书局的事情,不服查帐,不怕外国人,一一都告诉了。承辉又一一盘问了一遍道:"你此刻是打算追回所用的呢? 还是不要他办算了呢?"龙光道:"能够不要他办,我就如愿了。"承辉道:"这又何难? 你只要到各钱庄去知照一声,凡是书局里的折子,一律停止付款,他还办甚么!"龙光恍然大悟,即刻依计而行。弥轩见忽然各庄都支钱不动,一打听,是承辉回来了。想道:"这家伙来了,事情就不好办了。"连忙将自己箱笼铺盖搬到客栈里去,住了两天。

这天打听得天津开了河,泰顺轮船今天晚上开头帮,广大轮船同时开广东。弥轩便写了两张泰顺官舱船票,叫底下人押了行李上泰顺船,却到金秀英家,说是附广大轮船到广东去,开销了一切酒局的帐。金秀英自然依依不舍。吃过晚饭,秀英便要亲到船上送行,于是叫了一辆马车同去,房里一个老妈子也跟着同行。直到了金利源码头,走上了泰顺轮船,寻到官舱,底下人已开好行李在那里伺候。弥轩到房里坐下,秀英和他手搀手的平排坐着喁喁私语。那老妈子屡次催秀英回去,秀英道:"忙甚么! 开船还早呢。"直到两点钟时,船上茶房到各舱里喊道:"送客的上岸啊! 开船啊!"那老妈子还不省得,直等喊过两次之后,外边隐隐听得抽跳的声音,秀英方才正色说出两句话来,只把老妈吓得尿屁直流!

正是:报道一声去也,情郎思妇天津。未知金秀英说出甚么话来,且待下回再记。

觑天良不关疏戚　蓦地里忽遇强梁

当时船将开行,船上茶房到各舱去分头招呼,喊道:"送客的上坡啊!开船咧!"如此已两三遍,船上汽筒又呜呜的响了两声。那老妈子再三催促登岸,金秀英直到此时方才正色道:"你赶紧走罢!此刻老实对你说,我是跟符老爷到广东的了。你回去对他们说,一切都等我回来,自有料理。"老妈子大惊道:"这个如何使得!"秀英道:"事到其间,使得也要使得,使不得也要使得的了。你再不走,船开了,你又没有铺盖,又没有盘缠,外国人拿你吊起来,我可不管!无论你走不走,你快到外头去罢,这里官舱不是你坐的地方!"说时,外面人声嘈杂,已经抽跳了。那老妈子连爬带跌的跑了出去,急忙忙登岸,回到妓院里去,告诉了龟奴等众,未免惊得魂飞魄散。当时夜色已深,无可设法,惟有大众互相埋怨罢了。这一夜,害得他们又急又气又恨,一夜没睡。

到得天亮,便各人出去设法,也有求神的,也有问卜的。那最有主意的,是去找了个老成的嫖客,请他到妓院里来,问他有甚法子可想。那嫖客问了备细,大家都说是坐了广大轮船到广东去的。就是昨天跟去的老妈子,也说是到广大船去的,又是晚上,又是不识字的人,他如何闹得清楚。就是那嫖客,任是十分精明,也断断料不到再有他故,所以就代他们出了个法子,作为拐案,到巡捕房里去告。巡捕房问了备细,便发了一个电报到香港去,叫截拿他两个人。谁知那一对狗男女,却是到天津去的。只这个便是高谈理学的符弥轩所作所为的事了。

唉!他人的事,且不必说他,且记我自己的事罢。我记以后这段事时,心中十分难过。因为这一件事,是我平生第一件失意的事,所以提起笔来,心中先就难过。你道是甚么事?原来是接了文述农的一封信,是从山东沂州府蒙阴县发来的,看一看日子,却是一个多月以前发的了。文述农何以又在蒙阴起来呢?原来蔡侣笙自弄了个知县到山东之后,宪眷极隆,历署了几任繁缺,述农一向跟着他做帐房。侣笙这个人,他穷到摆测字摊时,还是一介不取的,他做起官来,也就可想了,所以虽然署过几个缺,仍是两袖清风。前两年补了蒙阴县,所以述农的信,是从蒙阴发来的。当下我看见故人书至,自然欢喜,连忙拆开一看,原来不是说的好事。说是"久知令叔听鼓山左,弟自抵鲁之后,亟谋一面,终不可得。后闻已补沂水县汶河司巡检,至今已近十年,以路远未及趋谒。前年蔡侣翁补蒙阴,弟仍为司帐席。沂水于此为邻县,汶水距此不过百里。到任后曾专车往谒,得见颜色,须鬓苍然矣!谈及阁下,令叔亦以未得一见为憾。今年七月间,该处疠疫盛行,令叔令婶,相继去世。遗孤二人,才七八岁。闻身后异常清苦。此间为乡僻之地,往来殊多不便,弟至昨日始得信。阁下应如何处置之处,敬希裁夺。专此通知"云云。

我得了这信,十分疑惑。十多年前,就听说我叔父有两个儿子了,何以到此时仍是两个,又只得七八岁呢?我和叔父虽然生平未尝见过一面,但是两个兄弟,同是祖父一脉,我断不能不招呼的,只得到山东走一趟,带他回来。又想,这件事我应该要请命伯父的。想罢,便起了个电稿,发到宜昌去。等了三天,没有回电。我没有法子,又发一个电报去,并且代付了二十个字的回电费。电报去后,恰好继之从杭州回来,我便告知底细。继之道:"论理,这件事你也不必等令伯的回电,你就自己去办就是了。不过令叔是在七月里过的,此刻已是十月了,你再赶早些去也来不及,就是再耽搁点,也不过如此的了。我在杭州,这几天只管心惊肉跳,当是有甚么事,原来你得了这个信。"我道:"到沂水去这条路,还不知怎样走呢。还是从烟台走?还是怎样?"继之道:"不,不。山东沂州是和这边徐州交界,大约走王家营去不远;要走烟台,那是要走到登州了。"管德泉道:"要是走王家营,我清江浦有个相熟朋友,可以托他招呼。"我道:"好极了!等我动身时,请你写一封信。"

闲话少提。转眼之间,又是三日,宜昌仍无回电,我不觉心焦之极,打算再发电报。继之道:"不必了。或者令伯不在宜昌,到那里去了,你索性再等几天罢。"我只得再等。又过了十多天,才接着我伯父的一封厚信。连忙拆开一看,只见鸡蛋大的字,写了四张三十二行的长信纸。说的是"自从汝祖父过后,我兄弟三人,久已分炊,东西南北,各自投奔,祸福自当,隆替无涉。汝叔父逝世,我不暇过问,汝欲如何便如何。据我之见,以不必多事为妙"云云。我见了这封信,方悔白等了半个多月。即刻料理动身,问管德泉要了信,当夜上了轮船到镇江。在镇江耽搁一夜,次日一早上了小火轮,到清江浦去。

到了清江,便叫人挑行李到仁大船行,找着一个人,姓刘,号叫次臣,是这仁大行的东家,管德泉的朋友。我拿出德泉的信给他。他看了,一面招呼请坐,喝茶,一面拿一封电报给我道:"这封电报,想是给阁下的。"我接来一看,不觉吃了一惊:"我才到这里,何以倒先有电报来呢?"封面是镇江发的。连忙抽出来一看,只见"仁大刘次臣转某人"几个字,已经译了出来。

还有几个未译的字,连忙借了《电报新编》,译出来一看,是"接沪电,继之丁忧返里"几个字。我又不觉添一层烦闷。怎么接二连三都是些不如意的事?电报上虽不曾说甚么,但是内中不过是叫我早日返沪的意思。我已经到了这里,断无折回之理,只有早日前去,早日回来罢了。

当下由刘次臣招呼一切,又告诉我到王家营如何雇车上路之法,我一一领略。次日,便渡过黄河,到了王家营,雇车长行。走了四天半,才到了汶河,原来地名叫做汶河桥。这回路过宿迁,说是楚项王及伍子胥的故里;过剡城,说有一座孔子问官祠;又过沂水,说是二疏故里、诸葛孔明故里,都有石碑可证。许多古迹,我也无心去访了。到了汶河桥之后,找一家店住下,要打听前任巡检太爷家眷的下落,那真是大海捞针一般,问了半天,没有人知道的。后来我想起一法,叫了店家来,问:"你们可有谁认得巡检衙门里人的没有?"店家回说没有。我道:"不管你们认得不认得,你可替我找一个来,不问他是衙门里的甚么人,只要找出一个来,我有得赏你们。"店家听说有得赏,便答应着去了。

过了半天,带了一个弓兵来,年纪已有五十多岁。我便先告诉了我的来历,并来此的意思。弓兵便叫一声"少爷",请了个安,一旁站着。我便问他:"前任太爷的家眷,住在那里,你可知道?"弓兵回说:"在这里往西去七十里赤屯庄上。"我道:"怎么住到那里呢?两个少爷有几岁了?"弓兵道:"大少爷八岁,小少爷只有六岁。"我道:"你只说为甚住到赤屯庄去。"弓兵道:"前任老爷听说断过好几回弦,娶过好几位太太了,都是不得到老。少爷也生过好几位了,听说最大的大少爷,如果在着,差不多要三十岁了,可惜都养不住。那年到这边的任,可巧又是太太过了,就叫人做媒,把赤屯马家的闺女儿娶来,养下两个少爷。今年三月里,太太害春瘟过了。老爷打那么也得了病,一直没好过,到七月里头就过了。"我道:"躺下来之后,谁在这里办后事呢?"弓兵道:"亏得舅老爷刚刚在这里。"我道:"那个舅老爷?"弓兵道:"就是现在少爷的娘舅,马太太的哥哥,叫做马茂林。"我道:"后事是怎样办的?"弓兵道:"不过买了棺木来,把老爷平日穿的一套大衣服装裹了去,就把两个少爷,带到赤屯去了。"我道:"棺木此刻在那里呢?"弓兵道:"在就近的一块义地上丘着。"我道:"远吗?"弓兵道:"不远,不过二三里地。"我道:"你有公事吗?可能带我去看看?"弓兵道:"没事。"我就叫他带路先走。

我沿途买了些纸钱香烛之类,一路同去,果然不远就到了。弓兵指给我道:"这是老爷的,这是太太的。"我叫他代我点了香烛,叩了三个头,化过纸钱。生平虽然没有见过一面,然而想到骨肉至亲,不过各为谋食起见,便闹到彼此天涯沦落,各不相顾,今日到此,已隔着一块木头,不觉流下泪来。细细察看,那棺木却是不及一寸厚的薄板,我不禁道:"照这样,怎么盘运呢?"弓兵道:"如果要盘运,是要加外椁的了。要用起外椁来,还得要上沂州府去买呢。"

　　徘徊了一会,回到店里。弓兵道:"少爷可要到赤屯去?"我道:"去是要去的,不知一天可以赶个来回不?"弓兵道:"七十多里地呢!要是夏天还可以,此刻冬月里,怕赶不上来回。少爷明日动身,后天回来罢。弓兵也去请个假,陪少爷走一趟。"我道:"你是有公事的人,怎好劳动你?"弓兵道:"那里的话?弓兵伺候了老爷十年多,老爷平日待我们十分恩厚,不过缺苦官穷,有心要调剂我们,也力不从心罢了。我们难道就不念一点恩义的么?少爷到那边,他们一个个都认不得少爷,知道他们肯放两个小的跟少爷走不呢?多弓兵一个去了,也帮着说说。"我道:"如此,我感激你得很!等去了回来,我一起谢你。"弓兵道:"少爷说了这句话,已经要折死我了!"说着,便辞了去。一宿无话。

　　次日一早,那弓兵便来了。我带的行李,只有一个衣箱,一个马包。因为此去只有两天,便不带衣箱,寄在店里,只把在清江浦换来的百把两碎纹银,在箱子里取出来,放在马包里,重新把衣箱锁好,交代店家,便上车去了。此去只有两天的事,我何必拿百把两银子放在身边呢?因为取出银包时,许多人在旁边,我怕露了人眼不便,因此就整包的带着走了。我上了车,弓兵跨了车檐,行了半天,在路上打了个尖,下午两点钟光景就到了,是一所七零八落的村庄。

　　那弓兵从前是来过的,认得门口。离着还有一箭多地,他便跳了下来,一叠连声的叫了进去,说甚么:"大少爷来了啊!你们快出来认亲啊!"只他这一喊,便惊动了多少人出来观看。我下了车,都被乡里的人围住了,不能走动。那弓兵在人丛中伸手来拉了我的手,才得走到门口。弓兵随即在车上取了马包,一同进去。弓兵指着一个人对我道:"这是舅老爷。"我看那人时,穿了一件破旧茧绸面的老羊皮袍,腰上束了一根腰里硬,脚上穿了一双露出七八处棉花的棉鞋,虽在冬月里,却光着脑袋,没带帽子。我要对他行礼时,他却只管说:"请坐啊,请坐啊!地方小,委屈得很啊!"看那样子是不懂行礼的,我也只好糊里糊涂敷衍过了。忽然外面来了个女人,穿一件旧到泛白的青莲色茧绸老羊皮袄,穿一条旧到泛黄的绿布扎腿棉裤,梳一个老式长头,手里拿了一根四尺来长的旱烟袋。弓兵指给我道:"这是舅太太。"我也就随便招呼一声。舅太太道:"这是侄少爷啊,往常我们听姑老爷说得多了,今日才见着。为甚不到屋里坐啊?"于是马茂林让到房里。

只见那房里,占了大半间是个土炕,炕上放了一张矮脚几,几那边一团东西,在那里蠕蠕欲动。弓兵道:"请炕上坐罢,这边就是这样的了。那边坐的,是他们老老老。"我心中又是一疑,北边人称呼外祖母多有叫老老的,何以忽然弄出个"老老老"来? 实在奇怪! 我这边才坐下,那边又说老老来了,就见一个老婆子,一只手拉了个小孩子同来。我此刻是神魂无主的,也不知是谁打谁,惟有点头招呼而已。弓兵见了小孩子,便拉到我身边道:"叫大哥啊! 请安啊!"那孩子便对我请个安,叫一声"大哥"。我一手拉着道:"这是大的吗?"弓兵道:"是。"我问道:"你叫甚么名字?"孩子道:"我叫祥哥儿。"我道:"你兄弟呢?"舅太太接口道:"今天大姨妈叫他去吃大米粥去的,已经叫人叫去了。小的叫魁哥儿,比大的长得还好呢。"说着话时,外面魁哥儿来了,两手捧着一个吃不完的棒子馒头,一进来便在他老老身边一靠,张开两个小圆眼睛看着我。弓兵道:"小少爷! 来,来,来! 这是你大哥,怎么不请安啊?"说着,伸手去搀他,他只管躲着不肯过来。老老道:"快给大哥请安去! 不然,要打了!"魁哥儿才慢腾腾的走近两步,合着手,把腰弯了一弯,嘴里说得一个"安"字,这想是凤昔所教的了。我弯下腰去,拉了过来,一把抱在膝上,这只手又把祥哥儿拉着,问道:"你两个的爸爸呢? 好苦的孩子啊!"说着,不觉流下泪来。这眼泪煞是作怪,这一流开了头,便止不住了。两个孩子见我哭了,也就哗然大啼。登时惹得满屋子的人一齐大哭,连那弓兵都在那里擦眼泪。哭够多时,还是那弓兵把家人劝住了,又提头代我说起要带两个孩子回去的话。马茂林没甚说得,只有那老老和舅太太不肯;后来说得舅太太也肯了,老老依然不肯。

追冬日子短得很,天气已经快断黑了。舅太太又去张罗晚饭,炒了几个鸡蛋,烙了几张饼,大家围着糊里糊涂吃了,就算一顿。这是北路风气如此,不必提他。这一夜,我带着两个兄弟,问长问短,无非是哭一场,笑一场。

到了次日一早,我便要带了孩子动身,那老老又一定不肯。说长说短,说到中午时候,他们又拿出面饭来吃,好容易说得老老肯了。此时已是挤满一屋子人,都是邻居来看热闹的。我见马家实在穷得可怜,因在马包里,取出那包碎纹银来,也不知那一块是轻的是重的,生平未曾用过戥子,只拣了一块最大的递给茂林道:"请你代我买点东西,请老老他们吃罢。"茂林收了道谢。我把银子包好,依然塞在马包里。舅太太又递给我一个小包裹,说是小孩子衣服。我接了过来,也塞在马包里,车夫提着出去。我抱了魁哥儿,弓兵搀了祥哥儿,辞别众人,一同上车。两个小孩子哭个不了,他的老老在那里倚门痛哭,我也禁不住落泪。那舅太太更是"儿啊肉啊"的哭喊,便连赶车的眼圈儿也红了。那哭声震天的光景,犹如送丧一般。外面看的人挤满了,把一条大路紧紧的塞住,车子不能前进。赶车的拉着牲口慢慢的走,一面嘴里喊着"让,让,让,让啊,让啊!"才慢慢的走得动。路旁看的人,也居然有落泪的。走过半里多路,方才渐渐人少了。

我在车上盘问祥哥儿,才知道那老老老是他老老的娘,今年一百零四岁,只会吃,不会动的了。在车上谈谈说说,不觉日已沉西。今天这两匹牲口煞是作怪,只管走不动,看看天色黑下来了,问问程途,说还有二十多里呢。忽然前面树林子里,一声啸响,赶车的失声道:"罢了!"弓兵连忙抱过魁哥儿,跳下车去道:"少爷下来罢,好汉来了。"我虽未曾走过北路,然而"响马"两个字是知道的,但不知对付他的法子。看见弓兵下了车,我也只得抱了祥哥儿下来。赶车的仍旧赶着牲口向前走。走不到一箭之地,那边便来了五六个彪形汉子,手执着明晃晃的对子大刀,奔到车前,把刀向车子里一搅,伸手把马包一提,提了出来便要走。此时那弓兵和赶车的都站在路旁,行所无事,任其所为。我见他要走了,因向前说道:"好汉,且慢着。东西你只管拿去。内中有一个小包裹,是这两个小孩子的衣服,你拿去也没用,请你把他留了,免得两个孩子受冷,便是好汉们的阴德了。"那强盗果然就地打开了马包,把那小包裹提了出来,又打开看了一看,才提起马包,大踏步向树林子里去了。

我们仍旧上车前行。那弓兵和那赶车的说起:"这一伙人是从赤屯跟了来的,大约是瞥见那包银子之故。"赶车的道:"我和你懂得规矩的。我很怕这位老客,他是南边来的,不懂事,闹出乱子来。"我道:"闹甚么乱子呢?"弓兵道:"这一路的好汉,只要东西,不伤人。若是和他争论抢夺,他便是一刀一个!"我道:"那么我问他讨还小孩子衣服,他又不怎样呢?"赶车的道:"是啊,从来没听见过遇了好汉,可以讨得情的。"一路说着,加上几鞭,直到定更时分,方才赶回汶水桥。正是:只为穷途怜幼稚,致教强盗发慈悲。未知到了汶水桥之后,又有何事,且待下回再记。

负屈含冤贤令尹结果　风流云散怪现状收场

我们赶回汶水桥,仍旧落了那个店。我仔细一想,银子是分文没有了,便是铺盖也没了。取过那衣箱来翻一翻,无非几件衣服。计算回南去还有几天,这大冷的天气,怎样得过?翻到箱底,却翻着了四块新板洋钱,不知是几时，我爱他好顽，把他收起来的。此时交代店家弄饭。那弓兵还在一旁。一会儿，店家送上些甚么片儿汤、烙饼等东西，我就让那弓兵在一起吃过了。我拿着洋钱问他，这里用这个不用。弓兵道："大行店还可以将就，只怕吃亏不少。"我道："这一趟，我带的银子一起都没了，辛苦你一趟，没得好谢你，送你一个顽顽罢。"弓兵不肯要。我再四强他，说这里又不用这个的，你拿去也不能使用，不过给你顽顽罢了，他才收下。

我又问他这里到蒙阴有多少路。弓兵道："只有一天路，不过是要赶早。少爷可是要到那边去？"我道："你看，我钱也没了，铺盖也没了，叫我怎样回南边去？蒙阴县蔡大老爷是我的朋友，我赶去要和他借几两银子才得了啊。"弓兵道："蔡大老爷么？那是一位真正青天佛菩萨的老爷！少爷你和他是朋友吗？那找他一定好的。"我道："他是邻县的县大老爷，你们怎么知道他好呢？"弓兵道："今年上半年，这里沂州一带起蝗虫，把大麦小麦吃个干净。各县的县官非但不理，还要征收上忙钱粮呢，只有蔡大老爷垫出款子，到镇江去贩了米粮到蒙阴散赈。非但蒙阴百姓忘了是个荒年，就是我们邻县的百姓赶去领赈的，也几十万人。蔡大老爷也一律的散放，直到六月里方才散完。这一下子，只怕救活了几百万人。这不是青天佛菩萨吗！少爷你明天就赶着去罢。"说着，他辞去了。

我便在箱子里翻出两件衣服，代做被窝，打发两个兄弟睡了。我只和衣躺了一会。次日一早，便动身到蒙阴去。这里的客店钱，就拿两块洋钱出来，由得他七折八扣的勉强用了。催动牲口，向蒙阴进发，偏偏这天又下起大雪来，直赶到断黑，才到蒙阴，已经来不及进城了，就在城外草草住了一夜。

次日赶早，仍旧坐车进城。进城走了一段路，忽然遇了一大堆人，把车子挤住，不得过去。原来这里正是县前大街的一个十字街口。此时头上还是纷纷大雪，那些人并不避雪，都挤在那里。我便下车，分开众人，过去一看，只见沿街铺户，都排了香案，供了香花灯烛，一盂清水，一面铜镜，几十个年老的人，穿了破缺不全的衣帽，手执一炷香，都站在那里，涕泪交流。我心中十分疑惑，今天来了，又遇了甚么把戏。正在怀疑之间，忽然见那一班老者都纷纷在雪地上跪下，嘴里纷纷的嚷着，不知他嚷些甚么。人多声杂，听不出来，只仿佛听得一句"青天大老爷"罢了。回头看时，只见一个人，穿了玄青大褂，头上戴了没顶的大帽子，一面走来，一面跺脚道："起来啊！这是朝廷钦命的，你们怎么拦得住？"我定睛细看时，这个人正是蔡侣笙，面目苍老了许多，嘴上留了胡子，颜色亦十分憔悴。我不禁走近一步道："侣翁，这是甚么事？"侣笙向我仔细一看，拱手道："久违了。大驾几时到的？我此刻一言难尽！述农还在衙门里，请和述农谈罢。"说着，就有两个白胡子的老人，过来跪下说："青天大老爷啊！你这是去不得的哪！"侣笙跺脚道："你们都起来说话。我是个好官啊，皇上的天恩，我是保管没事的；我要不是个好官呢，皇上有了天恩，天地也不容我。你们替我急的是那一门啊！"一面说，一面搀起两个老人，又向我拱手道："再会罢，恕我打发这班百姓都打发不了呢。"说着，往前行去。有两个老百姓，撑着雨伞，跟在后头，代他挡雪；又有一顶小轿，跟在后头，缓缓的往前去了。后头围随的人，也不知多少，一般的都是手执着香，涕泪交流的，一会儿渐渐都跟随过去了。我暗想，侣笙这个人真了不得！闹到百姓如此爱戴，真是不愧为民父母了。

一面过来招呼了车子，放到县署前。我投了片子进去，专拜前任帐房文师爷。述农亲自迎出外面来。我便带了两弟进去，教他叩见。不及多说闲话，只述明了来意。述农道："几两银子，事情还容易。不过你今天总不能动身的了，且在这里住一宿，明日早起动身罢。"我又谈起遇见侣笙如此如此。述农道："所以天下事是说不定的。我本打算十天半月之后，这里的交代办清楚了，还要到上海，和你或继之商量借钱，谁料你倒先遇了强盗！"我道："大约是为侣笙的事？"述农道："可不是！四月里各属闹了蝗虫，十分利害。侣笙便动了常平仓的款子，先行赈济；后来又在别的公款项下，挪用了点。统共不过化到五万银子，这一带地方，便处治得安然无事。谁知各邻县同是被灾的，却又匿灾不报，闹得上头疑心起来，说是蝗虫是往来无定，何以独在蒙阴？就派了查灾委员下来查勘。也不知他们是怎样查的，都报了无灾。上面便说这边捏报灾情，擅动公款，勒令缴还。侣笙闹了个典尽卖绝，连他夫人的首饰都变了，连我历年积蓄的都借了去，我几件衣服也当了，七拼八凑，还欠着八千多银子。上面便参了出来，奉旨革职严追。上头一面委人来署理，一面委员来守提。你想这件事冤枉不冤枉！"我道："好在只差八千两，总好商量的。倒是我此刻几两银子，求你设个法！"述农道："你急甚么！我顶多不过十天八天，算清了交代，也到上海去代侣笙张罗，你何妨在这里等几天呢？"我道："我这车子是从王家营雇的长车，回去早一天，少算一天价，何苦在这里耽搁呢？况且继之丁忧回去了。"述农惊道："几时的事？"我道："我动身到了清江浦，才接到电报的。电报简略，虽没有说甚，然而总是嘱我早回的意思。"述农道："虽然如此，今天是万来不及的了。"我道："一天半天，是没有法子的。"述农事忙，我便引过两个孩子，逗着顽笑，让述农办事。

捱过了一天，述农借给我两分铺盖，二十两银子，我便坐了原车，仍旧先回汶水桥。此时缺少盘费，灵柩是万来不及盘运的了，备了香楮，带了两个兄弟，去叩别了，然后长行。到了王家营，开发了车价；渡过黄河，到了清江浦，人到仁大船行。刘次臣招呼到里面坐下，请出一个人来和我相见。我抬头一看，不觉吃了一大惊，原来不是别人，是金子安。我道："子翁为甚到这里来？"子安道："一言难尽！我们到屋里说话罢。"我就跟了他到房里去。子安道："我们的生意已经倒了！"我吃惊道："怎样倒的？"子安道："继之接了丁忧电报，我们一面发电给你，一面写信给各分号。东家丁了忧，通个信给伙计，这也是常事。信里面不免提及你到山东，大约是这句话提坏了，他们知道两个做主的都走开了，汉口的吴作猷头一个倒下来，他自己还卷逃了五万多。恰好有万把银子药材装到下江来的，行家知道了，便发电到沿江各埠，要扣这一笔货。这一下子，可全局都被牵动了。那天晚上，一口气接了十八个电报，把德泉这老头子当场急病了。我没了法子，只得发电到北京、天津，叫停止交易。苏、杭是已经跟着倒下来的了。当夜便把号里的小伙计叫来，有存项的都还了他，工钱都算清楚了，还另外给了他们一个月工钱，叫他们悄悄的搬了铺盖去，次日就不开门了。管德泉吓得家里也不敢回去，住在王端甫那里。我也暂时搬在文述农家里。"我道："述农不在家啊。"子安道："杏农在家里。"我道："此刻大局怎样了？"子安道："还不知道。大约连各处算起来，不下百来万。此刻大家都把你告出去了，却没有继之名字。"我道："本来当日各处都是用我的名字，这不能怪人家。但是这件事怎了呢？"子安道："我已有电给继之，大约能设法弄个三十来万，讲个折头，也就了结了。我恐怕你贸贸然到了上海，被他们扣住，那就糟糕了！好歹我们留个身子在外头好办事，所以我到这里来迎住你。"我听得倒了生意，倒还不怎样，但是难以善后，因此坐着呆想主意。

子安道："这是公事谈完了，还有你的私事呢。"说罢，在身边取出一封电报给我。我一看，封面是写着宜昌发的。我暗想，何以先有信给我，再发电呢？及至抽出来一看，却是已经译好的："子仁故，速来！"五个字。不觉又大吃一惊道："这是几时到的？"子安道："同是倒闭那天到的，连今日有七天了。"我道："这样我还到宜昌去一趟，家伯又没有儿子，他的后事，不知怎样呢。子翁你可有钱带来？"子安道："你要用多少？"我便把遇的强盗一节，告诉了他。又道："只要有了几十元，够宜昌的来回盘费就得了。"子安道："我还有五十元，你先拿去用罢。"我道："那么两个小孩子，托你代我先带到上海去。"子安道："这是可以的。但是你到了上海，千万不要多露脸，一直到述农家里才好。"我答应了。当下又商量了些善后之法。

次日一早，坐了小火轮到镇江去。恰好上下水船都未到，大家便都上了冤船，子安等下水到上海，我等上水到汉口去。到了汉口，只得找个客栈住下。等了三天，才有宜昌船。船到宜昌之后，我便叫人挑了行李进城，到伯父公馆里去。入得门来，我便径奔后堂，在灵前跪拜举哀。续弦的伯母从房里出来，也哭了一阵。我止哀后，叩见伯母，无非是问几时得信的，几时动身的。我问问伯父是甚么病，怎样过的。讲过几句之后，我便退到外面。

到花厅里，只见坐着两个人。一个老者，须发苍然。一个是生就的一张小白脸，年纪不过四十上下，嘴上留了漆黑的两撇胡子，眉下生就一双小圆眼睛，极似猫儿头鹰的眼，猝然问我道："你带了多少钱来了？"我愕然道："没有带钱来。"他道："那么你来做甚么？"我拂然道："这句话奇了！是这里打了电报叫我来的啊。"他道："奇了！谁打的电报？"说着，往里去了。

我才请教那老者贵姓。原来他姓李，号良新，是这里一个电报生的老太爷，因为伯父过了，请他来陪伴的。他又告诉我，方才那个人，姓丁，叫寄簧，南京人，是这位陈氏伯母的内亲，排行第十五，人家都尊他做十五叔。自从我伯父死后，他便在这里帮忙，天天到一两次。我两个才谈了几句，那个甚么丁寄簧又出来了，伯母也跟在后头，大家坐定。寄簧说道："我们一向当令伯是有钱多的，谁知他躺了下来，只剩得三十吊大钱，算一算他的亏空，倒是一千多吊。这件事怎样办法，还得请教。"我冷笑一声，对良新道："我就是这几天里，才倒了一百多万，从江汉关道起，以至九江道、芜湖道、常镇道、上海道，以及苏州、杭州，都有我的告案。这千把吊钱，我是看得稀松，既然伯父死了，我来承当，叫他们就把我告上一状就是了。如果伯母怕我倒了百多万的人拖累着，我马上滚蛋也使得！"

我说这话时，眼睛却是看着丁寄簧。伯母道："这不是使气的事，不过和少爷商量个办法罢了。"我道："侄儿并不是使气，所说的都是真事。不然啊，我自己的都打发不开，不过接了这里电报，当日先伯母过的时候，我又兼祧过的，所以不得不来一趟。"伯母道："你伯父临终的交代，说是要在你叔叔的两个儿子里头，择继一个呢。"丁寄簧道："照例有一房有两个儿子的，就没有要单丁那房兼祧的规矩。"我道："老实说一句，我老人家躺下来的时候，剩下万把银子，我钱毛儿也没捞着一根，也过到今天了。兼祧不兼祧，我并不争；不过要择继叔父的儿子，那可不能！"丁寄簧变色道："这是他老人家的遗言，怎好不依？"我道："伯父遗言我没听见，可是伯父先有一个遗嘱给我的。"说罢时，便打开行李，在护书里取出伯父给我的那封信，递给李良新道："老伯，你请先看。"良新拿在手里看，丁寄簧也过去看，又念给伯母听。我等他们看完了，我一面收回那信，一面说道："照这封信的说话，伯父是不会要那两个侄儿的。要是那两个孩子还在山东呢，我也不敢管那些闲事。此刻两个孩子，经我千辛万苦带回来了，倘使承继了伯父，叫我将来死了之后见了叔叔，叔叔问我，你既然得了伯父那封信，为甚还把我的儿子过继他，叫我拿甚么话回答叔叔！"丁寄簧听了，看看伯母，伯母也看丁寄簧。

寄簧道："那两位令弟，是在那里找回来的？"我便将如何得信，如何两次发电给伯父，如何得伯父的信，如何动身，如何找着那弓兵，那弓兵如何念旧，如何带我到赤屯，如何相见，如何带来，如何遇强盗，如何到蒙阴借债，如何在清江浦得这里电报，一一说了。又对伯母说道："侄儿斗胆说一句话，我从十几岁上，拿了一双白手空拳出来，和吴继之两个混，我们两个向没分家，挣到了一百多万，大约少说点，侄儿也分得着四五十万的了。此刻并且倒了，市面也算见过了。那个忘八蛋崽子，才想着靠了兼祧的名目，图谋家当！既然十五叔这么疑心，我就搬到客栈里住去。"寄簧道："啊啊啊！这是你们的家事，怎么派到我疑心起来？"伯母道："这不是疑心，不过因为你伯父亏空太大了，大家商量个办法。"我道："商量有商量的话。我见了伯父，还我伯父的规矩，这是我们的家法；他姓差了一点的，配吗！"寄簧站起来对伯母道："我还有点事，先去去再来。"说罢，去了。我对伯母道："这是个甚么混帐东西！我一来了，他劈头就问我道：'你来做甚么？'我又不认得他，真是岂有此理！他要不来，来了，我还要好好的当面损他呢！"伯母道："十五叔向来心直口快，每每就是这个上头讨人嫌。"又说了几句话，便进去了。我便要叫人把行李搬到客栈里去，倒是良新苦苦把我留住。

坐了一会，忽听得外面有女子声音。良新向外一张，对我道："寄簧老婆来了。"我也并不在意。到了晚上，我在花厅对过书房里开了铺盖，便写了几封信，分寄继之、子安、述农等，又起了一个讣帖稿子，方才睡下。无奈翻来覆去，总睡不着。到得半夜时，似乎房门外有人走动，我悄悄起来一张，只见几个人，在那里悄悄的抬了几个大皮箱往外去，约莫有七八个。我心中暗暗好笑，我又不是山东路上强盗，这是何苦。

到了明日，我便把讣帖稿子发出去叫刻。查了有几处是上司，应该用写本的，便写了。不多几日，写的写好了，刻的印好了，我就请良新把伯父的朋友，一一记了出来，开个横单，一一照写了签子。也不和伯母商量，填了开吊日子，发出去。所有送奠礼来的，就烦良新经手记帐。到了受吊之日，应该用甚的，都拜托良新在人家送来的奠分钱上开支。我只穿了期亲的服制，在旁边回礼。那丁寄簧被我那天说了之后，一直没有来过，直到开吊那天才来，行过了礼就走了。

忙了一天，到了晚上，我便把铺盖拿到上房，对着伯母打起来；又把箱子拿进去开了，把东西一一检出来，请伯母看过，道："侄儿这几件东西来，还是这几件东西去，并不曾多拿一丝一缕。侄儿就此去了。"伯母呆呆的看着，一言不发。我在灵前叩了三个头起来，便叫人挑了行李出城。偏偏今天没有船，就在客栈住了两夜，方才附船到汉口。到了汉口，便过到下水船去，一直到了上海，叫人挑了行李进城。

走到也是园滨文述农门首，抬头一看，只见断壁颓垣，荒凉满目，看那光景是被火烧的。那烧不尽的一根柱子上，贴了一张红纸，写着"文宅暂迁运粮河滨"八个字。好得运粮河滨离此不远，便叫挑夫挑了过去，找着了地方，挑了进去。只见述农敝衣破冠的迎了出来。彼此一见，也不解何故，便放声大哭起来。我才开发了挑夫，问起房子是怎样的。述农道："不必说起！我在蒙阴算清了交代，便赶回上海，才知道你们生意倒了，只得回家替侣笙设法。本打算把房子典去，再卖几亩田，虽然不够，姑且带到山东，在他同乡、同寅处再商量设法。看见你两位令弟，方代你庆慰。谁知过得两天，厨下不戒于火，延烧起来，烧个罄尽，连田上的方单都烧掉了。不补了出来，卖不出去；要补起来呢，此刻又设了个甚么升科局，补起来，那费用比买的价还大。幸而只烧我自己一家，并未延及邻居。此刻这里是暂借舍亲的房屋住着。"我道："令弟杏农呢？"述农道："他又到天津谋事去了。"我道："子安呢？"述农道："这里房子少，住不下，他到他亲戚家去了。"我道："我两个舍弟呢？"述农道："在里面。这两天和内人混得很熟了。"说着，便亲自进去，带了出来见我。彼此又太息一番。述农道："这边的讼事消息，一天紧似一天。日间有船，你不如早点回去商议个善后之法罢。"我到了此时，除回去之外，也是束手无策，便依了述农的话。又念我自从出门应世以来，一切奇奇怪怪的事，都写了笔记，这部笔记足足盘弄了二十年了。今日回家乡去，不知何日再出来，不如把他留下给述农，觅一个喜事朋友，代我传扬出去，也不枉了这二十年的功夫。因取出那个日记来，自己题了个签是"二十年目睹之怪现状"，又注了个"九死一生笔记"，交给述农，告知此意。述农一口答应了。我便带了两个小兄弟，附轮船回家乡去了。

看官，须知第一回楔子上说的，那在城门口插标卖书的，就是文述农了。死里逃生得了这部笔记，交付了横滨新小说社；后来《新小说》停版，又转托了上海广智书局，陆续印了出来。到此便是全书告终了。正是：悲欢离合廿年事，隆替兴亡一梦中。